MISS M. E. BRADDON

R...

... DE L'ANGL...

PAR

C... ... BERNARD DEROSNE...

...AUTORISATION DE L'AUTEUR

TOME PREMIER

BIBLIOTHÈQUE DES MEILLEURS ROMANS ÉTRANGERS

À

1 FR 25 CENT

LE VOLUME

PARIS

LIBRAIRIE HACHETTE ET Cie

79, BOULEVARD SAINT-GERMAIN, 79

RUPERT GODWIN

ROMANS DE MISS M. E. BRADDON

TRADUITS PAR

CHARLES BERNARD-DEROSNE

ET EN VENTE CHEZ LES MÊMES ÉDITEURS

(à 1 franc 25 centimes le volume)

Aurora Floyd. — 2 volumes.
Henry Dunbar. — 2 volumes.
Lady Lisle. — 1 volume.
La Trace du Serpent. — 2 volumes.
Le Capitaine du Vautour. — 1 volume.
Le Secret de lady Audley. — 2 volumes.
Le Testament de John Marchmont. — 2 volumes.
Le Triomphe d'Éléanor. — 2 volumes.
L'Intendant Ralph. — 1 volume.
Le Locataire de Sir Gaspard. — 2 volumes.
Rupert Godwin. — 2 volumes.
La Femme du Docteur. — 2 volumes.
Le Brosseur du Lieutenant. — 2 volumes.
L'Allée des Dames. — 2 volumes.
Les Oiseaux de Proie. — 2 volumes.
L'héritage de Charlotte. — 2 volumes,
La Chanteuse des Rues. — 2 volumes.
Un fruit de la mer Morte. — 2 volumes.

COULOMMIERS. — Typog. PAUL BRODARD.

MISS M. E. BRADDON

RUPERT GODWIN

TRADUIT DE L'ANGLAIS

PAR

CHARLES BERNARD DEROSNE

AVEC L'AUTORISATION DE L'AUTEUR

TOME PREMIER

PARIS
LIBRAIRIE HACHETTE ET Cie
79, BOULEVARD SAINT-GERMAIN, 79

1879

A.

MONSIEUR PAUL PERRET.

Son ami,

CH. BERNARD DEROSNE.

Octobre 1868.

RUPERT GODWIN

CHAPITRE I.

UN TRISTE ADIEU.

Dans une charmante résidence demi-cottage, demi-château, située au milieu d'un paysage boisé du comté de Hamp, vivait une famille qui aurait pu fournir à un poëte le modèle de l'idéal du bonheur domestique. Cette famille n'était pas nombreuse. Elle ne se composait que de quatre personnes : le capitaine Harley Westford, de la marine marchande, sa femme, son fils, et une fille. Le capitaine et sa femme étaient dans la force de l'âge. La vie, pour eux, semblait arrivée à son plus beau développement. La première fleur de beauté de Clara Westford avait passé avec les neiges des hivers et les fleurs des printemps qui s'étaient écoulés ; mais elle avait été remplacée par une beauté d'un autre genre : la beauté calme de la femme faite, dont la vie a été sans nuages comme une journée d'été, pure comme les neiges inaccessibles des cimes alpestres.

Elle était très-belle encore. Ceux qui avaient des relations intimes avec le capitaine et sa femme disaient tout bas qu'elle descendait d'une race plus noble que celle de son mari. On disait qu'elle avait quitté le château d'un père riche et appartenant à l'aristocratie, pour se soumettre aux luttes de la vie

I.   1

avec le franc et joyeux officier de la marine marchande, et que, par ce fait, elle s'était aliéné à jamais la noble famille à laquelle elle appartenait.

Nul ne connaissait l'histoire réelle de ce mariage accompli loin de la maison paternelle. Le capitaine et sa femme gardaient les secrets du passé renfermés dans leur cœur. Mme Westford se laissait bien rarement entraîner à parler de son mariage; mais, quand elle le faisait, c'était toujours dans des termes où éclatait le noble orgueil que lui inspirait son mari.

— Je sais que sa famille n'appartient pas à la noblesse territoriale; son grand'père s'était voué comme lui au grand commerce maritime; mais je sais aussi que son nom était honoré par tous ceux desquels il était connu et que ce nom de Westford était synonyme d'honnêteté.

Une seule ombre venait parfois se projeter sur cette résidence champêtre, située au milieu des bois verdoyants et des beaux pâturages du comté de Hamp, mais elle était terrible.

Cela arrivait lorsque l'époux, lorsque le père était obligé de quitter les êtres chéris qui faisaient un paradis de sa demeure. Les séparations étaient fréquentes, dans cette simple famille. Les devoirs de la profession du capitaine l'appelaient souvent à affronter les périls et les tempêtes, loin de cet heureux nid dans la paisible Angleterre.

Le soleil de juin brillait dans tout son éclat sur les pelouses et les corbeilles de fleurs du jardin du capitaine, mais l'ombre accompagne le soleil, et les flots de lumière qu'il répand à midi éclairaient une heure de tristesse dans la demeure du marin.

Le capitaine et sa femme se promènent à pas lents, en se donnant le bras, dans une longue allée de coudriers; nous sommes dans une belle journée de la fin de juin; les rosiers sont dans toute leur splendeur; le ciel, d'un bleu foncé, n'a pas un nuage; le bourdonnement des abeilles et les chants mélodieux des oiseaux remplissent les airs des imples harmonie de la nature; des milliers de papillons voldigent autour des plates-bandes émaillées de fleurs et sur la pelouse qui s'étend verdoyante devant la maison. Toutes les vitres des fenêtres à petits carreaux de cette vieille demeure étincellent au soleil comme des milliers d'yeux. Les toits pointus, envahis par une végétation parasite de fleurs jaunes; le rouge foncé des briques, base de la construction, se détachent vigoureusement sur un ciel bleu d'outre-mer et présentent un aspect qui eût réjoui les yeux des vieux maîtres antérieurs à Raphaël. Les rayons du soleil prêtent un éclat nouveau à chaque feuille, à chaque fleur; ils inondent le feuillage des arbres de leur lumière dorée; ils transforment les objets les plus communs et donnent à la terre la beauté surnaturelle que l'imagination prête au pays des fées. Par une semblable journée, il semble presque impossible que le chagrin ou les peines du cœur puissent exister dans ce séjour enchanteur; nous sommes tentés d'oublier que les cœurs peuvent se briser au milieu des beautés de la nature, au pur éclat du soleil.

Le noble visage de Clara est pâle et défait par cette brillante matinée; un cercle rouge entoure ses yeux d'un bleu sombre, ses yeux sérieux à travers lesquels on voit jusqu'au fond de son âme loyale. Pendant toute la nuit précédente, la fidèle épouse a pleuré à genoux devant Celui qui, seul, peut protéger le lointain voyageur.

— Oh! Harley, — s'écria-t-elle d'une voix basse et tremblante pendant que ses doigts marquaient leur empreinte sur le bras musculeux de son mari, — c'est bien cruel... bien cruel; ma peine est si terrible, que j'ai à peine la force de la supporter. Nous nous sommes souvent séparés avant ce jour, mon bien-aimé; mais aujourd'hui, pour la première fois, les angoisses de la séparation me semblent dépasser ce que je puis endurer.

Il y avait sur le pâle visage de l'épouse, lorsqu'elle le tourna vers son mari, une expression d'angoisse plus éloquente encore que ses paroles passionnées. Il n'y avait pas de larmes dans ses grands yeux bleus d'une nuance violacée, mais le tremblement convulsif de ses lèvres trahissait un monde de souffrances.

En mer, à l'heure du péril ou du combat, Harley avait le courage d'un lion, mais, devant la douleur de sa femme, il se sentait faiblir. Néanmoins, il lutta avec énergie pour cacher son émotion, et ce fut avec une gaieté affectée qu'il répondit à Mme Westford :

— Ma chérie, c'est vraiment insensé et tout à fait indigne de la femme d'un marin, dont l'âme devrait être au-dessus de la peur. Cette séparation ne doit rien avoir de cruel ; car ce voyage ne doit-il pas être le dernier ? Après cette simple excursion en Chine, dans laquelle j'espère faire une ample récolte de guinées pour toi et nos chers enfants, j'entends venir me fixer pour le reste de mes jours à Westford Grange, comme un homme de terre ferme, comme un gentilhomme campagnard, si cela vous plaît à tous. Allons, Clara, tu ne devrais pas répandre une larme cette fois.

— Il n'y a pas de larmes dans mes yeux, Harley, — répondit sa femme de cette voix basse et mal assurée, qui exprimait si terriblement les angoisses de son esprit. — Il y a quelque chose de trop profond dans mon chagrin pour qu'il se manifeste par des larmes... J'ai toujours pleuré lors de nos séparations ; je me suis abandonnée à un déluge de larmes insensées qui t'enlevaient ton courage, mon pauvre Harley ; mais je ne puis pleurer aujourd'hui. J'ai au cœur une terreur sinistre ; mes prières de la nuit dernière ne m'ont apporté nulle consolation. Il me semblait que le ciel était sourd à mes cris ; il me semblait que j'étais comme un malheureux qui erre, les yeux bandés, sur le bord d'un précipice et qui, à chaque pas, peut disparaître dans un abîme de ténèbres et d'horreur. Oh ! Harley... Harley... aie pitié de moi. Je sais qu'il y a un danger dans ce voyage, un mortel et invisible danger. Ne pars pas ! Aie pitié de mon angoisse... Ne pars pas !

Une fois encore sa main délicate se cramponna convulsivement au bras de son mari ; il semblait que cette malheureuse femme voulait le retenir malgré lui par cette étreinte convulsive.

Le capitaine sourit tristement.

— Ma chérie, — dit-il, — toutes déraisonnables que soient tes craintes, je pourrais peut-être y céder, si ma parole n'était pas engagée pour ce voyage ; mais j'ai donné ma parole. Et quand le capitaine Westford a-t-il jamais manqué à sa promesse ? Il n'y a pas un marin de mon équipage qui ne compte sur ce voyage comme un moyen d'assurer le bien-être de sa femme et de ses enfants ; tous ont confiance en moi comme si j'étais leur frère en même temps que leur capitaine ; et je connais leurs espérances, à ces pauvres camarades, et le désappointement qu'ils éprouveraient s'il survenait que'que empêchement à ce voyage. Non, ma chérie, il faut te montrer ferme et brave, comme une digne femme de marin que tu es. *La Reine-des-Lys*, ton navire, Clara, celui qui, comme toi, porte le nom de la Reine des Lys de toute la terre, quitte les Docks de Londres demain, au lever du soleil ; et Harley Westford, s'il existe encore, partira avec lui.

La femme savait que toute nouvelle observation était inutile ; elle savait que son mari tenait à sa parole et à son honneur plus qu'à sa vie. Elle se contenta de pousser un long soupir : c'était le dernier murmure de son cœur désespéré.

— Et maintenant, écoute-moi, ma bonne chérie, — dit Westford d'un ton qu'il s'efforça de rendre joyeux ; — écoute-moi, car j'ai à t'entretenir d'affaires sérieuses avant que la voiture de Winchester vienne me réclamer.

Tout en parlant, il regarda à sa montre.

— Je n'ai plus qu'une demi-heure, Clara, et puis adieu ! — s'écria-t-il. — Écoute-moi donc, ma chérie. Tu sais que, grâce à la Providence, j'ai pu économiser une petite fortune pour toi et pour nos chers enfants. J'ai là **sur ma poitrine, un por-**

tefeuille contenant, en bank-notes, une valeur de vingt mille
livres, qui compose toute ma fortune que j'ai réalisée et retirée
de différents pays étrangers où elle se trouvait placée. Aussitôt après mon retour de Chine, je m'occuperai de placer ces
fonds, en même temps que le produit des bénéfices de mon
dernier voyage, de la manière la plus avantageuse et la plus
sûre. En attendant, j'ai l'intention de remettre cet argent
entre les mains du chef actuel d'une maison de banque dans
laquelle mon père avait la plus grande confiance. Entre pareilles mains, l'argent sera en sûreté jusqu'à mon retour. Mais
en outre, et pour nous mettre en garde contre tous les acci-
dents, je t'enverrai le reçu du banquier pour les vingt mille
livres et celui des titres de propriété de cette habitation, ainsi
que des terres qui en dépendent, que je compte également lui
confier. Tu recevras ces pièces avant que je m'embarque,
et, comme mon testament est entre les mains de mon homme
de loi, quoi qu'il arrive, ton sort et celui de tes enfants sera
assuré.

— Oh! Harley, — murmura Clara, — chacune de tes paroles me pénètre jusqu'au cœur comme autant de coups de
poignard. Tu parles comme un homme qui marche à une
mort certaine.

— Non, ma chérie; je parle seulement comme un homme
prudent qui connaît l'incertitude de la vie; mais je n'en dirai
pas davantage, Clara; avec vingt mille livres et la propriété
de cette maison qu'entourent cinquante acres des meilleures
terres du comté de Hamp, toi et nos chers enfants vous ne
serez pas mal pourvus. Et maintenant, ma chérie, la moitié du
temps qui me reste est expiré, et il faut que j'aille faire mes
adieux à nos enfants.

Le capitaine sortit de l'allée pour s'avancer sur la pelouse
exposée aux rayons du soleil. En face de lui étaient les fenêtres d'un petit salon du matin abrité par une longue vé-
randa à demi cachée sous les chèvrefeuilles et les roses. Les

cages des oiseaux favoris étaient pendues sous cette veranda, et un terrier de Skye était étendu sur une natte soyeuse et blanche comme la neige près d'une fenêtre à la française.

Une jeune fille d'environ dix-sept ans apparut à cette fenêtre, et lorsque le capitaine s'avança sur la pelouse, elle s'élança en courant à sa rencontre.

Jamais peut-être le soleil n'avait éclairé une aussi jolie créature que la jeune fille en robe blanche qui venait au-devant du capitaine. Sa beauté avait un éclat tout particulier dans sa radieuse fraîcheur, qui rappelait une matinée de printemps. Ses traits étaient délicats et bien formés ; son front, son nez, et son menton étaient du type grec le plus pur ; ses yeux, comme ceux de sa mère, étaient d'un bleu foncé tirant sur le violet ; ils étaient grands, brillants, vifs, et frangés de longs cils bruns ; ses cheveux avaient cette teinte dorée si rare dans la nature, et que l'art a cherché à imiter d'après les Lydies et les Julies de l'antique Rome jusqu'à nos jours.

C'était Violette Westford. On l'avait appelée Violette à cause de la teinte bleu foncé de ses yeux qui ne pouvait se comparer qu'à la couleur de cette modeste fleur qui cache sa beauté à l'ombre de ses feuilles. On l'avait appelée Violette, et ce doux nom s'harmonisait parfaitement avec la fille de Clara, qui était presque aussi ignorante de son exquise beauté que la timide fleur dont on lui avait donné le nom.

— Cher père, — s'écria-t-elle, en passant son bras délicat sous celui du capitaine, tandis que Mme Westford tombait sans force et à demi évanouie sur un des bancs du jardin, — maman a été bien cruelle de te retenir si longtemps, pendant que ta pauvre Violette guettait le moment de te dire adieu. J'ai compté les minutes, et la voiture va arriver presque immédiatement. Oh ! papa, c'est si cruel de te perdre !

Les beaux yeux de la jeune fille étaient remplis de larmes pendant qu'elle entourait son père de ses bras, mais sur le visage de Violette il n'y avait pas trace de la sinistre inquié-

tude qui répandait une pâleur mortelle sur celui de sa mère
et décolorait ses lèvres. Violette ne ressentait que le chagrin
naturel, résultat de sa séparation d'avec un père qu'elle ido-
lâtrait ; aucun pressentiment d'un péril imminent ne pesait
comme un fardeau sur son cœur.

— Lionel est allé faire seller *Guerrier*, — dit-elle ; — il va
t'accompagner à cheval jusqu'à Winchester. Il viendra te
rejoindre quand la voiture arrivera, et il ne te quittera qu'au
départ du train. Combien, cher père, je lui envie cette demi-
heure passée à la station ; les hommes ont toujours des privi-
léges que n'ont pas les femmes,—ajouta la jeune fille avec une
petite moue charmante.

— Écoute, ma chérie, voici la voiture.

La trompette du conducteur, jouant un joyeux galop, se fit
entendre à travers les arbres pendant que le capitaine parlait.
Au même moment Lionel Westford parut à cheval à la sortie
d'un passage voûté et tapissé de lierre qui conduisait aux
écuries. La voiture s'arrêta à la grille qui donnait sur les jardins, et la trompette du conducteur résonna douloureusement
aux oreilles de Violette.

Mme Westford se leva, calme, les yeux secs, mais mortellement pâle ; elle s'avança vers son mari et plaça sa main glacée dans la sienne.

— Mon bien-aimé, — murmura-t-elle, — toi qui es tout
pour moi, je ne puis que prier pour toi. Encore un mot,
Harley. Tu m'as tout à l'heure parlé d'un banquier, dis-moi
son nom, mon cher mari. J'ai une raison particulière pour te
faire cette question.

— Les banquiers de mon père étaient MM. Godwin et Selby,
— répondit le capitaine ; — le chef actuel de la maison est
M. Rupert Godwin. Adieu, ma chérie!

La trompette, qui exécutait son air de danse, résonnait plus
fort que jamais, lorsque Harley appuya ses lèvres sur les joues
décolorées de sa femme, et s'arracha de ses bras. Au milieu

de la précipitation et du trouble qui l'agitait au moment de
cette triste séparation, le capitaine ne remarqua pas le cri d'angoisse qui s'échappa des lèvres de sa femme au nom de
Rupert Godwin.

Mais lorsque la voiture s'éloigna emportant l'époux et le
père, Clara fit quelques pas en avant d'un pas chancelant et
tomba évanouie sur le gazon.

Lorsque Violette revint de la grille du jardin, elle trouva sa
mère étendue à terre, pâle et immobile comme une morte. Le
cri d'effroi poussé par la jeune fille fit accourir deux servantes
qui s'élancèrent hors de la maison. Mᵐᵉ Westford ne faisait
pas étalage de sensiblerie, et, malgré la douleur profonde
qu'elle avait ressentie chaque fois qu'il avait fallu se séparer
de l'époux qu'elle aimait avec idolâtrie, jamais, précédemment, elle n'avait perdu connaissance. Elle était citée pour le
calme héroïque avec lequel elle avait toujours supporté ses
souffrances et pour le noble exemple qu'elle avait donné à son
fils et à sa fille.

Les servantes, aidées par Violette, transportèrent Mᵐᵉ Westford sans connaissance dans la maison et la déposèrent sur
un luxueux sofa dans le salon, où la fraîcheur était main-
tenue pendant l'été par des jalousies qui interceptaient les
rayons du soleil.

Une des servantes courut au village chercher le médecin,
pendant que Violette, agenouillée auprès de sa mère, bassi-
nait son front pâle avec de l'eau de Cologne.

En ce moment ses yeux, d'un bleu sombre, s'ouvrirent péniblement et se tournèrent vers Violette avec un regard fixe
et presque effrayant.

— Rupert Godwin... Rupert Godwin!... — s'écria Clara d'un
ton douloureux. — Oh! pas lui, Harley!... Oh! non, non,
non!... pas lui!... Rupert Godwin! Je savais bien qu'il y
avait un danger... un mortel danger qui menaçait mon bien-
aimé!

De nouveau ses yeux se refermèrent, et sa tête retomba sur le coussin brodé du sofa.

Le docteur arriva, mais ni lui ni aucun autre sur cette terre ne pouvait apporter du soulagement à un mal dont le siége était dans l'esprit.

Mme Westford tomba d'évanouissement en évanouissement. Elle fut transportée dans sa chambre et tendrement soignée par sa fille et par Lionel, qui était revenu après avoir vu son père emporté dans le train qui se dirigeait vers Londres.

Le jeune homme adorait sa mère, et il fut à la fois chagrin et alarmé par cette soudaine maladie. Il insista pour s'installer dans un petit boudoir, attenant à la chambre à coucher de Mme Westford, et il y passa de longues heures, épiant tous les bruits qui partaient de la chambre de la malade.

Westford Grange, rendu si gai par les voix joyeuses qui y retentissaient quelques jours auparavant, était maintenant aussi silencieux que la maison de la mort. Le docteur avait ordonné la plus parfaite tranquillité pour la malade, et ses ordres étaient fidèlement exécutés.

Mais quoique M. Sanderson, le médecin du village, fût un homme fort habile, la maladie qu'il avait à soigner se jouait de tous ses soins et de toutes les ressources de sa science.

— C'est l'esprit qui souffre, mademoiselle Westford, — dit-il en réponse aux questions inquiètes de Violette. — La séparation d'aujourd'hui a profondément affecté votre mère, et il n'y a que le temps qui puisse soulager son mal. En attendant, tout ce que je puis prescrire, c'est un repos absolu. Une nuit de sommeil peut ramener son cerveau à son état normal. Demain, tout ira pour le mieux.

CHAPITRE II.

LE BANQUIER RUPERT GODWIN.

Le train express fit parcourir rapidement à Westford la grande étendue de pays qui sépare Winchester et sa vieille cathédrale, des toits enfumés de la métropole. Le monstre puissant franchit des collines boisées, des prairies éclairées par les dernières lueurs du soleil couchant, la rivière sinueuse et les villages isolés. Londres, sombre, triste, mais avec une certaine grandeur particulière semblable à un sombre cyclope, imposant par sa gigantesque stature, — Londres, le centre commercial de l'univers, s'offrit au regard du capitaine, dont l'esprit se partageait entre les êtres chéris qu'il avait laissés dans la champêtre demeure d'Eastburgh, et les scènes d'aventures et peut-être de périls qui l'attendaient dans les hautes mers.

Harley était marin dans l'âme. Il avait le caractère d'un Christophe Colomb, et il serait volontiers parti à la recherche de nouveaux mondes pour enrichir sa reine et son pays, si le destin lui avait permis de courir ces nobles aventures. Son cœur s'enflammait à la pensée de son expédition en Chine — expédition qui promettait d'augmenter considérablement sa fortune. Pour lui-même, jamais homme n'eût été plus indifférent à l'argent. Il avait l'insouciance d'un véritable marin, et, s'il eût été seul au monde, il eût jeté l'argent de droite et de gauche et à pleines mains. Mais il était avide de conquérir le bien-être et l'indépendance, pour ne pas laisser exposés aux rudes combats de la vie ses enfants si choyés et sa femme idolâtrée, qui jusque-là n'avaient connu que le côté brillant de l'existence.

Il arriva à Londres vers une heure et demie environ, et se

fit conduire immédiatement à Lombard-Street, dans le noble quartier commercial, où était située la maison de banque de MM. Godwin et Selby.

Depuis longtemps, le nom de Selby ne figurait plus que dans la raison sociale. Le Selby, l'ancien associé de la maison, était mort tranquillement dans une confortable résidence à Tulse Hill, un peu après la bataille de Waterloo. Le seul représentant actuel de la maison de banque était Rupert Godwin, le fils unique du dernier chef de la maison, Anthony Godwin, et d'une noble dame espagnole qui avait fait à sa famille l'injure d'épouser le riche négociant anglais de préférence à quelque hidalgo, sans sou ni maille, désireux d'allier sa longue suite d'aïeux et ses quartiers de noblesse à son blason.

La dame était fière, passionnée, et douée d'une énergique indépendance d'esprit, elle préféra le commerçant anglais aux descendants du Cid et abandonna les gloires obscurcies de son pays natal, pour les splendeurs de la riche demeure de son mari, dans laquelle elle exerça un empire despotique jusqu'au jour de sa mort.

Deux fils et trois filles étaient nés de cette fière beauté castillane ; mais ces enfants des contrées du Sud languirent sous le ciel froid de l'Angleterre. Son plus jeune fils, Rupert, fut le seul qui atteignit l'âge d'homme. Il avait hérité du type espagnol de la beauté de sa mère, en même temps que de sa nature opiniâtre et passionnée.

Ce Godwin était un homme de quarante-cinq ans, qui avait hérité de la grande et noble fortune acquise par son père, et qui avait encore reçu une autre fortune avec la main de sa femme, fille unique d'un millionnaire de la Cité, une aimable demoiselle, mais sans grande portée dans l'esprit, qui avait adoré son mari comme un demi-dieu et qui s'était éteinte paisiblement après avoir donné naissance à son second fils, sans laisser des regrets bien exagérés à Rupert Godwin.

C'était un homme qui s'était lancé de bonne heure dans le monde, et qui avait épuisé le cercle ordinaire des plaisirs de la vie à un âge où les autres hommes ont encore toute la fraîcheur des impressions de la jeunesse. Il avait été son maître à l'âge de seize ans, par la simple raison que ni son père, ni ses tuteurs, n'avaient été capables de dominer son inflexible volonté.

Son père avait été vigoureusement ébranlé par la mort de ses enfants et par la perte de sa femme qui était morte quand Rupert avait quinze ans. Il permit au seul survivant de ses fils de faire tout ce qui lui plaisait, et il passa son existence dans la solitude, à sa résidence de campagne, entre son médecin et un vieux domestique qui avait blanchi à son service.

Pendant que le père finissait ses jours dans sa paisible retraite du comté de Hertford, le fils voyageait de ville en ville, tantôt à l'étranger, tantôt en Angleterre, prodiguant l'argent, étudiant la vie sur une grande échelle, mais sans beaucoup de profit pour son amélioration au point vue moral.

A vingt-trois ans il se maria; mais les gens qui le connaissaient le mieux prédirent peu de bonheur à ce ménage. Il acceptait l'affection de sa femme comme chose due et la laissait vivre à sa guise dans la vieille et noble maison du comté d'Hertford, tandis que lui suivait la pente de ses inclinations ailleurs, honorant son foyer de sa présence aux époques de fêtes et de réjouissances, mais évitant avec soin les charmes du tête-à-tête intime. Les affaires de la maison de banque offraient toujours à Godwin une excuse toute naturelle. La maison avait des succursales en Espagne et dans l'Amérique espagnole, et ces succursales étaient sous la direction personnelle du banquier.

Pendant bien des années, le nom de Godwin avait été considéré dans la Cité, comme d'une solidité à toute épreuve. Mais tout à coup d'étranges bruits avaient circulé de bouche en bouche parmi les hommes prudents du haut commerce. Il était notoire que, depuis plusieurs années, Godwin s'était lancé dans de grandes spéculations, et le bruit courait maintenant qu'elles n'avaient pas toujours été heureuses. Il s'était laissé mordre par la manie de l'agiotage, disait-on, et il s'était engagé dans un nombre considérable d'affaires, dont plusieurs avaient fini par un désastre.

De pareils bruits exercent une fatale influence sur le crédit commercial d'un homme. Mais jusque-là ces fâcheuses rumeurs n'avaient pas dépassé le cercle étroit des habiles; jusque-là, aucun avis des pertes faites par Godwin n'était parvenu aux oreilles de ceux qui lui confiaient leur argent. Jusque-là, par conséquent, les demandes de remboursement n'étaient pas venues assaillir la maison de banque.

Le banquier était assis dans son cabinet, ses livres ouverts devant lui, et, la figure pâle, le cœur battant violemment, il examinait l'état de ses affaires. Chaque jour, à chaque heure, il s'attendait à une crise désespérée, et il cherchait en vain quelque moyen de pouvoir y faire face.

Une seule personne possédait la confiance de Godwin : c'était son principal commis, Jacob Danielson.

Depuis que Godwin avait l'âge d'homme, ce Danielson avait toujours été à son service, et, petit à petit, un étrange lien s'était formé entre eux.

Cela ne pouvait s'appeler de l'amitié, car le banquier était d'une nature trop réservée pour se lier étroitement avec personne — et encore moins avec un inférieur; et quelle que fût la confiance qui existât entre lui et son commis, il était toujours hautain et impérieux envers son subordonné.

Mais Danielson était le dépositaire de tous les secrets de son patron, et il semblait posséder un pouvoir presque surhumain pour lire toutes les pensées qui pouvaient passer par la tête de Godwin.

Il se peut bien que le banquier se rendît compte de cela,

et qu'il y eût des moments où il éprouvait une sorte de terreur en réfléchissant à la pénétration de son employé.

Rien ne pouvait être plus grand que le contraste qui existait entre l'apparence extérieure de ces deux hommes.

Godwin avait une de ces superbes têtes au teint brun, qui
ne se voient guère que dans les anciennes peintures ita-
liennes, une tête que Léonard de Vinci ou le Guide aurait
choisie pour Hérode ou pour Saül.

Il était grand, sa poitrine était large, et sa tête noblement
posée sur ses épaules. Ses yeux noirs et brillants avaient
quelque rapport avec ceux du faucon dans leur regard fier et
perçant. Mais, sous l'influence du regard d'un honnête homme,
ces yeux de faucon devenaient vacillants et incapables de
fixité.

Danielson manquait étrangement des avantages physiques
qui avaient été si utiles à la fortune de son maître.

Le commis était un petit homme rachitique, avec des
épaules hautes et des jambes mal bâties. Ses petits yeux gris
mais perçants se cachaient sous un front proéminent dont la
base était garnie de sourcils épais. Ses lèvres minces étaient
sujettes à un tremblement nerveux qui était presque pénible
à voir.

Danielson était un de ces mystères vivants dont les pensées,
les actes, et les paroles sont hors de la portée de l'intelligence
des autres hommes. Nul ne le comprenait; nul n'était capable de pénétrer les secrets cachés dans son sein.

Il habitait dans un modeste logement du côté de la Tamise
de Surrey; il occupait ce logement depuis des années,
et jamais on ne lui avait vu recevoir la visite d'un être
vivant.

Il était connu pour boire énormément, mais jamais on ne
l'avait vu en état d'ivresse. Il y avait des gens parmi ses
collègues de la maison de banque qui avaient essayé de le
faire boire et qui déclaraient qu'il n'existait pas de spiritueux

assez puissant pour triompher de la raison de Jacob Danielson.

Pour son patron, c'était un serviteur presque infatigable.
Il paraissait aussi être fidèle, mais pourtant, il y avait des
moments où le banquier tremblait lorsqu'il se rappelait les
dangereux secrets confiés à cet être aussi peu sympathique
qu'indéchiffrable.

Pendant que Godwin était dans son cabinet particulier,
méditant sur la situation que lui révélaient les livres de la
maison et, dans la crainte de voir éclater l'orage qui depuis
si longtemps grondait au-dessus de sa tête, Westford se
hâtait de venir à lui, impatient de lui confier le fruit de vingt
années de périls et de travaux.

Un cab amena le capitaine à la porte de la maison de banque. Il descendit et se dirigea vers les bureaux, où il s'adressa
à la première personne qu'il rencontra. Cette personne se
trouva être précisément Danielson, le principal commis.

— Je désirerais voir M. Godwin, — dit le capitaine.

— Impossible, — répondit Jacob froidement. — M. Godwin est occupé. Si vous voulez être assez bon pour m'expliquer votre affaire, je serai très-heureux de.....

— Je vous remercie. Non; je ne veux pas vous déranger.
Mon temps est très-précieux en ce moment, mais comme mon
affaire est importante, j'attendrai que M. Godwin soit libre.
Quand un homme vient pour déposer les économies de toute
sa vie dans une maison de banque dans laquelle il a confiance
il éprouve une certaine satisfaction à remettre son argent
entre les mains du chef de la maison lui-même.

Les lèvres minces de Danielson furent prises d'un tremblement nerveux. Les économies de toute une vie ! Un étranger
désireux de placer son argent dans les mains de Godwin, à
un moment où le banquier ne s'attendait qu'à des réclamations frénétiques de remboursement dirigées contre ses coffres
vides !

Jacob arrêta un regard perçant et scrutateur sur l'honnête marin, se défiant à demi de quelque piége caché sous cette apparente simplicité. Mais en regardant Westford, il était impossible de le supposer capable soit de ruse, soit de trahison.

— Le pauvre sot est venu tout droit se jeter dans l'antre du lion, — pensa le commis, — et il n'en sortira que tondu de fort près.

Il s'assit devant son pupitre pendant quelques minutes, se grattant la tête comme un homme qui réfléchit et regardant à la dérobée la belle tête et les yeux noirs de Westford qui agitait sa canne et se balançait sur sa chaise avec tous les signes d'une vive impatience.

Le commis descendit alors de son tabouret.

— Allons, je vois que vous êtes pressé, — dit-il, — aussi vais-je aller voir quelle est la nature des occupations de M. Godwin..... lui porterai-je votre carte ?

— Oui, vous ferez bien. Mon père était un des clients de la maison, et mon nom ne doit pas être inconnu de M. Godwin.

Ton nom ne lui est pas inconnu, Harley Westford! Ce nom est écrit en lettres de feu et en caractères ineffaçables dans le cœur de Rupert Godwin pour toute la durée de sa vie.

Danielson porta la carte dans le cabinet du banquier et la plaça devant lui, sur la table, sans daigner seulement regarder le nom qui y était inscrit.

— Un pauvre sot vient pour déposer une forte somme d'argent, monsieur, — dit-il froidement. — Il tient tout particulièrement à effectuer son dépôt entre vos mains pour avoir toute sécurité. Je suppose que vous consentirez à le recevoir?

— Oui, — répondit le banquier avec hauteur, — vous pouvez le faire entrer.

I. 2

La froide insolence de son commis le faisait cruellement souffrir. Il avait supporté cette même insolence à l'époque de sa prospérité; mais maintenant qu'il se voyait sur le bord de l'abîme, la familiarité de Danielson le blessait au vif, comme un souverain détrôné est blessé par l'insolence d'un laquais.

Ce ne fut qu'après que le commis eut quitté son cabinet que Godwin regarda la carte qui était placée devant lui.

Son regard était insouciant d'abord, mais aussitôt qu'il reconnut le nom inscrit sur cette carte, ce simple morceau de carton eut le pouvoir de faire changer l'expression de sa physionomie.

Son teint brun se couvrit d'une nuance plombée et ses yeux noirs lancèrent des éclairs.

— Harley Westford! — murmura-t-il. — Et c'est à moi.... à moi.... à son plus cruel ennemi... qu'il apporte sa fortune, et dans un moment comme celui-ci! Une Némésis préside à tout ceci!

Le banquier froissa la carte dans sa main nerveuse et domina son émotion par un puissant effort de sa volonté de fer. Son visage se détendit tout à coup. Il devint aussitôt calme et tranquille, et quand il releva la tête à l'entrée d'Harley, il avait le sourire sur les lèvres.

Aucun pressentiment ne retint le marin en ce moment suprême. Il tendit le portefeuille au banquier et dit tranquillement :

— Ce portefeuille, monsieur Godwin, contient le produit de vingt ans de rudes travaux. Voulez-vous être assez bon pour compter ces bank-notes? Vous trouverez mille livres par chaque année... ce n'est pas déjà si mal; chargez-vous de tout. J'avais mon argent placé dans des emprunts étrangers et il me rapportait de très-beaux intérêts, je vous assure. Mais quelques sages amis ont pris peur. Il va y avoir la guerre ici et là .. deux ou trois trônes s'écrouleront d'ici à six mois. trois ou quatre républiques sont menacées de guerres civiles.

Réalisez, m'ont dit mes amis. Quoi! renoncer à dix pour cent d'intérêt? ai-je dit, alors ils m'ont rappelé l'axiome américain, plus gros est l'intérêt moins grande est la sécurité. Aussi ai-je fondu la cloche sur-le-champ et me voilà hors des griffes du lion, et prêt à me contenter, pour mon capital, de l'intérêt au taux courant.

— Je vous félicite d'avoir échappé au danger! — répondit le banquier. — Il y a plus d'une tempête qui se prépare sur le continent; les fonds étrangers baissent de jour en jour.

—Eh! bien, je suis heureux que vous soyez d'avis que j'ai bien fait. Car, voyez-vous, je vais aller risquer ma vie dans un dernier voyage, avant de rentrer définitivement au port et de m'établir pour toujours dans mon heureux intérieur. Par moi-même, je ne sais rien de cette maison, mais je sais que mon père avait pleine confiance en votre père. Je me sentirai tout à fait tranquille quand mon argent sera en sûreté entre vos mains. Vous avez trouvé le compte exact, je suppose!

Godwin était en train de compter les petites liasses de bank-notes qu'il tenait à la main pendant que le capitaine parlait. Westford ne vit pas que les mains du banquier tremblaient légèrement en maniant ces minces feuilles de papier.

Vingt mille livres sterling! Une somme semblable entre ses mains dans un semblable moment pouvait sauver son crédit.

— J'ai un autre dépôt à vous confier, — dit le capitaine, — puis je pourrai quitter en paix l'Angleterre. Ce paquet cacheté renferme les titres de propriété d'un petit domaine dans le comté de Hamp, où ma femme et mes enfants résident; avec votre agrément je laisserai également ce paquet en vos mains.

Tout en parlant, Westford déposait un paquet scellé sur la table.

— Je serai heureux de me charger de tout ce que vous

voudrez bien me confier, — répondit le banquier avec un obligeant sourire.

— Et vous m'allouerez un intérêt convenable de mon argent?

— Sur les dépôts placés entre nos mains pour une année, nous accordons cinq pour cent.

— Je pense qu'ainsi toutes choses sont réglées, — dit le marin ; — et maintenant je puis affronter sans peur le danger et la mort. Quoi qu'il arrive, ma femme et mes enfants sont pourvus. Quel que soit mon sort, ils sont à l'abri de la mauvaise fortune.

Godwin, penché sur les papiers qui étaient devant lui, souriait en lui-même, pendant qu'Harley prononçait ces paroles, d'un sourire étrange et presque satanique.

— Pardon, — s'écria le capitaine. — Vous devez me donner une espèce de reçu de cet argent et de ces titres, n'est-ce pas ? Je n'ai pas la prétention d'être un homme d'affaires, mais un père de famille est obligé à une certaine précision, même lorsque ce père de famille se trouve être un marin.

— Très-certainement; j'attendais le moment de le rédiger, — dit le banquier froidement.

Il toucha le ressort d'un petit timbre qui était devant lui sur la table, et, un moment après, Danielson apparut pour répondre à son appel.

— Apportez-moi un reçu en blanc, Danielson.

Le commis obéit et Godwin remplit les blancs en inscrivant la somme de vingt mille livres.

A ce reçu, il apposa sa signature et il le tendit à Danielson, qui le signa également comme témoin. Le banquier fit aussi un reçu du paquet scellé contenant les actes de propriété de Westford Grange.

Avec ces deux pièces, dans la poche de côté de son léger pardessus, Westford sortit charmé par l'idée d'avoir complétement assuré la fortune de sa femme et de ses enfants.

Le même cab qui l'avait conduit à la maison du banquier le mena aux Docks, où il descendit; puis, il se dirigea vers son navire, *la Reine-des-Lys*.

Le fret avait été mis à bord quelques jours auparavant et tout était prêt pour le départ. Un homme d'environ vingt cinq ans, au visage franc et ouvert, se promenait sur le pont lorsque le capitaine accosta le navire.

Ce jeune homme était Gilbert Thornleigh, premier lieutenant de *la Reine-des-Lys* et grand favori de Westford. Il était venu à Westford Grange avec son capitaine et il était tombé éperdument amoureux de Violette, pendant les trois jours qu'avait duré son séjour dans ce paradis champêtre; mais il est inutile de dire que le marin avait gardé le secret de son inflammable cœur. La charmante fille de son capitaine lui semblait aussi au-dessus de lui, qu'une duchesse avec couronne en tête et manteau d'hermine, pour un jeune capitaine des gardes.

Le capitaine salua Gilbert en lui donnant une cordiale poignée de main.

— Je suis exact, comme vous voyez, mon cher Gilbert, — dit-il.

— Oui, capitaine, toujours fidèle au poste.

— Et cette fois, je puis quitter mon pays natal, le cœur léger, — dit Harley, — car j'ai assuré le sort de ma femme et de mes enfants. Plus de valeurs étrangères et de formalités à troubler la raison de l'homme le plus sain d'esprit quand il essaye de les comprendre. J'ai placé la totalité de mon argent dans une vieille maison de banque d'Angleterre, et j'ai là dans ma poche le reçu de Rupert Godwin.

Gilbert tressaillit comme s'il avait reçu un coup violent.

— Rupert Godwin! — s'écria-t-il. — Ce n'est pas cela que vous avez voulu dire..... Vous n'avez pas voulu dire que vous avez placé toute votre fortune dans la maison de banque Godwin et Selby.

— Pourquoi pas, mon cher Gilbert?... Pourquoi ne la lui aurais-je pas confiée?

— Parce que le bruit court qu'elle est à la veille de la ruine. Hier encore, j'avais moi-même quelques centaines de livres dans cette maison ; mais mon oncle, un vieux négociant de la Cité, m'a averti, et j'ai retiré mon argent jusqu'au dernier denier, avant que la banque ne fermât. Mais ne vous inquiétez pas, capitaine, les bruits qui courent peuvent être mal fondés, et de plus vous pouvez encore reprendre votre argent.

Le visage de Westford pâlit tout à coup, il chancela comme un homme ivre, et fut forcé de chercher un appui contre le bordage.

— L'infâme! — s'écria-t-il, — l'infernal scélérat! Il savait que cet argent appartenait à ma femme et à mes enfants, et il souriait en le recevant de moi!

— Mais il est encore temps, capitaine, — dit Gilbert en regardant à sa montre. — La banque ne ferme qu'à quatre heures, et il n'est que trois heures. Vous pouvez descendre à terre et reprendre votre argent.

— Oui, — s'écria Westford avec un terrible juron. — J'aurai mon argent ou la vie de ce misérable. Mes enfants!..... ma femme!..... non, non, mes chéris, vous ne serez pas volés!

— Capitaine, il n'y a pas un moment à perdre.

— Je le sais, Gilbert, je le sais, — répondit Harley en se passant la main sur le front comme pour rassembler ses pensées. — Cette nouvelle m'a un peu bouleversé dans le premier moment ; mais me voilà maintenant tout à fait bien. Ecoutez, mon cher Gilbert, vous savez quelle confiance j'ai toujours eue en vous. Je vais vous en donner une preuve encore plus grande. Quoi qu'il arrive, la *Reine-des-Lys* mettra à la voile demain, au lever du soleil. Si je suis à bord pour l'heure du départ, tout est pour le mieux. Dans le cas contraire, le navire partira tout de même, et vous en prendrez le commandement comme capitaine. Rappelez-vous de cela. Je ne veux aucun retard. Tous les hommes sont à bord, et ils ne doivent pas attendre leur commandant. Je me fie à vous, Gilbert, comme si vous étiez mon fils. Dieu sait si je dois revoir encore les eaux bleues de la mer ! Si cet homme, si ce Godwin est en effet à la veille de la ruine, il ne lâchera pas vingt mille livres sans combat. Mais quoi qu'il arrive, je lui arracherai mon argent. En attendant, je vous confie le vaisseau, en cas de malheur ; rappelez-vous de mettre à la voile demain matin.

— Je n'y manquerai pas, capitaine, et vous serez avec nous, s'il plaît à la Providence.

— Ceci, — répondit Harley d'un ton solennel, — est entre les mains de Dieu.

Il remit tous les papiers nécessaires à la garde du jeune homme ; puis après quelques instructions données à la hâte, mais avec soin, il serra la main que lui tendait Gilbert et descendit dans le canot qui devait le conduire à terre.

Il appela le premier cab qu'il trouva à la sortie des Docks et dit au conducteur de partir au galop pour Lombard Street.

La banque fermait lorsque le capitaine descendit de voiture. M. Godwin venait de partir pour sa maison de campagne, lui dirent les commis, et il ne pouvait plus être traité aucune affaire ce jour-là.

— Alors il faut que je le suive à sa maison de campagne, — répondit le capitaine. — Où est-elle située?

— Wilmingdon, sur la route du Nord, au delà d'Hertford.

— Comment puis-je m'y rendre?

— Vous pouvez aller par le chemin de fer jusqu'à Hertford et puis prendre une voiture pour Wilmingdon. Il n'y a pas de station à Wilmingdon.

— Bien! — répondit Harley.

Puis, après avoir dit au cocher de se rendre à toute vitesse à la station du Nord, il remonta dans la voiture.

— Ni Godwin, ni moi, nous n'aurons de paix et de repos que lorsque cet argent aura été restitué à ses véritables propriétaires! — s'écria le capitaine, élevant ses mains crispées au-dessus de sa tête, comme pour prendre le ciel à témoin de son serment.

Il ne savait pas de quelle façon terrible ce serment devait être accompli.

CHAPITRE III.

UN CRÉANCIER IMPORTUN.

Pendant que Westford était emporté vers Hertford par le train express, Godwin était assis devant une table chargée de vins, dans la splendide salle à manger du noble et vieux manoir de Wilmingdon.

Wilmingdon n'était pas une moderne villa construite par un riche spéculateur, par un des princes marchands de notre ère commerciale. C'était une noble relique du passé, une de ces majestueuses habitations qu'on rencontre de loin en loin, entourées d'arbres plusieurs fois séculaires. Pendant des siècles, Wilmingdon avait été la résidence d'une grande famille; mais de folles extravagances avaient forcé les seigneurs du vieux manoir à s'exiler de cette luxueuse demeure pour faire place à quelque riche bourgeois, que sa fortune avait rendu possesseur du grand et vieux domaine.

Le château, dont la construction occupait un quadrangle, était assez grand pour y installer tout un régiment. Un des quatre corps de logis était resté inhabité pendant un grand nombre d'années; et les tapisseries, rongées par l'humidité, pendaient sur les murailles des tristes chambres à coucher et des vieux salons aux plafonds bas des temps passés.

Peu des serviteurs de la maison du banquier eussent été assez hardis pour entrer dans l'aile du nord du manoir qui, naturellement, passait pour être hantée ; mais Godwin lui-même rendait souvent visite à ces pièces solitaires, où la poussière s'amassait en couches épaisses sur les planchers de chêne. Le banquier, avait, en effet, placé un coffre-fort dans une des chambres du rez-de-chaussée, et l'on prétendait qu'il renfermait une grande quantité de vaisselle d'argent de l'ancien temps et des bijoux, confiés à sa garde par ses clients, dans les caveaux qui se trouvaient sous l'aile du nord.

Très-peu de personnes vivantes à cette époque étaient descendues dans ces caveaux ; mais on disait qu'ils régnaient dans toute la longueur et dans toute la largeur de l'aile du nord, et qu'ils s'étendaient même sous les autres corps de bâtiments, et l'on ajoutait encore qu'au temps des guerres civiles ces caveaux avaient servi de prisons pour les ennemis et de cachettes pour les fidèles adhérents de la bonne cause.

Les nombreux serviteurs de la maison de Godwin s'entretenaient souvent de ces sombres souterrains ; mais nul n'eût été assez courageux pour descendre dans ces caveaux inconnus. Du reste, ils ne restaient pas ouverts et livrés à la curiosité de quelque audacieux explorateur ; car les lourdes clefs qui les fermaient, et toutes celles des appartements de l'aile du nord, étaient sous la garde de Godwin lui-même qui, sans aucun doute, devait les tenir renfermées dans un des nombreux coffres de fer qui garnissaient son cabinet de travail. La légende parlait d'un passage souterrain conduisant d'un endroit quelconque des jardins jusque dans les caveaux, mais aucun des serviteurs actuels de la maison ne s'était aventuré à vérifier la réalité du fait. La légende faisait aussi mention d'une dame blanche dont l'ombre errait à toute heure dans les chambres obscures de l'aile du nord. Cette dame, fort inoffensive pendant sa vie, douce créature morte d'un désespoir d'amour causé par l'inconstance d'un amant engagé dans la carrière militaire, était très-désagréable à l'état d'esprit, car tous ses loisirs étaient consacrés à soupirer et à gémir dans les couloirs et dans les armoires et elle se plaisait à se livrer à toutes les variétés de bruits divers qu'exécutent les fantômes.

Dans le voisinage de Wilmingdon, Godwin était regardé comme possesseur d'une fortune presque fabuleuse. On le considérait comme une espèce de magicien moderne capable de changer en or les feuilles qui tombaient en automne des bois de Wilmingdon, si la fantaisie lui en prenait.

Cette soirée du mois de juin était aussi belle que l'avait été la matinée. Au couchant, le ciel était tout en feu et se teignait d'une pourpre orangée au moment où Godwin se trouvait assis dans sa spacieuse salle à manger à panneaux de chêne. Il n'était pas seul, en face de lui, de l'autre côté de la table, apparaissait la laide figure de son commis Danielson.

Des flacons de cristal taillé et brillants comme s'ils avaient été incrustés de pierres précieuses, étincelaient aux rayons du soleil couchant, et les plus beaux fruits de serres étaient amoncelés sur un lit de feuilles de vigne dans des plats de porcelaine de vieux Sèvres. Le luxe et l'élégance entouraient le banquier de toutes parts ; mais il n'avait en aucune façon l'air d'un sybarite qui savoure les délices du *dolce far niente*. Un nuage de mécontentement obscurcissait son beau visage, et l'excellent bourgogne aux reflets violets que le commis dégustait en véritable épicurien, n'avait aucun charme pour le maître.

Godwin s'était vu forcé de se concilier son commis. Jacob n'avait-il pas connaissance des vingt mille livres — ces vingt mille livres au sujet desquelles de noirs desseins s'agitaient en ce moment dans l'esprit du banquier?

Cette somme pouvait rétablir, pour un temps, le crédit ébranlé du banquier ; mais que faire lorsque le capitaine reviendrait de son voyage en Chine et qu'il demanderait la restitution de son argent?

Godwin haïssait Westford d'une haine féroce et vivace quoique, jusqu'à ce jour, il n'eût jamais vu le visage du marin. La haine qui brûlait dans le cœur du banquier avait sa source dans un sombre mystère du passé — un mystère dans lequel Clara, la femme du marin, se trouvait mêlée.

Dans cet état de choses, Godwin, toujours égoïste, faux, et sans scrupule, était résolu à s'approprier la fortune du marin. La ruine le regardait en face. Il avait spéculé avec furie et il avait fait de grosses pertes ; il était décidé à quitter l'Europe pour toujours en emportant les vingt mille livres que lui avait confiées Westford.

Dans sa jeunesse, il avait passé plusieurs années dans l'Amérique du Sud, où l'un des membres de la famille de sa mère occupait, comme négociant, une position de quelque importance.

— Sous un faux nom et dans ce pays lointain, nul ne pourra découvrir l'identité du banquier fugitif, — pensait-il ; — et, avec vingt mille livres comme point de départ, je puis refaire une fortune plus considérable que la première. Julia m'accompagnera. Gustave peut rester en Angleterre et se tirer d'affaire lui-même. Il n'y a jamais eu un grand fond d'affection entre nous, et je ne me soucie pas d'être embarrassé à chaque instant par quelques-uns de ses ridicules scrupules à la Don Quichotte ; la chevalerie et le commerce s'attèlent mal ensemble. Bayard se serait mal trouvé de son bagage chevaleresque s'il eût été dans les affaires.

Telles étaient les pensées qui occupaient l'esprit du banquier pendant qu'il rêvassait assis devant les flacons de vins ; mais, de moment en moment, ses yeux inquiets se dirigeaient furtivement vers le visage de son commis.

Il craignait Jacob. Sa peur était vague et incompréhensible ; mais il sentait que le commis savait beaucoup de ses secrets et pouvait devenir un obstacle à l'accomplissement de ses plans. Il savait cela, et cependant il avait le désir de gagner Danielson, et, si cela était possible, de lui mettre un bandeau sur les yeux.

— Oui, Jacob, — dit-il alors en reprenant le fil d'une précédente conversation, — ces vingt mille livres peuvent nous fournir les moyens de détourner l'orage. Si les premières demandes de remboursement qu'on nous adresse sont promptement satisfaites, la confiance peut se rétablir et les bruits qui courent sur nous se dissiper.

— Très-probablement, — répondit le commis de son ton froid et sec qui blessait si cruellement Godwin ; — mais quand le capitaine reviendra de son voyage et redemandera son argent, qu'arrivera-t-il alors ?

— Pendant ce temps nous pouvons reconquérir une position solide.

— Oui, nous le pouvons, mais comment ?

— Quelques-unes des spéculations dans lesquelles mon argent est engagé peuvent s'améliorer, tous mes œufs ne sont pas dans le même panier, quelques-uns de mes paniers peuvent être plus en sûreté qu'ils ne le paraissent maintenant, — répondit le banquier, qui faisait tout son possible pour paraître calme sous le regard perçant des yeux gris de Jacob.

— Croyez-vous cela, monsieur Godwin ? — demanda le commis d'un ton étrangement significatif.

— Très-certainement.

— Hum ! — répondit Jacob en frottant son menton avec la paume de sa main ; — je suis enchanté que vous ayez tant de confiance dans l'avenir.

Godwin sentit l'aiguillon qui se cachait sous ces simples paroles ; il voyait bien qu'il n'était pas aisé de faire prendre le change à son commis. Mais il n'était pas lâche ; c'était un hardi coquin dont le cœur ne devait pas faillir dans les cas désespérés.

— Bah! — se dit-il, pendant que ses sourcils bien dessinés se contractaient au-dessus de ses yeux noirs; — qu'ai-je à craindre de cet homme? Il est vrai qu'il a connaissance du dépôt des vingt mille livres, mais quel mal cette connaissance pourra-t-elle me faire quand je serai loin de Londres et de mes créanciers? Dans cet argent il y a la source d'une nouvelle fortune.

Sa tête s'était penchée sur sa poitrine pendant qu'il s'abandonnait à cette rêverie qui n'était pas au fond désagréable, quand tout à coup une voix, empreinte d'un caractère solennel, vint troubler le silence de cette tranquille soirée de juin.

— Monsieur Godwin, — dit cette voix, — je viens vous redemander les vingt mille livres que j'ai déposées aujourd'hui entre vos mains.

La foudre, tombant du ciel sur le toit qui l'abritait, n'aurait pas produit sur le banquier un effet plus terrible que ces simples paroles.

Il leva la tête et aperçut Westford debout sur le seuil d'une porte-fenêtre qui ouvrait sur la pelouse. La silhouette du capitaine se dessinait dans l'ouverture de la porte du milieu, juste en face du banquier, qui put voir aux dernières lueurs du jour expirant qu'il était mortellement pâle. C'était la contenance ferme et résolue d'un homme désespéré.

Dans le premier moment, après que ces paroles eurent été prononcées, Godwin avait été complétement anéanti, mais par un violent effort il triompha de sa faiblesse et secouant sa stupeur, il reprit le ton décidé qui lui était habituel.

— Mon cher capitaine, — dit-il, — votre apparition soudaine m'a effrayé, et cependant je n'ai pas d'habitude les nerfs si délicats, mais on prétend que ce château est hanté par des esprits, et je vous donne ma parole qu'ainsi, à la lueur du crépuscule, vous aviez toute l'apparence d'un revenant. Asseyez-vous, je vous prie, et goûtez un peu de ce bourgogne, que je puis en toute conscience vous recommander. Danielson, voulez-vous être assez bon pour sonner et nous faire apporter des lampes ? Nous nous sommes laissé surprendre par l'obscurité.

— Oui, — répondit le commis, — tant nous étions profondément plongés dans nos réflexions.

Il y avait de l'ironie dans le ton de Danielson, et le banquier s'aperçut bien que les yeux du commis pénétraient ses pensées les plus intimes.

— Eh bien ! capitaine, — dit le banquier de l'air le plus dégagé, — à quoi dois-je l'honneur de cette visite ? Vous désirez faire quelques arrangements pour le placement de votre argent, peut-être n'êtes-vous pas satisfait du taux des intérêts servis par notre maison?

— Monsieur Godwin, — s'écria le marin, — je suis un homme franc et je ne sais pas ce que c'est que de ne pas aller droit au but. En peu de mots, je désire que mon argent me soit rendu.

— Vous avez peur de me le confier?

— J'en conviens.

— Vous avez sans doute recueilli quelques fausses rumeurs, quelque histoire mise en circulation par quelque notoire intrigant de la Cité ; peut-être vous est-il tombé entre les mains quelque circulaire anonyme lancée dans le but de miner le crédit d'une des meilleures maisons de banque de la Cité de Londres. J'ai vu souvent de ces coups portés dans l'ombre, et si j'en avais le pouvoir je voudrais faire pendre ces calomniateurs anonymes, sans plus de merci que les assassins qui s'attaquent à la vie de leurs concitoyens.

— La rumeur que j'ai recueillie peut être vraie ou fausse, j'espère pour vous qu'elle est fausse, monsieur. Je pense même qu'il est très-probable qu'il en est ainsi. Mais les intérêts qui m'occupent me sont plus chers que le sang de mes veines; il s'agit de l'argent qui assure le bien-être et la sécurité à venir de ma femme et de mes enfants. Cet argent ne doit pas être exposé, il ne doit pas seulement courir l'ombre d'un risque. Demandez-moi de vous confier ma vie et je me fierai à vous franchement; mais je ne veux pas vous confier cet argent. Je viens vous en demander la restitution.

— Et il vous sera rendu, mon cher capitaine, — répondit, le banquier en se renversant sur sa chaise, et en riant bruyamment. — Je vous en prie, excusez-moi, mais je ne puis m'empêcher de rire de votre simplicité. Vous autres, marins, vous êtes braves comme des lions en pleine mer, mais vous êtes les plus grands poltrons quand vous êtes sur le terrain des affaires. Vraiment, je ne puis m'empêcher de rire de vos frayeurs.

— Riez tant que vous voudrez, monsieur; seulement, me rendrez-vous mon argent?

— Très-certainement, mon cher capitaine; mais comme je ne me trouve pas avoir votre fortune sur moi, dans la poche de mon gilet, il faut que vous attendiez jusqu'à demain, à l'ouverture des bureaux.

Le marin changea de physionomie.

— J'espérais vous trouver dans Lombard Street avant la fermeture de votre maison de banque, — dit-il, — et j'ai donné des ordres pour que mon navire mît à la voile demain, à la pointe du jour. Si je ne suis pas à bord, il partira sans moi.

Le banquier garda le silence pendant quelques moments. Les lampes n'avaient pas encore été apportées, et dans l'obscurité un sinistre sourire passa sur le visage de Godwin.

— Votre vaisseau partira sans vous, — dit-il alors; — mais sans doute vos officiers doivent attendre de nouveaux ordres de vous?

— Non. Ils n'ont aucune raison d'attendre, — répondit le capitaine. — Ils ont reçu toutes les instructions nécessaires. Si je ne suis pas à bord de mon vaisseau demain, avant le jour, mon premier lieutenant prendra les fonctions de capitaine, et *la Reine-des-Lys* mettra à la voile sans moi.

Deux domestiques entrèrent en ce moment avec des lampes. Sous cette brillante lumière, adoucie cependant par des globes de verre dépoli, Godwin avait l'air d'un homme en bons termes avec lui-même et avec le monde entier; et pourtant, Dieu sait quel combat se livrait dans l'esprit de cet homme.

— Mon cher Danielson, — s'écria-t-il après avoir regardé la magnifique pendule de bronze doré qui ornait le marbre de la cheminée, — mon cher Danielson, avez-vous une idée de l'heure qu'il est? Il est maintenant neuf heures passées, et, à moins que vous ne partiez à l'instant, vous n'arriverez pas pour le train qui part à dix heures et demie d'Hertford.

— Vous êtes bien bon et vous songez à tout, monsieur, — dit le commis en observant la physionomie de son patron. — Oui, le moment est venu, et il faut que je songe à m'en aller.

— Je vais ordonner à un de mes grooms de vous conduire en voiture à la station, — dit Godwin.

Et avant que Jacob eût pu faire une observation, il sonna et donna des instructions au domestique qui se présenta.

Pendant ce temps, Harley se tenait debout à une petite distance de la table, muet et avec une terrible résolution empreinte sur son franc et beau visage.

Jusque-là il ne s'était pas assis, jusque-là ses regards ne s'étaient pas détachés de la physionomie du banquier. Il cherchait à découvrir si Godwin était oui ou non un honnête homme.

— J'attends votre décision relativement à cet argent, monsieur, — dit-il tranquillement. — Rappelez-vous que, pour moi, c'est une question de vie ou de mort.

— Si vous voulez passer dans mon cabinet, je vais être tout à votre service dans un instant, capitaine, — dit Godwin.

— Quelques mots seulement à dire à mon commis, et je vous rejoins.

En ce moment un domestique entra pour annoncer que le tilbury était prêt pour conduire Danielson à la station.

— Conduisez monsieur dans mon cabinet, — dit Godwin, — et portez-y immédiatement de la lumière.

Harley suivit le domestique. Quand il était entré dans la salle à manger, il portait son léger pardessus sur son bras ; ce pardessus était maintenant placé sur le dos d'une chaise.

— Maintenant, mon cher Jacob, — dit le banquier de l'air le plus tranquille, — que je vous voie monter en voiture, et je retourne en finir avec cet importun capitaine.

— Mais comment comptez-vous vous en tirer avec lui ? — demanda Danielson d'une voix basse et contenue.

— Très-aisément. Je lui persuaderai que les bruits alarmants qu'il a recueillis contre notre crédit sont entièrement faux, et je le déciderai à nous laisser son argent jusqu'à son retour de Chine.

— Mais il paraît déterminé à recevoir son argent immédiatement.

— Fiez-vous-en à ma diplomatie, pour triompher de sa détermination. Allons, Jacob, vous allez manquer le train.

Le banquier poussa presque son commis vers le tilbury qui attendait devant le superbe portique de Wilmingdon ; Jacob monta dans la voiture et le cocher partit au grand trot

Alors, pour la première fois, Godwin soupira péniblement, pendant qu'il se tenait debout sous le portique, et un sombre nuage couvrit son visage.

— C'est une affaire difficile, — murmura-t-il en lui-même, — une sinistre affaire ; songeons au parti que je veux prendre, mais rappelons-nous Clara Ponsonby, mon amour, et ses dédains ; rappelons-nous tout cela, et que ce souvenir me donne ce soir des forces et de la résolution.

Il resta quelque temps sous le péristyle, les yeux vague-

1.   3

ment perdus dans l'obscurité d'un ciel d'été, les étoiles n'étant pas encore levées, puis il respira une seconde fois, aussi profondément que la première, et se retourna pour rentrer dans la maison.

CHAPITRE IV.

NOUVELLE MANIÈRE DE PAYER SES ANCIENNES DETTES.

Godwin se dirigea immédiatement vers le cabinet où Westford l'attendait.

— Allons, mon cher capitaine, — dit-il en entrant dans cette pièce splendidement meublée, et dont les murs étaient cachés par des livres dont les reliures artistiques témoignaient de la richesse du millionnaire, et en même temps de la perfection de son goût, — allons, capitaine, tâchons de nous entendre l'un et l'autre d'une façon nette. Voulez-vous cet argent ce soir ?

— Oui, ma demande est peut-être déraisonnable, car cette maison n'est pas l'endroit où vous traitez les affaires; mais les circonstances particulières dans lesquelles je me trouve doivent me servir d'excuse. Je vous le répète encore, c'est une question de vie ou de mort.

— Et si je refuse de vous donner cet argent ce soir, vous vous présenterez demain aussitôt que la banque sera ouverte ?

— Cela ne fait pas question.

— Et si la restitution de votre argent éprouvait quelque retard, que feriez-vous ?

— Je m'attacherais à vos pas jour et nuit; je vous suivrais comme votre ombre ; je m'établirais sur les marches de votre maison de banque de Lombard Street, et je proclamerais que vous êtes un voleur et un misérable, jusqu'à ce que mes vingt mille livres m'aient été rendues. Mon argent !... — cria le capitaine avec colère. — Ce n'est pas mon argent, c'est l'argent de ma femme, c'est l'argent de mes enfants! et vous feriez mieux d'essayer de prendre ma vie que cet argent!

— Allons, allons, mon cher monsieur, — dit le banquier avec son plus doux sourire; — je vous en prie, ne vous emportez pas ainsi, e ne faisais qu'une supposition. Je puis dire que si je n'étais pas un honnête homme, vous seriez ce qu'on appelle communément un rude adversaire. Mais comme je n'ai pas l'intention de garder votre argent une heure de plus qu'il n'est nécessaire, nous n'avons pas besoin de faire intervenir la violence dans notre discussion. Je viens de vous dire que je n'avais pas l'habitude de porter vingt mille livres sur moi. En conséquence, dans les circonstances ordinaires, je serais dans l'impossibilité de vous donner vos vingt mille livres ce soir. Vous dites que votre vaisseau met à la voile demain, au point du jour?

— Oui.

— Et vous éprouveriez un préjudice si vous ne pouviez pas partir avec lui?

— Un préjudice très-considérable.

— Très-bien; alors, capitaine, — répondit le banquier, — vous n'avez pas très bien agi avec moi; vous vous êtes introduit dans ma résidence privée, et vous m'avez insulté par les plus injustes soupçons. En dépit de tout cela, je suis disposé à agir généreusement envers vous. Il arrive, et c'est étrange à dire, que j'ai dans cette maison une somme supérieure aux vingt mille livres que vous avez déposées entre mes mains.

— En vérité!

— Oui; c'est une étrange coïncidence, n'est-ce pas?

Le banquier riait en faisant cette remarque. Si Harley eût été un homme méfiant, habile à lire les noirs secrets du cœur humain, quelque chose de forcé et de peu naturel dans ce rire eût frappé son oreille et lui eût fait passer un frisson jusqu'au cœur. Mais il ne soupçonnait rien. Il était tout prêt à croire qu'il avait été injuste envers Godwin en réclamant avec une telle insistance la restitution de son argent.

— Je me trouve avoir parmi mes clients une vieille dame fort originale et dont la fortune, s'élevant à vingt mille livres, était encore, il y a quelques jours, placée dans différentes compagnies de chemins de fer, — dit le banquier, de l'air le plus naturel. — Mais il y a une semaine ou deux, par suite d'une panique causée par quelques stupides rapports qui lui étaient parvenus, elle m'a écrit qu'elle désirait que je retirasse son argent des différentes compagnies où il était placé, en me priant de le garder jusqu'à ce qu'elle m'ait donné de nouvelles instructions. Mais le meilleur de l'affaire, c'est qu'elle me demande de garder son argent à ma maison de campagne, dans la crainte, me dit-elle, d'un vol à Lombard Street. Avez-vous jamais rien vu de plus absurde ?

Godwin rit de nouveau de ce même rire forcé et qui n'avait rien de naturel.

— Pourtant, capitaine, — continua-t-il, — comme dit le vieux proverbe, il n'est si mauvais vent qui ne profite à quelqu'un, et vous profiterez de l'excentricité de cette vieille dame. Si vous voulez venir avec moi dans une autre partie de ma maison, où je renferme les valeurs qui me sont confiées, je vais vous remettre en bank-notes le montant de vos vingt mille livres.

— Je vous remercie beaucoup, — répondit le capitaine.

— Pas de remercîments. Je suis heureux de faire cela par considération pour... votre femme.

Le banquier fit un long temps d'arrêt avant de prononcer ces deux derniers mots.

Il ouvrit une caisse de fer et y prit un lourd trousseau de clefs qui portaient toutes une étiquette en parchemin. Ces clefs étaient celles de l'aile nord du château.

Au moment où les deux hommes allaient sortir du cabinet du banquier, la porte s'ouvrit et une femme parut sur le seuil.

Jamais plus splendide vision ne vint frapper l'œil d'un homme que celle qui s'offrait en ce moment aux regards de Westford.

Une jeune fille de dix-neuf ans environ, que ses yeux noirs et brillants et son type de beauté espagnol proclamaient la fille de Godwin, se tenait debout devant lui. Mais tout ce qui était sévère et froid dans le visage du banquier se changeait en beauté dans celui de sa fille.

L'éclat sombre de ses yeux avait quelque chose d'oriental; mais il s'y mêlait une expression de douceur qui ajoutait encore du charme à ses regards brillants. De vives couleurs rehaussaient la mate blancheur de son teint légèrement olivâtre, et ses lèvres entr'ouvertes et dont la carnation rappelait la nuance de la grenade, laissaient voir un rang de petites dents blanches qui brillaient à la lumière.

La taille de la jeune fille était grande et imposante, mais elle avait toute la grâce qu'on trouve dans la petite stature d'une comtesse d'Andalousie.

Telle était Julia, la fille unique du banquier, dont la femme était morte depuis longtemps, lui laissant deux enfants, un fils et une fille.

— Je t'ai cherché partout, papa, — s'écria Julia; — où t'es-tu donc caché toute la soirée?

Le banquier tourna vers sa fille un regard sévère

— Faut-il que je te répète encore, Julia, que cette pièce est consacrée par moi aux affaires et que je ne veux pas qu'on vienne m'y déranger? — dit-il sévèrement. — Monsieur est occupé avec moi d'affaires de la plus haute importance, et je suis forcé de te prier de rentrer dans ton appartement et de ne pas venir me troubler.

— Oh! très-bien, papa, — dit Julia en avançant sa lèvre inférieure d'un air évidemment contrarié et restant sur le seuil avec l'obstination de l'enfant gâté; — mais c'est terriblement ennuyeux de rester seule toute la soirée dans

cette vieille et triste maison, en s'attendant à chaque instant
à voir un revenant sortir de ces grands panneaux de chêne.
Mme Melville est allée dîner à la ville avec de vieux amis et
ne reviendra pas avant demain matin; me voilà donc toute
seule. Moi qui me faisais une fête de passer la soirée avec toi.
Pourtant, je m'en vais, papa; seulement je pense que tu n'es
pas gentil, et je...

Un froncement des sourcils de Godwin imposa silence à sa
fille, qui se retira en murmurant contre la sévérité de son
père.

Les hommes les plus fermes sont sujets à des faiblesses, et
il faut avouer que Julia était une enfant gâtée et la compagne
favorite de son père, qui en raffolait.

Entre Godwin et son fils, il n'y avait ni affection ni cama-
raderie. Une étrange antipathie divisait le père et son fils
unique; et c'était sur sa fille que le fier banquier avait con-
centré toutes ses espérances.

— Venez, capitaine, — dit le banquier, lorsque Julia se fut
retirée. — Il se fait tard. Le dernier train part d'Hertford un
peu avant minuit. Pourrez-vous aller à pied jusqu'à la station?

— Je ferais trois fois cette distance si cela était nécessaire,
— répondit le marin.

— Venez donc!

Godwin prit la lampe dans une main, le trousseau de clefs
dans l'autre, et il se dirigea vers la grande salle d'entrée,
suivi par Westford.

— Il ne sera pas nécessaire de s'occuper d'une voiture pour
monsieur, — dit le banquier à un domestique qu'il trouva
dans la salle. — Il coupera à travers le parc et ira à Hertford.

Godwin ouvrit la marche en suivant de longs corridors
couverts de riches tapis et ornés de sculptures, de peintures,
et de grands vases de porcelaine de Chine remplis de fleurs
qui répandaient dans l'air leur parfum pénétrant. Tout était
luxe et élégance dans cette partie de la maison, et par les

portes ouvertes, Harley aperçut de riches appartements dans lesquels les lambris de chêne sculpté et les plafonds de l'époque d'Élisabeth contrastaient avec l'élégance moderne.

Mais tout à coup la scène changea. Au bout d'un long corridor, le banquier ouvrit une lourde porte de chêne et s'avança pour indiquer le chemin dans un noir passage où l'atmosphère semblait épaissie par la poussière, et où l'on sentait cette odeur de renfermé qui annonce l'abandon et les ruines.

On était alors dans l'aile du nord de Wilmingdon, dans ces pièces inhabitées et hors de service dont Godwin se plaisait quelquefois à visiter la triste solitude.

Westford regarda autour de lui en frissonnant.

— Nous autres marins, nous sommes assez enclins à être superstitieux, — dit-il, — et l'air qu'on respire ici me glace jusqu'aux os. Je m'attends à chaque instant à rencontrer un revenant dans ces sombres couloirs, et cet endroit ressemble à un tombeau.

— Vraiment? — s'écria le banquier; — c'est étrange !

Cette fois encore, si Westford eût été soupçonneux, il aurait découvert quelque chose de sinistre dans le ton qui avait accompagné ces paroles.

Le banquier ouvrit une porte par laquelle on entrait dans une salle basse de plafond, qui paraissait être occupée de temps à autre par un homme dans les affaires.

Il y avait des coffres de fer sur l'un des côtés, un bureau et deux chaises occupaient le milieu du parquet de chêne qui n'était pas caché par un tapis. Il y avait une fenêtre longue et étroite garnie de barreaux de fer à l'intérieur et protégée extérieurement par des volets épais. A l'une des extrémités de la salle on voyait une porte garnie de fortes lames de fer.

Rien ne pouvait être plus effrayant que l'aspect de cette salle faiblement éclairée par la lampe que Godwin avait placée sur le bureau.

— C'est dans cette pièce que je renferme les objets de
valeur qui me sont confiés pour un certain temps, — dit-il,
pendant que les yeux de Harley erraient tout autour de la
salle. — Ces coffres-forts contiennent de l'argent et des valeurs ; cette porte conduit au caveau où je renferme la vaisselle plate.

Il ouvrit un des coffres-forts et y prit un petit coffret de
fer.

— Ceci est la fortune de Mlle Wentworth, — dit-il, — sur
laquelle je vais prélever vingt mille livres pour vous les remettre.

Il plaça le coffret sur le bureau ; et pendant que le capitaine
regardait d'un œil presque respectueux ce coffret qui contenait une somme si considérable, le banquier retourna une seconde fois vers le coffre-fort.

Cette fois le capitaine ne vit pas l'objet qu'il prit dans cette
caisse de fer.

C'était quelque chose qui, frappé par la lumière de la lampe,
lança des éclairs bleuâtres, quelque chose que le banquier
cacha dans la manche de son vêtement pour se rapprocher
du marin.

— Allons, — dit-il de l'air le plus indifférent, — il faut que
vous voyiez mon caveau avant que nous quittions l'aile hantée du château. Je suppose que vous n'avez pas peur des re-
venants en ma compagnie.

— Ni en votre compagnie ni seul, — répondit Harley ; —
un marin n'a jamais peur. Nous pouvons croire à l'apparition d'étranges visiteurs sur cette terre, mais nous ne les
craignons pas.

Le banquier fit jouer la serrure de la porte garnie de lames
de fer et l'ouvrit toute grande. Elle tourna lentement sur ses
gonds et laissa voir un escalier qui descendait dans les profondeurs de la terre au milieu d'une complète obscurité.

— Ainsi donc c'est là que vous gardez vos trésors ! —

s'écria le marin; — c'est véritablement la cave d'Aladin!

— Oui, — répondit Godwin; — si vous êtes un amateur de vieille argenterie, vous trouverez dans le caveau de quoi vous intéresser... des candélabres qui ont éclairé les banquets des Tudors, des gobelets que les lèvres épaisses de Cromwel ont touchés, des pots à crème, des tasses, et des soucoupes, ouvrage des orfévres favoris de la reine Anne, tous les trésors de quelques-unes des meilleures familles de l'Angleterre. Prenez la lampe et regardez à vos pieds.

Harley prit la lampe sur la table et s'approcha du seuil de la porte.

Il s'arrêta un moment, regardant d'un air pensif dans le sombre caveau qui se trouvait au-dessous de lui.

— Vilain endroit! — dit-il; — c'est plus noir que la cale d'un vaisseau négrier de la côte d'Afrique.

Au moment où il prononçait ces dernières paroles, le bras du banquier se leva tout à coup, et ce quelque chose de mystérieux qui avait projeté des éclairs bleuâtres à la lumière de la lampe s'abaissa sur le dos du marin.

Harley poussa un gémissement, chancela en avant, et tomba la tête la première sur les marches de l'escalier conduisant dans le caveau.

Un fracas de verre cassé se fit entendre lorsque la lampe lui échappa des mains, puis le bruit sourd et sinistre de la chute d'un corps pesant fut répercuté par les voûtes du caveau souterrain, comme les échos de la foudre dans les montagnes.

Le banquier fourra sa main dans sa poitrine, puis fit tourner la porte sur ses gonds, et la ferma à clef.

— Je ne pense pas qu'il vienne dans Lombard Street redemander son argent, ou se placer sur les marches de ma maison pour proclamer que je suis un voleur et un misérable, — murmura Rupert Godwin, en introduisant le trousseau de clefs dans la poche de sa redingote

Puis il sortit de la chambre, et se glissa avec précaution le long des étroits couloirs conduisant à la partie habitée de la maison.

Il avait laissé la porte de communication tout contre, et il aperçut la lumière briller par l'ouverture.

Il respira plus librement lorsqu'il se retrouva dans le corridor garni de tapis et qu'il referma la porte derrière lui.

Au moment où il faisait tourner la clef dans la serrure, Julia sortit d'une des pièces voisines.

— Où est ton ami, papa? — demanda-t-elle avec surprise.

— Il est retourné à Londres.

— Mais, comment? Je viens de vous voir entrer tous les deux dans l'aile du Nord, et depuis ce temps-là je suis restée assise dans mon boudoir, avec la porte ouverte, guettant le bruit de vos pas. Je suis sûre qu'il n'a pas passé le long de ce corridor.

Pendant un instant le banquier garda le silence.

— Comme tu es questionneuse, Julia, — dit-il à la fin, d'un air contrarié. — J'ai fait sortir ce monsieur par l'aile du Nord parce qu'il désirait couper à travers le parc par le chemin le plus court.

— Oh! oui, c'est cela. Mais qui peut t'attirer dans cette horrible aile du Nord?

— Les affaires. J'ai là des papiers importants. Assez, Julia, je ne puis souffrir d'être ainsi questionné.

La jeune fille regardait son père avec un mélange de surprise et d'inquiétude.

— Papa, — s'écria-t-elle, — tu es pâle comme la mort, je ne t'ai jamais vu comme cela; je suis sûre qu'il y a quelque chose qui te tourmente.

— J'avais des affaires d'une nature assez désagréable avec cet homme : mais tout est fini; et il est parti. Laisse-moi passer, Julia, j'ai encore beaucoup d'affaires à terminer avant de me mettre au lit.

— Bonsoir alors, papa, — dit Julia en lui tendant son front pour qu'il l'embrassât.

Mais tout à coup elle se recula de son père en poussant un cri de terreur.

— Vois donc ! — s'écria-t-elle en montrant la poitrine de son père.

— Qu'y a-t-il, mon enfant?

— Du sang, papa... une tache de sang sur ta chemise.

Le banquier baissa la tête et vit une petite éclaboussure de sang sur le devant de sa chemise, d'une blancheur irréprochable.

— Que tu es sotte, Julia, — dit-il; — je viens de saigner du nez, tout à l'heure, lorsque j'étais penché sur des papiers. J'ai le sang à la tête depuis quelque temps. Voilà, voilà toute l'affaire. Bonsoir, mon enfant.

Il appuya ses lèvres sur le front de la jeune fille. Et ces lèvres froides, et dont le sang s'était retiré, lui firent passer un frisson dans les veines.

— Qu'a donc papa, ce soir? — se dit-elle en retournant dans son luxueux appartement. — Je crains bien qu'il n'y ait eu quelque chose de mauvais dans la Cité, aujourd'hui.

Le banquier se dirigea lentement vers la salle à manger, dans laquelle Harley était venu d'abord interrompre sa rêverie.

Les lampes brûlaient encore sur la longue table de chêne poli, les vins brillaient avec l'éclat du rubis dans les flacons de cristal taillé.

Mais la salle n'était pas vide. Assis près de la table, le *Times* à la main, Godwin aperçut Danielson, celui de tous les hommes qu'il avait le moins de désir de voir, en ce moment.

Le banquier avait boutonné sa redingote sur sa poitrine après sa rencontre avec sa fille, et la tache de sang n'était plus visible. Mais il ne put réprimer un tressaillement soudain, à la vue de son commis

— Vous ici, Danielson ! — dit-il. — Je vous croyais en route pour Londres.

— Non ; je suis arrivé trop tard pour le train, et je suis revenu vous demander l'hospitalité. J'aurais pu partir par le train de minuit, mais mon hôtesse est une singulière personne, et il ne serait pas bon pour moi de rentrer à mon logement au milieu de la nuit. Aussi, je me suis hasardé à revenir ici. J'espère que vous ne me trouverez pas indiscret.

— Oh ! pas du tout, — répondit Godwin en se laissant tomber dans un fauteuil de maroquin. — Voulez-vous être assez bon pour sonner ?

— Certainement. Vous paraissez très-pâle.

— Oui. Je viens d'être saisi d'une violente douleur au cœur. Je suis sujet à cette indisposition, — répondit le banquier froidement.

Puis il ajouta, en s'adressant au domestique qui venait d'entrer : —

— Apportez-moi du brandy.

Le domestique apporta un flacon de brandy. Rupert se versa la moitié d'un grand verre de cet énergique spiritueux et le but jusqu'à la dernière goutte.

— Ainsi donc, vous avez manqué le train, et vous êtes revenu ici ? — demanda alors le banquier.

— Oui. J'avais renvoyé votre cocher avec le tilbury avant de m'apercevoir que le train était parti ; aussi, je n'ai pas eu d'autre parti à prendre que de revenir à pied.

— Il faut que vous ayiez marché bien vite, — dit le banquier d'un air pensif.

— Oui, je suis un rude marcheur. Mais où est votre ami le capitaine ?

— Parti, depuis une demi-heure.

— Alors, vous avez réussi à le tranquilliser ?

— Oh ! oui. Il m'a laissé la garde de son argent jusqu'à son retour de Chine. Mais j'aurai à lui payer un intérêt un peu élevé.

— Oh! bien sûr, — répondit le commis en se frottant le menton d'une manière lente et méditative qui lui était particulière et en regardant attentivement son patron, qui buvait un second demi-verre de brandy. — Ainsi, le capitaine s'est rendu à pied à la station. Vous lui avez fait prendre le chemin le plus court et couper à travers le parc, je suppose?

— Oui.

— Par la grotte et la fougeraie, n'est-ce pas ?

— Oui, je lui ai fait prendre ce chemin, — répondit le banquier d'un air distrait.

— C'est étrange! — dit le commis. — J'aurais dû le rencontrer, car j'ai suivi la même route.

— Très-probablement il se sera trompé de chemin. Ces marins ne valent pas grand'chose quand ils sont à terre.

— Non, bien certainement, et l'étourdi a oublié son pardessus, à ce que je vois, — dit Danielson en montrant du doigt le vêtement qui était posé sur le dos d'une chaise, à une distance assez éloignée.

— Il est vraiment bien étourdi, — répondit le banquier, — et maintenant, comme je me sens assez fatigué, je vais vous souhaiter le bonsoir, Danielson ; un domestique vous conduira à votre chambre. Essayez de ce cognac, il est passé à l'état de liqueur.

— Il faut qu'il soit en effet bien doux, — répondit le commis; — car jamais je ne vous ai vu boire tant d'eau-de-vie, que vous venez d'en prendre depuis cinq minutes.

Godwin quitta la salle à manger et monta le grand escalier pour se rendre dans son appartement, pièce spacieuse et élevée de plafond, avec un mobilier de chêne sculpté d'un ton sombre, relevé par des tentures de velours vert.

Là, le masque tomba du visage de l'assassin ; là, le coupable osa se montrer tel qu'il était.

Il se laissa tomber lourdement sur une chaise, et, se couvrant le visage de ses mains, il poussa un gémissement.

— Cela a été terrible! — murmura-t-il, — vraiment terrible! et cependant on dit que la vengeance est douce. Depuis des années, j'étais avide de vengeance comme le tigre affamé en quête de sa proie, et maintenant je la tiens! je suis vengé! Clara Ponsonby ne verra plus mon odieux rival.

Le banquier plongea sa main dans sa poitrine et en tira un long poignard espagnol à lame d'acier bruni.

Depuis la pointe jusqu'à la poignée, la lame était souillée de sang.

— Son sang! — murmura Godwin; — le sang de l'homme que j'ai haï depuis vingt ans, et que j'ai vu aujourd'hui pour la première fois! Les voies de la destinée sont étranges!

Le banquier se leva et s'approcha d'un chiffonnier d'ébène incrusté d'argent, dans un tiroir duquel il plaça le poignard.

— Nul être vivant, autre que moi, ne connaît le secret de ce ressort, — dit il. — Bien habile sera celui qui trouvera l'arme qui a tué Westford!

Puis, après un moment de silence, il murmura : —

— L'arme qui l'a tué! Est-il bien certain qu'il soit mort?

Et, après un nouveau silence, il ajouta : —

— Bah! comment pourrait-il survivre à l'œuvre de cette nuit! Le coup de poignard était suffisamment assuré, et puis, cette chute sur les marches de l'escalier... Est-il possible de concevoir un doute sur sa mort?... Et, lors même qu'il aurait survécu au coup de poignard et à la chute, il devrait encore périr par la perte de son sang, le froid, ou même la faim!

Il y avait quelque chose d'infernal dans l'expression de la physionomie de Rupert, réfléchissant sur ces horribles alternatives.

— Et les vingt mille livres sont à moi! — s'écria-t-il d'un air de triomphe après un silence, — à moi pour toujours, avec faculté d'en disposer à ma volonté. Je puis, par conséquent, soutenir le crédit ébranlé de ma maison. De nouvelles spéculations peuvent encore refaire ma fortune. Je puis surmonter toutes les difficultés comme j'ai triomphé de celles de cette nuit. Qu'était-ce, après tout... ce crime si hideux à contempler, si horrible à se rappeler? Un coup bien assuré, et c'est chose faite! Cet homme a vu la fin de sa carrière comme il aurait pu la trouver dans quelque tempête au milieu des mers. Qu'est-ce que le monde perd à sa mort, et en suis-je pire pour avoir fait ce que j'ai fait?

Tel était le raisonnement que se tenait à lui-même cet homme dans le premier moment où il pouvait réfléchir, après la perpétration d'un forfait qui le séparait pour toujours, comme pensées et comme sentiments, des hommes dont les mains sont pures de sang versé et dont la conscience est tranquille.

Il semblait qu'une transformation physique se fût opérée en lui depuis l'accomplissement de cet horrible forfait. Il ne respirait plus, il n'agissait plus, il ne parlait plus avec un sentiment d'aisance et de liberté. Sa respiration était gênée, ses membres semblaient avoir perdu leur élasticité, et sa voix lorsqu'il parlait lui paraissait étrange.

— C'est une sorte de cauchemar, — se dit-il à lui-même, — et qui passera aussi vite qu'il est venu; j'ai vécu dans des pays où les hommes se prennent la vie les uns aux autres, presque sans y penser. Vais-je devenir un lâche, parce que j'ai abrégé la vie de cet insolent marin de quelques années? Pourquoi est-il venu ici m'insulter et me braver dans ma propre maison? Il ne savait pas quel homme désespéré il bravait. Il ne savait pas les justes causes que j'avais de le haïr!

Agité par ces pensées de vengeance, le banquier arpentait

sa spacieuse chambre à coucher, les bras croisés et la tête courbée sur sa poitrine.

Mais tout à coup il s'arrêta, et une expression de terreur traversa son visage.

— Le reçu ! — s'écria-t-il. — Le reçu des vingt mille livres !... S'il était tombé dans d'autres mains !

Puis, après un moment de silence, il murmura : —

— Non ! ce n'est pas possible. Cet homme doit l'avoir gardé en sa possession. Il est enseveli avec lui dans le noir caveau, où il gît pour n'en plus sortir.

Mais, un moment après, le banquier se rappela le pardessus que Westford avait laissé dans la salle à manger.

— Si, par hasard, ce reçu était dans une des poches de ce vêtement ! — se dit-il en s'arrêtant au milieu de sa chambre.

uis, après un moment d'hésitation, il saisit une bougie sur la table de toilette, quitta sa chambre, et descendit à l'étage inférieur.

Il entra dans la salle à manger. Elle était déserte, les lampes avaient été enlevées, Danielson était parti, mais le vêtement du capitaine était toujours sur la chaise où il l'avait laissé.

Godwin fouilla toutes les poches. Mais dans aucune d'elles il ne trouva un seul papier.

— Si Danielson les avait explorées avant moi, et s'il s'était emparé du reçu ! — s'écria le banquier. — Ce serait ma perte. Mais non, quelque peu soigneux que puissent être ces marins, Westford n'aurait jamais porté le seul document représentant sa fortune dans la poche peu sûre d'un pardessus

CHAPITRE V.

JEUNE RÊVE D'AMOUR.

Lentement, bien lentement, Mme Westford se rétablit de l'attaque de fièvre cérébrale causée par la douleur de sa séparation d'avec un époux adoré. Ce n'était pas un chagrin ordinaire qui l'avait mise dans cet état alarmant, elle avait succombé sous l'influence d'une étrange et invincible pressentiment qui l'avait poursuivie pendant la longue nuit de veille qui avait précédé pour elle le départ de Westford.

Longtemps et patiemment, pendant les beaux jours de l'été, Violette avait veillé dans la chambre de la malade, tandis que Lionel, non moins dévoué, restait fidèle à son poste dans le boudoir attenant à la chambre de sa mère. Jamais mère n'obtint la grâce de posséder des enfants plus affectueux. Jamais yeux plus aimants ne veillèrent sur le sommeil d'une malade en proie au délire de la fièvre.

Mais quelquefois, aux heures les plus agréables des soirées de juin, lorsque les cieux s'empourpraient aux rayons du soleil couchant, Lionel insistait auprès de Violette pour qu'elle allât respirer l'air pur du soir, pendant qu'il prenait sa place près du lit de leur mère.

— Il est inutile de discuter, Violette, — dit-il. — Si tu ne veux pas aller prendre l'air, après une longue journée de veille et de fatigue, tu te rendras malade comme notre pauvre mère, et ce sera une triste consolation pour elle de te trouver au lit lorsqu'elle commencera à se rétablir. Va, chère sœur, fais une belle excursion dans la forêt et reviens, le teint rose et florissant, passer une bonne nuit de repos. Rappelle-toi, Violette, qu'en l'absence de papa, c'est moi qui suis ton tuteur. Ainsi pas de désobéissance, mademoiselle, mettez votre chapeau et partez.

I. 4

Si l'aimable jeune homme eût été bon observateur, il se fût peut-être etonné des vives couleurs qui teignaient les joues de Violette quand il était question de ses excursions du soir.

Hésitante et confuse, elle semblait par moments désirer vivement partir; puis un instant après elle suppliait presque qu'on lui permit de rester dans le sanctuaire de la chambre de sa mère.

Mais Lionel montrait de la fermeté quand il pensait que la santé de sa sœur était en jeu, et il insistait pour qu'elle fît sa promenade du soir.

— Je voudrais pouvoir aller avec toi et voir si ta promenade se passe selon toutes les règles des convenances, Violette, — disait-il, — mais je suis résolu à ce que ma mère ne reste jamais seule livrée aux soins des domestiques, quelque dévoués qu'ils puissent être. Si tu ne veux pas sortir seule, prends une des domestiques avec toi, mais tu n'as pas besoin de t'éloigner assez de la maison pour ne pas entendre si l'on t'appelle.

Et, pendant tout ce temps, Clara gisait faible et languissante, l'esprit troublé par mille visions fiévreuses qui lui faisaient voir le mari de son choix entouré de périls et menacé par la tempête.

Le médecin augurait favorablement de son état, mais il déclarait que son rétablissement pourrait être long et pénible.

L'esprit de Clara avait éprouvé un choc terrible de cette séparation d'avec Harley.

Ainsi donc, lorsque venait le soir, Violette quittait la chambre de sa mère pour aller se promener seule à travers les clairières des bois qui environnaient les jardins de Westford.

Nulle partie de l'Angleterre ne présente des sites plus agréables que ce pays boisé du comté de Hamp, avec ses hautes fougères, ses genêts, et ses grandes oppositions de soleil et d'ombre.

Et certes jamais plus charmante nymphe n'orna la classique

forêt que celle qui errait ainsi pendant le calme du soir avec des fleurs sauvages passées autour du ruban de son chapeau de paille.

Elle s'en allait ainsi un soir, huit jours environ après l'entrevue du banquier et de sa victime, à Wilmingdon.

Elle traversa la grande pelouse, les massifs d'arbustes, et sortit des jardins par une petite barrière de bois qui donnait directement dans la forêt. Son visage était alors un peu pâle, malgré la vive rougeur qui le couvrait au moment où elle avait quitté son frère. Elle ne se tint pas à la portée de la voix, comme l'avait supposé Lionel, mais elle s'engagea immédiatement dans un étroit sentier qui était tracé à travers les grands et vieux arbres; elle s'avançait quelquefois lentement, quelquefois presque d'un pas précipité, jusqu'à ce qu'elle fût arrivée à une pièce de terre couverte de gazon et protégée de tous côtés par un rideau d'ormes et de hêtres, auxquels se mêlaient de loin en loin les majestueuses branches d'un chêne. C'était un endroit délicieux. Les fougères s'élevaient à une grande hauteur au milieu des grands troncs des arbres, et à une certaine distance une petite nappe d'eau, tranquille comme un lac de glace, reflétait le ciel empourpré du soir.

C'était un endroit délicieux; et il n'était pas désert. Un jeune homme était assis sur un pliant, devant un chevalet portatif.

Mais il ne travaillait pas à l'aquarelle qui était placée sur ce chevalet. Il était assis dans une attitude presque mélancolique et ses yeux étaient dirigés vers le débouché de la forêt par lequel Violette apparut.

Il était très-beau, brun, avec des yeux gris bordés de longs cils noirs, des yeux qui le plus souvent paraissaient plutôt noirs que gris. Il était très-beau et son extérieur était celui d'un homme du monde accompli dont le noble sang se recon naît à des signes indélébiles Cette distinction native, il la portait en lui-même, car elle ne tenait pas à ses vêtements. Rien ne pouvait être plus simple que sa veste de chasse en velours et son gilet et son pantalon gris, qui auraient pu convenir à un chasseur, à un marchand ambulant, ou à un gentleman en excursion pédestre.

Aussitôt que ses yeux aperçurent la robe blanche de Violette, il se leva de son siége et s'élança à sa rencontre.

— Ma bien-aimée, — s'écria-t-il, — comme vous venez tard, et comme le temps m'a semblé long.... cruellement long!

Quand un homme s'adresse à une femme en l'appelant ma bien-aimée, il est à supposer que cette femme et cet homme se sont rencontrés souvent et sont dans de très-bons termes l'un avec l'autre.

— Je n'ai pas pu venir plus tôt, George, — dit la jeune fille gracieusement, — et même maintenant je me reproche presque d'être venue... Oh! si maman était en bonne santé et si je pouvais lui avouer nos rencontres!... Si je pouvais vous conduire près d'elle!... Oh! George, vous ne la connaissez pas si vous pensez que votre pauvreté pourrait être un obstacle. Elle ne me demandera jamais d'épouser un homme que je n'aimerais pas d'un amour sincère, et si vous lui conveniez, elle serait la dernière personne qui fût capable de se préoccuper de la question de savoir si vous êtes riche ou pauvre.

Le jeune homme soupira profondément et ne répondit pas immédiatement à ce propos de jeune fille.

Mais après un moment de silence, il dit : —

— Votre mère peut être une femme très-généreuse, Violette, mais il y en a d'autres qui ne sont pas si généreuses. Il y en a qui n'ont d'adoration que pour l'or, que pour le veau d'or, qui se prosternent devant cette idole et qui lui offriraient le sang du cœur de leurs enfants, si le faux dieu demandait ce hideux sacrifice. Vous ne connaissez pas le monde, Violette, comme je le connais, sans cela vous ne diriez pas que la pauvreté ne peut pas élever une barrière entre nous.

— Mais ni mon père ni ma mère ne sont voués au culte de l'argent, — répondit la jeune fille. — Papa est le plus simple de tous les hommes, et je n'ai qu'à lui avouer que j'ai été assez folle pour donner mon cœur à un pauvre artiste inconnu dont la seule fortune consiste en un paquet de brosses, une palette, un chevalet portatif, et un pliant, pour qu'il me donne immédiatement son consentement, c'est-à-dire aussitôt qu'il vous connaîtra, George, car au risque de vous rendre confus, je dois vous avouer qu'il ne pourra vous connaître sans vous aimer.

— Ma chère folle... ma chère Violette.

— Ma mère n'a-t-elle pas été charmée de vous aux dernières fêtes de Noël, quand nous nous sommes rencontrés au bal à Winchester? Seulement elle vous a pris pour un homme riche, elle ne se doutait guère que vous étiez un pauvre artiste logeant dans un cottage dans la forêt. Vous avez l'air si aristocratique, George, qu'on s'imaginerait que vous avez un revenu de vingt mille livres par an.

Un nuage sombre passa sur le beau visage du jeune homme.

— Si j'avais un revenu de cinq cents livres, ma bien-aimée, je me serais fait présenter à votre père avant son départ d'Angleterre et je lui aurais hardiment demandé le don inappréciable de cette chère petite main. Mais je suis pauvre, je suis très-pauvre, et le plus misérable des hommes, je dépends d'un homme que je ne puis estimer.

Violette regardait le visage triste de celui qu'elle aimait avec un mélange de chagrin et d'étonnement.

— Mais il n'en sera pas toujours ainsi, George, — dit-elle; — vous serez un grand artiste un jour, et alors vous aurez le monde entier à vos pieds.

L'air affligé du jeune homme disparut à la vue du charmant visage qui se tournait vers lui.

— Ma belle rêveuse, — s'écria-t-il, — non, je n'ai pas ces ambitieuses visées de gloire et de grandeur, mais j'espère un jour me faire un nom qui me donnera au moins l'indépendance. C'est pour atteindre ce but que je travaille, et vous savez, ma chérie, si je travaille avec courage.

— Oh ! oui, j'ai quelquefois peur que votre santé ne vienne à en souffrir.

— Il n'y a rien à craindre de ce côté-là, Violette. Venez, il faut que vous regardiez le résultat de mon travail de la journée et que vous me donniez votre approbation ; sans cela, je ne dormirais pas tranquille cette nuit. Vous êtes tout au monde pour moi, Violette.

Le jeune artiste conduisit la jeune fille près du chevalet et se tint debout à côté d'elle pendant qu'elle regardait avec ravissement l'aquarelle qui était devant ses yeux.

Elle n'avait ni connaissances artistiques, ni expérience, et cependant elle sentait que l'œuvre qui était devant elle portait la divine empreinte du génie.

Ce n'était que la représentation de cette clairière de la forêt, avec ses épaisses fougères, sa grande nappe d'eau immobile, les tons chauds du soleil couchant, et un daim se désaltérant.

Mais l'âme d'un poëte avait inspiré la main du peintre, et il y avait dans cette peinture une paisible beauté qui parlait à l'âme.

— Oh ! vous serez grand, George, — s'écria la jeune fille après un long regard donné à la peinture ; — je le sens, vous serez grand !

Elle leva sur lui ses deux grands yeux d'un bleu foncé et appuya ses deux petites mains sur son bras.

Il ne désirait pas d'autre éloge que celui-là. La gloire pouvait venir à son heure et la fortune avec elle, mais le tressaillement de bonheur qu'il ressentait était quelque chose que ni la gloire ni l'or ne peuvent donner.

Pendant quelques instants les amoureux se promenèrent dans la clairière, heureux, bien heureux, oubliant pour un moment tout ce qui n'était pas ce coin de terre verdoyant caché au milieu des bois.

Puis, lorsque les feux du soleil couchant vinrent teindre de leurs brillantes couleurs le tapis de gazon qui s'étendait sous leurs pieds, Violette se hâta de retourner près de sa mère, toujours accompagnée par le jeune artiste. Ce ne fut que lorsqu'ils arrivèrent près de la grille qui s'ouvrait dans le jardin de Westford que le jeune homme se décida à se retirer.

Dieu sait si leurs rendez-vous étaient aussi purs et aussi innocents que s'ils eussent été les habitants du royaume féerique d'Obéron et de Titania. Mais Violette éprouvait comme un remords quand elle rentrait dans la chambre de la malade et qu'elle reprenait sa place auprès du lit de sa mère.

— Comme il est dur d'avoir un secret pour une mère aussi chérie, — pensait la jeune fille en soupirant. — Je veux tout lui dire aussitôt qu'elle sera rétablie; George ne peut me refuser ce droit. Je lui dirai tout et elle sourira à notre amour, elle croira comme moi au brillant avenir qui se réalisera lorsque le nom de Stanmore sera celui d'un grand peintre.

Réconfortée par des pensées de la nature de celles-ci, un doux sourire illuminait le visage de Violette, pendant qu'elle veillait sur le sommeil de sa pauvre mère qui d'une nuit à l'autre devenait plus paisible qu'il ne l'avait été depuis le départ du capitaine.

L'histoire des relations de Violette avec l'artiste était des plus simples.

Les amoureux s'étaient rencontrés pour la première fois dans un bal à Winchester — un grand bal de province où n'étaient admis que les gens d'une honorabilité indiscutable. Là Mme Westford et Violette virent M. Stanmore, qui fit une très-favorable impression sur les deux dames et qui dansa plusieurs fois avec la jeune fille.

Après cela, Lionel et sa sœur rencontrèrent plusieurs fois
l'étranger pendant l'hiver dans leurs promenades à pied et en
voiture dans la forêt. Il ne fit pas mystère de sa profession,
il leur dit au contraire tout de suite qu'il était artiste et qu'il
vivait dans une très-modeste habitation dans la forêt, afin
de pouvoir étudier la nature et la contempler face à face.

Quelquefois ils le trouvèrent assis sous une petite tente de
toile, enveloppé dans un grand paletot épais, et travaillant
avec ardeur, au milieu de l'hiver, à la copie de quelque
vieux chêne privé de ses feuilles et d'un aspect triste et imposant.

Peu à peu les jeunes gens devinrent très-intimes avec
George Stanmore. Lionel était très-enchanté de sa nouvelle connaissance. Mais pendant le printemps Lionel avait
été absent pour ses études à l'Université, et Violette avait été
obligée de se promener seule dans la forêt; car, inspirée par
son active charité, Mme Westford employait la plus grande
partie de son temps à visiter les pauvres des villages qui se
trouvaient dans un rayon de plusieurs milles autour de Westford.

Quelquefois Violette l'accompagnait dans ses visites de
charité, mais bien des fois aussi elle allait se promener seule
dans la forêt, soit à pied, soit montée sur son poney favori
qui avait été honoré du nom d'*Obéron*.

Mais soit qu'elle montât *Obéron*, soit qu'elle allât à pied, et
quelque chemin qu'elle prît, Violette était sûre de rencontrer
George.

Le reste est facile à deviner : ils s'étaient vus et ils s'étaient
aimés. Dès leur première rencontre, sans le savoir ni l'un ni
l'autre, la divine flamme de l'amour s'était allumée dans le
sein de chacun d'eux. Amour innocent, dévoué, que les
épreuves de la vie, les cruelles tempêtes du monde peuvent
contrarier et torturer, mais qu'elles ne peuvent jamais étein-
dre. C'était l'amour vrai, qui ne connaît ni les bas calculs, ni

les craintes égoïstes, ni les précautions intéressées. Violette aurait uni sa fortune à celle de George quand même il eût été dans la plus complète indigence et elle se serait fiée aveuglément à la Providence pour leur avenir, et le seul motif de prudence qui empêchait le jeune homme de presser sa recherche, c'était la crainte que celle qu'il aimait si tendrement, n'eût à souffrir de sa précipitation.

— Jusqu'à ce que j'aie conquis mon indépendance, puis-je lui demander de m'appartenir? — se disait-il. — Non, pas avant de pouvoir regarder le monde en face, et d'avoir confiance dans mon travail pour pourvoir à ses besoins.

CHAPITRE VI.

L'HISTOIRE DU PASSÉ.

Clara se rétablissait lentement ; mais sans que sa guérison laissât d'inquiétudes. Ses joues pâlies reprenaient de légères couleurs; un nouvel éclat revenait animer ses yeux qui avaient été si hagards.

Mais quand le délire et la stupeur furent passés, quand les douleurs imaginaires, les visions d'horreur et d'effroi eurent cessé de torturer l'esprit souffrant et troublé de la malade, un chagrin réel, sérieux et cruel, attendait Mme Westford.

Les premiers mots qui tombèrent de ses lèvres, lorsque la raison lui fut revenue, furent une question sur son mari.

— Est-il venu quelque lettre?... A-t-on reçu quelque lettre d'Harley?

Hélas! à la pauvre femme inquiète, il fallait faire une réponse négative. Aucune lettre du capitaine n'était arrivée.

Ni Violette, ni Lionel n'avaient été inquiets du silence de leur père. Ils pensaient que, s'il n'avait pas écrit, c'est qu'il n'avait pu trouver d'occasion pour envoyer une lettre.

Mais l'épouse était assaillie de mille craintes. Le mari
qu'elle aimait lui avait déclaré, en la quittant, son intention
de déposer le montant intégral de ses économies entre les
mains d'un banquier, et de lui envoyer le reçu de la somme
déposée.

La fortune, en elle-même, était une question secondaire
dans l'esprit de Clara. Pourtant, elle connaissait l'importance
que son mari attachait à cette mesure prudente, et elle ne
pouvait que s'étonner qu'il ait oublié de lui écrire à ce sujet
avant de quitter Londres; mais, ne l'ayant pas fait, elle s'é-
tonnait qu'il n'ait pas trouvé moyen d'envoyer une lettre à
terre avant de perdre de vue les côtes d'Angleterre.

Elle était troublée par des craintes si peu précises de leur nature, qu'elle pouvait à peine les exprimer. Ses enfants s'aper-
cevaient de ses inquiétudes et s'efforçaient de calmer ses
frayeurs.

— Ma chère mère, — s'écriait Lionel, — penses-tu que
s'il y avait réellement lieu à s'alarmer, je ne serais pas
moi-même également inquiet? Oublies-tu le vieux proverbe
qui dit que les mauvaises nouvelles ont des ailes? Si quelque
malheur était arrivé à mon père avant que *la Reine-des-Lys*
n'ait perdu de vue les côtes d'Angleterre, Gilbert nous eût
écrit sans aucun doute. Tu sais combien il est dévoué à mon
père, et, je puis le dire, à nous tous, — ajouta le jeune homme
avec un regard significatif à l'adresse de Violette, qui rougit
et se tourna du côté de la fenêtre pour éviter le regard inves-
tigateur de son frère.

Tout le monde, à Westford, s'était aperçu de l'impression
faite par Violette sur le cœur loyal du premier lieutenant de *la
Reine-des-Lys*.

Clara essayait de sourire à son fils et à sa fille, qui suivaient
chacun de ses regards avec des yeux inquiets et pleins d'a-
mour; elle souriait, mais c'était le sourire de la résignation et
non celui de la tranquillité. Son cœur était en proie à des tor-

tures cachées, et elle ne souffrait pas qu'un cri de désespoir lui échappât. Par amour pour Lionel et pour Vio'ette, elle comprimait toute manifestation extérieure de ses tourments, et elle attendait, espérant tous les jours l'arrivée d'une lettre apportée par quelque navire revenant en Angleterre, et lui donnant l'assurance que Harley était en sûreté.

— Il sait combien je souffre quand il est loin de moi, — se disait-elle, — et il ne manquera pas d'écrire chaque fois qu'il en trouvera l'occasion.

C'était un moment terrible à passer, un long temps d'inquiétude et d'angoisse. Lionel était heureux ; car, avec l'insouciante confiance d'une jeunesse qui s'était jusque-là passée sans l'ombre d'un chagrin, il avait une foi aveugle dans l'avenir. Tous les précédents voyages de son père avaient été heureux ; pourquoi celui-ci ne serait-il pas heureux comme les autres ?

Violette aussi était heureuse, absorbée qu'elle était par les merveilleuses joies d'un premier amour, sincère, pur, et sans limites. Maintenant, que sa mère était rendue à la santé, il lui semblait qu'aucun nuage ne pouvait obscurcir le brillant éclat de sa vie. Qu'importait que George fût pauvre ! Son père reviendrait et la pauvreté n'était pas un vice aux yeux de l'excellent marin.

L'été s'écoula heureusement pour les amoureux qui se rencontraient souvent au milieu des beaux sites de la forêt quelquefois seuls, quelquefois en présence de Lionel qui voyait bien que l'artiste avait de l'admiration pour sa sœur, mais qui n'avait aucun soupçon qu'il pût exister entre eux un sentiment plus profond. C'est là un sujet sur lequel les frères ne font pas preuve ordinairement d'une grande perspicacité ; ils regardent toujours leurs sœurs comme des petites filles, et ils sont tout surpris lorsque quelqu'un de leurs amis, appartenant au sexe masculin, déclare que cette petite fille est un ange.

Et, lors même qu'il aurait eu des soupçons, il n'est guère

probable qu'il eût voulu se jeter à la traverse de ce pur et saint amour. Il n'avait pas de cupide ambition ni pour sa sœur, ni pour lui-même, et les dures leçons du monde ne lui avaient pas encore enseigné la prudence.

L'été était passé ; le vert feuillage de la forêt revêtait des teintes rouges et dorées ; les jours devenaient plus courts et la petite famille passait les longues et tranquilles soirées dans le salon gaiement éclairé.

Mais il n'arrivait toujours pas de lettres de Westford, aucunes nouvelles de *la Reine-des-Lys*.

Mme Westford et ses enfants avaient de nombreux amis parmi les familles du voisinage; mais ils voyaient peu de monde dans ce moment, car on savait que Clara évitait la société pendant les absences de son mari.

Tous ceux qui avaient avec elle des relations d'intimité l'admiraient et l'aimaient; mais il y avait beaucoup de gens qui savaient fort peu de chose sur Mme Westford et qui la jugeaient fière et exclusive.

Elle était fière parce que la position de son mari, comme capitaine de la marine marchande, la plaçait au-dessous de la haute bourgeoisie du comté qui ne s'était jamais mêlée de commerce ou de spéculation.

Elle était fière pour son mari, mais non pour elle-même.

— Je n'irai jamais dans une maison où mon mari ne serait pas reçu comme un hôte estimé et honoré, — dit-elle.

Elle était exclusive parce que ses affections étaient concentrées dans un seul foyer. Elle aimait son mari et ses enfants d'un amour profond et dévoué, et il lui restait peu d'affection pour le monde en dehors de son heureux intérieur.

Trois mois s'étaient écoulés depuis la mise à la voile de *la Reine-des-Lys*, et l'on était toujours sans nouvelles de son capitaine.

Pour Clara, et pour Clara seule, c'était un sujet d'alarmes, Lionel et Violette conservaient leur aveugle confiance, ils étaient trop heureux pour croire à la possibilité d'un malheur.

Pendant un beau jour d'automne, Mme Westford avait envoyé son fils et sa fille faire des emplettes à Winchester. Elle aimait à les voir occupés et heureux. C'était un soulagement pour elle d'être seule, afin de pouvoir s'abandonner sans contrainte à son chagrin, libre de l'affectueuse surveillance de leurs yeux vigilants.

Elle s'assit dans le salon de Westford, grande pièce à plafond bas avec de grandes fenêtres ouvrant sur la pelouse.

La journée était chaude et brillante et les fenêtres ouvertes laissaient pénétrer l'air pur des jardins et des bois. Clara était à demi couchée dans une grande chaise basse, près de l'une des fenêtres. Une petite table chargée de livres était placée auprès d'elle, mais les volumes n'avaient pas même été ouverts. Elle ne pouvait pas lire; ses pensées se portaient au loin sur ces mers terribles et inconnues que traversait *la Reine-des-Lys*.

Jamais, peut-être, même dans toute la fleur de sa jeunesse, elle n'avait été plus belle qu'elle ne le paraissait ce jour-là.

C'était la beauté calme de la femme faite, cette beauté reposée et tranquille comme la douce lumière de la lune, comparée à la majestueuse splendeur du soleil de midi.

Elle était délicieusement habillée, car elle était trop complétement bien élevée pour jamais négliger sa toilette. Elle n'était pas femme à chercher dans son chagrin une excuse pour l'abandon des soins de sa personne. Ses beaux cheveux châtains étaient réunis en masses épaisses sur le derrière de sa tête, et retenus par un peigne d'écaille ouvragé. Sa robe de soie était d'un brun aux reflets dorés, qui s'harmonisait parfaitement avec la nuance de ses cheveux. Une grosse turquoise, enchâssée dans une monture d'or mat, fermait son col blanc, et des boutons du même modèle fixaient des manchettes d'une éclatante blancheur.

Quelques bagues de prix, toutes de turquoises et d'or, ornaient ses doigts blancs et effilés, et c'étaient là tous les bijoux que portait la femme du capitaine.

Elle était assise seule et songeant, oh! Dieu sait avec quelle tendresse, avec quelle mélancolie, à son époux absent, lorsque tout à coup les rideaux de la fenêtre la plus éloignée de celle où elle se trouvait s'écartèrent et un homme entra dans le salon.

Clara releva la tête au bruit, et un cri à demi étouffé s'échappa de sa poitrine.

— Vous ici!... — s'écria-t-elle, — vous ici!...

Celui qui s'était introduit ainsi n'était autre que Rupert Godwin, le banquier de Lombard Street.

Il s'avança lentement vers l'endroit où Clara était assise. Son visage brun était un peu plus pâle que de coutume, et dans ses yeux se lisait une indomptable résolution.

— Oui, — répondit-il tranquillement. — C'est moi, Clara. Après vingt ans, nous nous retrouvons face à face aujourd'hui pour la première fois, et je revois cette beauté qui a été la malédiction et le tourment de ma vie.

Clara se recula sur son fauteuil comme si elle avait voulu éviter un coup.

— Oh! Dieu de miséricorde! — s'écria-t-elle en élevant ses mains au-dessus de sa tête dans un transport frénétique. — Après vingt ans de bonheur, faut-il que j'entende encore cette voix exécrée?

— Oui, Clara, — répondit le banquier... — Pendant vingt ans il y a eu trêve entre nous... aujourd'hui la guerre recommence et cette fois elle ne finira pas sans que je sois vainqueur.

La femme du capitaine se couvrit le visage de ses mains mais sans rien dire; elle frissonnait comme si elle était glacée jusqu'au cœur par le souffle d'un vent du nord.

— Ah! Clara, vous êtes belle comme toujours... mais vous n'avez plus votre ancienne énergie, — dit le banquier. — La femme du marin n'est pas aussi fière que la fille du baronet.

— Cent fois plus fière ! — s'écria Clara en écartant ses mains de son visage et en regardant tout à coup Rupert ; — cent fois plus fière, car elle a l'honneur de son mari à défendre en même temps que le sien.

— Bravement parlé, Clara, noblement parlé ! Vous êtes toujours la fière reine de beauté d'autrefois, je le vois, et la conquête n'en sera que plus glorieuse. Cette fois, la victoire ne m'échappera point !

— Pourquoi êtes-vous ici ? — s'écria Mme Westford. — Comment avez-vous pu découvrir cette retraite ?...

— Avec l'aide de votre mari... Mais vous allez en apprendre bien plus encore à l'instant.

— Avec l'aide de mon mari... Il est donc allé chez vous?... Vous l'avez donc vu avant qu'il ne mît à la voile ?

— Oui, je l'ai vu.

— Il a déposé une somme importante entre vos mains ?

Le banquier regarda Clara avec un sourire insolent.

— Ma chère Clara, vous rêvez bien certainement ! — s'écria-t-il. — Votre mari ne m'a pas déposé d'argent, et il n'était pas en position de le faire.

— Que voulez-vous dire ?

— Simplement ceci, que lorsque Westford est venu me trouver, il était sans le sou. Il est venu m'emprunter de l'argent pour payer une partie de la cargaison de son navire, et il m'a déposé les titres de propriété de ce domaine, comme garantie de la somme que je lui avançais.

— Il vous a emprunté de l'argent ! — s'écria Clara en portant ses mains crispées à sa tête avec un geste de désespoir. — Pourquoi alors m'a-t-il dit qu'il avait l'intention de placer vingt mille livres entre vos mains?

— Alors, il vous a dit un mensonge ; car la totalité des gains qu'il avait faits a été perdue dans des spéculations étrangères où il s'était engagé, et ce n'est qu'à l'aide d'emprunts qu'il lui était possible de partir pour courir de nouvelles aven-

tures. Néanmoins, ma chère Clara, je ne vous demande pas
de me croire sur parole ; j'ai des actes portant la signature de
votre mari pour prouver la vérité de ce que j'avance. Quand
vous aurez ces papiers entre les mains, peut-être me croirez-
vous.

— Oh ! c'est trop horrible ! — s'écria la malheureuse femme.
— C'est trop cruel... Harley, mon mari bien-aimé sous le coup
d'une obligation envers vous .. envers vous, le dernier des
hommes de la terre auquel il aurait dû s'adresser !

— Oui, — répondit le banquier avec un sourire, — oui, c'est
étrange, n'est-ce pas ? très-étrange ! Il y a comme cela de ces
hasards dans la vie qu'on ne croit pouvoir se rencontrer que
dans les romans.

Il y eut un temps d'arrêt. Clara gardait le silence. Elle pensait à sa dernière entrevue avec son mari, et elle se rappelait
chacune des paroles qu'il avait dites.

Était-il possible qu'il l'eût trompée sur l'état de ses affaires ?
Était-il possible qu'avec la faiblesse et la lâcheté qui prennent
leur source dans une profonde affection, il eût cherché à lui
cacher les approches de la ruine ?

C'était possible ! De pareilles choses se sont vues ! L'amour
devient faible et lâche devant le chagrin de ceux qu'on aime.

— Il aurait pu se confier à moi ! — dit-elle tristement. — Pensait-il que j'aurais peur de la pauvreté partagée avec lui ? Ah !
combien il me connaît peu après vingt ans d'union !

Clara haïssait et méprisait Godwin, et il est très-probable
qu'elle eût été disposée à ne pas croire une assertion faite
par lui, mais elle cessa de douter lorsqu'il offrit audacieuse-
ment de produire la signature de son mari comme confirma-
tion de ses paroles.

— Montrez-moi la signature d'Harley à l'appui de votre
allégation, — dit-elle, — alors, et seulement alors, je vous
croirai.

— Tout viendra en son temps, ma chère Clara. Vous verrez

la signature de votre mari, croyez-moi ; vous ne la verrez peut-être que trop tôt pour votre satisfaction. Mais nous n'avons pas besoin d'anticiper sur les événements. En attendant, revenons un peu sur le passé. Après une trêve de vingt ans la guerre recommence, et cette fois ce sera un duel à mort. Jetons un coup d'œil sur le passé, Clara ; rappelons-nous cette vieille histoire.

— Non, non... — s'écria la femme du capitaine avec indignation, — n'êtes-vous pas honteux de rappeler le rôle odieux que vous avez joué ?

— Je ne veux que vous prouver combien j'ai bonne mémoire. Laissez-moi vous rappeler les faits, Clara.

Il n'y eut point de réponse. Mme Westford se détourna et se couvrit de nouveau le visage avec ses mains, comme si elle ne voulait ni le voir ni l'entendre. Mais d'un ton froid et impitoyable, Godwin commença ainsi :

— Il y a vingt ans, Clara Westford, je passai l'automne aux bains de mer, sur une des plages du sud adoptées par la mode. Tout ce qu'il y avait de plus élégant, de plus distingué et de plus aristocratique, s'y était donné rendez-vous pendant cette saison ; mais, même au milieu de cette foule de personnages de haute naissance, je n'étais pas un intrus. La réputation de fortune de mon père m'y avait accompagné et répandait une sorte d'auréole dorée autour de mon nom dépourvu de titre. J'avais fait mon éducation dans les plus grandes villes du Continent, et j'étais tout à fait un homme du monde, sans vulgaires préjugés, soit comme religion, soit comme morale. Ma jeunesse avait été un peu agitée, et ceux qui prétendaient me bien connaître murmuraient de sombres histoires auxquelles mon nom était mêlé d'une façon peu agréable. En un mot, Clara, je n'étais pas homme à me laisser jouer et bafouer par une jeune fille de dix-sept ans.

Le banquier s'arrêta un moment, puis il continua :

— Il y avait beaucoup de jolies femmes à cette charmante

ville, sur le bord de la mer. Mais la plus belle de toutes, la beauté reconnue, était la fille unique de Sir John Ponsonby, riche baronet du comté d'York et d'une grande famille. Ai-je besoin de vous dire combien elle était jolie, Clara? Elle est belle encore, d'une beauté plus reposée, mais avec un charme aussi grand que celui qu'elle possédait au temps de sa jeunesse. C'était une éblouissante créature. Je la rencontrais au bal, sur la place, dans le salon de lecture, à cheval avec son père, un enragé tory de la vieille école et aussi fier que Lucifer ou qu'un hidalgo espagnol. Je la rencontrais souvent, car je recherchais tous les endroits où il y avait une chance de la voir, et sa vue m'éblouissait comme si mes yeux eussent été frappés par un rayon de soleil. Je l'aimais d'une passion folle, farouche, et déraisonnable, et je résolus qu'elle serait ma femme.

Pendant une minute Clara découvrit son visage, et regarda le banquier avec un sourire calme et méprisant.

—Oh! je comprends la signification de ce sourire, Clara, — dit Godwin. — J'étais bien présomptueux, n'est-ce pas, quand je prenais la résolution d'obtenir cette femme pour épouse?... Mais rappelez-vous-le, elle m'avait poussé en avant, elle m'avait souri, elle m'avait encouragé par ses plus douces paroles, ses plus charmants regards. Elle était entourée d'une foule d'admirateurs; mais j'étais le plus favorisé d'entre tous; elle semblait m'avoir distingué particulièrement et prendre plus de plaisir dans ma conversation que dans celle de tous les autres. Il y avait des étrangers qui le pensaient aussi, et la probabilité de notre prompt mariage fut bientôt la nouvelle de toute la ville.

— C'était une jeune fille faible et légère, — murmura Clara, — mais elle n'avait pas de mauvaises intentions.

— Elle n'avait pas de mauvaises intentions!... — répéta le banquier.—Il y a des hommes qui commettent un meurtre, et qui prétendent après qu'ils n'avaient pas de mauvaises intentions. Cette femme m'a fait un mal profond et cruel. Elle a alimenté ma folle passion, elle a encouragé ma farouche adoration. Et puis quand je suis venu à elle, confiant, plein d'espoir, croyant aveuglément que j'étais payé de retour; quand je vins à elle et que je lui dis combien elle m'était chère, elle se retourna, et me frappa au cœur avec un froid regard de surprise en me disant qu'elle était la fiancée d'un autre.

Le banquier s'arrêta un moment; puis d'une voix étouffée, d'une voix que la passion semblait rendre sourde et tremblante, il continua :

— Je n'étais pas homme à prendre cela tranquillement, Clara. Je ne suis pas une de ces créatures malingres qui avouent qu'elles peuvent oublier et pardonner. Mon cœur ne sait pas ce que c'est que de pardonner. Il n'est pas dans ma nature d'oublier. Je quittai Clara Ponsonby la rage au cœur. Cette nuit-là, j'errai pendant de longues heures, sur l'immense plage, où nulle autre créature vivante ne prêtait l'oreille au long mugissement de l'Océan. Cette nuit-là, les mains levées vers le ciel, je fis un terrible serment. Je jurai que tôt ou tard Clara Ponsonby m'appartiendrait, non pas à titre d'épouse honorée, mais rabaissée au rang dégradant d'une maîtresse. La coupe d'humiliation qu'elle m'avait offerte... à moi... à moi, le fier descendant d'une race hautaine... ses lèvres la tariraient jusqu'à la dernière goutte. Je n'étais pas homme à agir dans les ténèbres. Je revis ma belle Clara le jour suivant, et je lui fis connaître le serment que j'avais fait. Elle aussi descendait d'une race fière, et elle me brava.

— Elle vous brava, — répondit la femme du capitaine, — comme elle vous brave encore aujourd'hui.

— Pendant six mois la lutte dura, — continua le banquier, — pendant six mois cette guerre silencieuse fut soutenue. Partout où paraissait Clara, l'on me voyait auprès d'elle. Je la suivais en tous lieux. Son père m'aimait et avait confiance en moi, aussi ne pouvait-elle pas me bannir de sa présence sans révéler à son père ses engagements envers un autre — un homme inférieur à elle comme position dans le monde, et que son père aurait repoussé comme prétendant à la main de sa fille. Clara restait muette, et quelque odieuse que lui fût ma présence, elle était obligée de la subir. Je me plaçais derrière sa chaise au théâtre, j'escortais à cheval sa voiture dans ses promenades au Parc. Je ne pus réussir à la faire descendre au point de devenir ma maîtresse, mais je réussis à la compromettre aux yeux du monde. Avant que la saison ne fût passée, des bruits calomnieux circulaient activement dans la société au milieu de laquelle elle vivait, et s'attaquaient à sa réputation. J'avais manœuvré très-habilement. J'avais des amis, des flatteurs toujours prêts à obéir à mes ordres. Une simple plaisanterie, un haussement d'épaules, et le mal était fait. Avant la fin de la saison, la réputation de Clara Ponsonby était ternie. Les propos empoisonnés qui circulaient parvinrent aux oreilles de son père, j'avais pris soin qu'il en fût ainsi ; et l'orgueilleux vieillard, croyant au déshonneur de sa fille, la chassa de chez lui, en déclarant qu'il ne la reverrait jamais.

Un sanglot convulsif agita Clara, mais elle ne dit pas un mot, elle ne poussa pas un cri.

— A cette heure, je me croyais triomphant, — continua Godwin. — Abandonnée, ruinée, perdue de réputation, je pensais que Clara Ponsonby viendrait chercher un asile dans la luxueuse demeure que j'avais préparée pour elle en prévision de ce jour. Mes lettres passionnées lui avaient dit mes espérances et mes plans, elles lui avaient fait connaitre la nouvelle demeure qui l'attendait. Mes émissaires la guettaient lorsqu'elle quitta la demeure de son père ; mais, oh ! cruel et douloureux mécompte! ce ne fut pas vers moi qu'elle se dirigea. Elle partit pour Southampton, et s'embarqua à bord d'un steamer en partance pour Malte, et un mois après, je lisais dans le *Times* l'annonce du mariage de Harley Westford, capitaine du navire marchand *l'Aventurier*, avec Clara Ponsonby. Elle avait rejoint à Malte l'homme auquel elle était fiancée. Sa vie s'est passée loin du cercle où elle avait vécu, et les bruits scandaleux répandus contre elle ne sont plus venus frapper ses oreilles. Ceci est la fin du premier acte. Le second acte a commencé il y a trois mois, lorsque West-ford, votre époux, l'homme pour l'amour duquel vous m'avez insulté et méprisé, est venu dans mon bureau de Lombard Street...

Clara se leva tout à coup et se tourna vers le banquier par un mouvement plein de noblesse et de fierté.

— Quittez cette maison, — s'écria-t-elle en lui montrant la porte; — votre présence la souille et la déshonore. Il y a vingt ans, quand vous m'avez forcée à subir votre société, j'étais dans la maison de mon père, dont je n'avais pas le pouvoir de vous chasser. Cette maison m'appartient, Godwin. Je vous ordonne d'en sortir et de ne jamais en franchir le seuil.

— Voilà de dures paroles, Clara, et je ne puis faire autre-ment que d'obéir. Je m'en vais, mais seulement pour un temps. Le jour viendra où j'aurai un droit mieux établi de pénétrer ici. En attendant ce moment, je pars; mais avant de vous quitter, permettez-moi de vous montrer un paragraphe de ce journal, qui aura peut-être de l'intérêt pour vous.

En disant cela, Godwin tendait à Mme Westford un numéro du *Times*, dans lequel un paragraphe était marqué par des lignes noires tracées à la plume.

Ce paragraphe était ainsi conçu :

« Les assureurs du Lloyd commencent à avoir des
» craintes sérieuses au sujet du navire de commerce
» *la Reine-des-Lys*, qui a quitté les Docks le 27 juin
» dernier, en destination pour la Chine, et dont on
» n'a reçu jusqu'à présent aucune nouvelle. »

Le journal glissa des mains de Clara; elle ne put en lire davantage, mais elle poussa un long cri d'angoisse et tomba sans connaissance sur le plancher.

— Ah! Clara! — s'écria le banquier en regardant à terre ce corps immobile, pendant qu'un cruel sourire se dessinait sur son visage; — j'avais bien raison de dire que le second acte du drame de notre vie avait commencé.

CHAPITRE VII.

LA LETTRE VOLÉE.

Le banquier n'eut recours à aucun moyen pour faire revenir Clara de l'évanouissement dans lequel elle était tombée après la lecture du paragraphe du *Times*.

Elle était tombée en arrière, et son visage pâle et immobile était tourné vers le plafond.

Godwin s'agenouilla auprès d'elle et examina cette figure blanche comme une statue avec une longue et sérieuse attention.

— Tout à fait sans connaissance! — s'écria-t-il en posant sa main sur la poitrine de Clara. — Le cœur bat mais d'un mouvement lent, la mort elle-même n'aurait pas moins conscience de ce qui se passe autour d'elle. Rien ne pouvait être plus favorable.

Le banquier se releva et d'un pas léger fit le tour de la chambre.

Elle était élégamment meublée et contenait les indices d'une existence constamment occupée. Il y avait une table à ouvrage tout ouverte, un piano également ouvert; une boîte de couleurs et un élégant chevalet de noyer étaient placés sur une table, et, dans un coin, près de la cheminée, se trouvait un délicieux bureau à pupitre en marqueterie devant

lequel était un siége moelleux et commode. Le pupitre était
fermé, mais un trousseau de clefs pendait à la serrure.

— Cela paraît être son pupitre, — murmura le banquier, —
et si je ne me trompe, je ne puis manquer d'y trouver ce qu'il
me faut.

Il regarda de nouveau la malheureuse femme évanouie qui
gisait éclairée par le soleil sur le plancher.

Clara n'avait pas bougé.

Alors, avec précaution, Godwin leva le couvercle du pupitre
et regarda dedans.

Devant lui dans une rangée de cases, il vit de nombreux
paquets de lettres, les uns liés simplement avec du fil rouge
ordinaire, les autres avec un ruban bleu.

— Voilà ses lettres, — murmura le banquier en ricanant.
— Je parierais une petite fortune que ce sont ses lettres qui
sont liées avec ce joli ruban bleu. La hautaine fille de lord
Ponsonby doit être aussi sentimentale qu'une pensionnaire,
lorsqu'il s'agit de son hardi capitaine.

Il prit l'un des paquets.

Sur la première enveloppe était écrit :

DE MON CHER ÉPOUX.

— Voyons comment le camarade signe son nom, — dit
Godwin. — Peut-être ne signe-t-il que d'une initiale, et
j'échouerai de ce côté, il me faut sa signature tout entière.

Le banquier tira une des lettres du paquet et la fit sortir de
son enveloppe.

C'était une longue lettre et elle était signée en toutes lettres :
Harley Westford.

— Oui, le destin favorise mes projets, — murmura Godwin
en mettant cette lettre dans la poche de son gilet, et en re-
plaçant le paquet dans la case où il l'avait pris.

Puis, après avoir jeté un dernier coup d'œil sur Clara, il quitta le salon.

Il passa dans l'antichambre où il agita violemment la sonnette. Une servante s'empressa d'accourir et s'arrêta à la vue d'un étranger.

— Je suis un ancien ami de Mme Westford, — dit Godwin, — mais malheureusement je suis porteur de bien mauvaises nouvelles. Votre maîtresse s'est évanouie; ce que vous avez de mieux à faire, c'est de courir auprès d'elle à l'instant. Attendez, quel est le nom de votre médecin?

— Le docteur Sanderson, monsieur, dans le village. Il habite la maison qui a des volets verts.

— Je vais l'envoyer immédiatement.

— Merci, monsieur, merci!

La jeune fille s'enfuit pour se rendre auprès de sa maîtresse et le banquier quitta la malheureuse maison dont il venait de troubler si cruellement la tranquillité.

Il se rendit au village et trouva la maison habitée par le médecin; il lui laissa un mot et se dirigea vers la petite auberge où l'attendait son dogcart sous la garde de son groom.

Il monta dans la voiture et reprit la route de Winchester d'où il était parti dans la matinée. Sur la route une petite voiture basse passa à côté de lui, conduite par une jeune fille à la chevelure dorée, dont les boucles abondantes flottaient sous un petit chapeau coquet. Un jeune homme était mollement étendu sur les coussins de la voiture, à côté d'elle.

Cette jeune fille était Violette.

Le banquier tressaillit comme s'il avait vu un fantôme et se retourna pour suivre attentivement la voiture des yeux.

— Oui, cette jeune fille doit être sa fille, — pensa-t-il. — Sa vue me rappelle le passé, le jour même où j'ai rencontré Clara Ponsonby à cheval à côté de son père, le jour où un amour subit s'empara de mon cœur, atteignant dès sa naissance les proportions d'un géant... Et depuis ce jour je l'ai aimée... oui, je l'ai aimée, quoique des pensées de haine et de vengeance se soient mêlées à mon amour. Je l'aime, mais je veux l'amener à mes pieds. Je l'adore et pourtant je voudrais la voir se traîner humiliée jusque dans la poussière.

C'est en se livrant à ces pensées que Godwin revint à Winchester et descendit au meilleur hôtel de la vieille cité.

Il était venu à Winchester, mais il n'y était pas venu seul, le crime a ses terreurs et ses châtiments auxquels les criminels les plus habiles ne peuvent échapper. Rupert savait que, jusqu'à un certain point, il était au pouvoir de son vieux commis, et il était décidé à faire de ce commis un complice.

— S'il prend part à mes projets et s'il accepte la récompense de sa coopération, il ne pourra plus me trahir.

Le banquier savait que Danielson était l'esclave de deux passions, deux fatales passions qui font d'un homme une proie facile pour le tentateur.

Ces deux passions étaient la cupidité et l'amour des spiritueux. Danielson était avare et adonné à l'usage des liqueurs fortes.

Pour se procurer du brandy ou de l'argent, il eût tenté de vendre son âme à Satan lui-même, que les légendes du moyen âge nous représentent comme toujours à l'affût de semblables marchés.

Le banquier avait observé son commis aussi attentivement que celui-ci l'avait observé lui-même, et il connaissait les côtés faibles du caractère de Danielson.

— Il voudrait être mon maître, — pensait Godwin, — et il sait des choses qui peuvent lui donner un terrible pouvoir sur moi, mais, malgré cela, je veux faire de lui mon esclave.

En attendant, le banquier était déterminé à se concilier son commis par tous les moyens. Une main d'acier dans un gant de velours donne bien l'idée de la politique de Godwin. Il avait amené Danielson à Winchester avec lui, et ce personnage était installé dans l'hôtel, avec la faculté de boire autant de brandy qu'il pouvait lui convenir d'en demander.

La politique du banquier était bien simple. Il voulait détruire la seule créature qui lui inspirât des craintes, et il pensait pouvoir accomplir cette œuvre de destruction au moyen des propres vices de Danielson.

Il trouva le commis assis dans un salon de l'hôtel, belle pièce ayant vue sur le jardin. Un carafon de brandy à demi plein était placé sur la table, mais le commis était assis d'un air maussade, les bras croisés, et il ne buvait pas.

Le banquier jeta sur son employé un sombre regard et soupçonneux. Godwin n'aimait pas à voir son commis si profondément absorbé dans ses pensées.

Danielson, qui d'habitude était vif et brusque, avait aujourd'hui l'air d'un homme absorbé dans un rêve. Il tourna lentement les yeux du côté du banquier, et le regarda avec un regard incertain comme celui d'un aveugle.

— Eh bien! Jacob, — s'écria Godwin, — qu'avez-vous donc? Vous avez l'air d'un homme à peine remis d'une grande frayeur.

— J'ai eu en effet une grande frayeur, — répondit le commis d'un air rêveur. — J'étais tout à l'heure dans la rue, et j'ai vu passer un revenant.

— Un revenant!

— Oui, un revenant, comme les hommes en rencontrent souvent à la clarté du soleil. L'ombre de ma jeunesse morte! J'ai vu une femme, l'image vivante de la seule femme que j'aie jamais aimée et qui m'a fait l'effet d'un fantôme.

Le commis soupira comme un homme dont le cœur est brisé, et, étendant sa main tremblante, il saisit le carafon et remplit un verre de la liqueur qu'il contenait.

— Mais voici la consolation, — murmura-t-il. — C'est là qu'on est toujours sûr de trouver la consolation.... Il n'y a pas de chagrin qu'un homme ne puisse noyer, pourvu qu'il ait les moyens de se procurer une suffisante quantité de cette liqueur.

Jamais le banquier n'avait vu son commis aussi profondément ému.

— Mais, Jacob, — s'écria-t-il, — en vérité, voilà qui me surprend. Je croyais que vous étiez un homme de fer, aussi dur, aussi impitoyable, aussi fort que le fer ; je n'avais jamais su que vous eussiez un cœur.

— Je n'en ai plus, — répondit le commis, — plus maintenant... plus maintenant!... J'ai eu un cœur autrefois, mais il a été brisé... il y a bien longtemps de cela... Allons, monsieur Godwin, je suis revenu à moi. Vous ne me payez pas pour rêver, vous me payez pour travailler et je suis prêt à faire votre travail, quel qu'il soit. Vous ne m'avez pas amené à Winchester pour mon plaisir, ou pour le vôtre. Vous m'avez amené parce que vous avez quelque chose à me faire faire. Qu'est-ce que c'est?... Voilà toute la question.

— Ce n'est pas encore le moment de répondre à votre question, Jacob, — répliqua le banquier. — Nous allons dîner d'abord, et les affaires viendront après. La soirée est fraîche, donnez l'ordre qu'on allume du feu.

L'ordre donné et le feu allumé, un élégant et fin dîner fut servi, et les deux hommes prirent place à la table qui resplendissait de verreries de cristal taillé et d'argenterie.

— C'est étrange! — se dit Godwin en regardant le déplaisant visage du commis. — Cet homme parle du fantôme de sa jeunesse! Moi aussi, n'ai-je pas vu le fantôme du passé, cette jeune fille aux yeux d'un bleu violâtre et aux cheveux dorés! C'était l'ombre de Clara Ponsonby, quand je la vis pour la première fois et que je me pris à l'adorer; il y a de cela vingt-deux ans!

Mais le commis était tout à fait revenu à lui, et il avait repris les manières à demi serviles et à demi ironiques qu'il prenait habituellement vis-à-vis de son maître.

— Tout cela est en vérité luxueux, — dit-il en frottant ses mains sèches et ridées et en regardant l'ameublement splendide du salon et le service étincelant de la table. — Je ne dîne pas comme cela tous les jours. Vous êtes un bon maître, monsieur Godwin.

— J'ai l'intention de me montrer un maître libéral envers vous, — répondit le banquier, — et je veux vous bien payer si vous me servez fidèlement. Je n'ai pas de prétention à la générosité, mais je veux bien payer de bons services.

— Bien, monsieur Godwin. Les plus sages sont ceux qui ont le moins de prétentions.

Le banquier savait qu'il était inutile de jouer l'hypocrisie avec Jacob. Malgré toute son habileté, Godwin s'était toujours aperçu que les yeux de rat de son commis lisaient ses plus secrètes pensées jusqu'au fond de son âme.

Il n'y avait qu'un seul secret qu'il croyait inconnu à Danielson. C'était le secret de la disparition de Westford.

Il ne fut pas dit grand'chose pendant le dîner, car les garçons de l'hôtel étaient restés pour faire le service pendant toute la durée du repas. Godwin avait veillé à ce que le verre de son commis fût toujours plein des vins les plus généreux, et les garçons ouvrirent tout ce qu'ils avaient d'yeux quand ils virent ce petit homme ingurgiter les liquides étincelants aussi vite qu'il leur était possible d'en remplir son verre.

Mais le banquier ne buvait pas, et ce fait n'échappa point à Jacob, qui souriait d'un sourire étrange et malicieux en voyant la sobriété de son patron.

Enfin la nappe fut enlevée, et le dessert fut placé sur la table, ce dessert de fondation de tous les hôtels de province, flanqué d'un flacon de Porto et d'une bouteille de Bordeaux que le garçon déclare être un Château-Laffitte authentique et qui est coté sur la carte des vins au prix de dix-huit shillings la bouteille. Le garçon présidant le service tourna autour de la table jusqu'au moment où ce Bordeaux, tout particulièrement signalé, eût été placé devant Godwin, il fourgonna le feu avec l'air attentif d'un homme pour lequel cette opération est devenue une science dont l'étude a pris la moitié de sa vie. Il regarda d'un air méditatif les deux gentlemen en paraissant se demander s'il était possible qu'ils eussent besoin de quelque chose encore, et il se retira en silence.

Puis, lorsque les rideaux eurent été hermétiquement fermés et que les bougies eurent été allumées dans les grands candélabres à branches d'argent, les deux hommes se rapprochèrent du feu et s'installèrent pour la soirée.

— Maintenant, aux affaires, — s'écria le commis lorsque les garçons furent partis, laissant seuls le patron et son subordonné.

Le banquier n'était pas pressé de répondre à cette invitation. Il était assis, regardant le feu et plongé dans de sombres méditations. Sa tâche n'était pas facile, car il s'agissait maintenant de demander à Danielson de se faire le complice d'un crime.

Il se décida enfin à parler.

— Danielson, — dit-il gravement, — vous et moi nous avons été engagés dans des opérations dont quelques-unes pourraient difficilement être qualifiées d'honnêtes par le monde.

— Celles-là, le monde peut bien positivement les qualifier de déshonnêtes, — répondit le commis avec une sinistre grimace.

— Mais alors, existe-t-il des gens honnêtes au monde ? — demanda le banquier.

— Oh ! oui, de très-honnêtes gens, jusqu'à ce qu'ils aient été découverts.

— Certes, voilà toute la différence. Le criminel découvert est un misérable qui n'est digne que de la potence. Le criminel, quand il n'est pas découvert, peut passer pour un saint.

Il y eut un moment de silence, puis le banquier reprit d'un ton qu'il s'efforçait de rendre indifférent :

— Vous vous rappelez ce capitaine marchand, appelé Harley Westford, qui vint à Wilmingdon demander la restitution de l'argent qu'il avait déposé entre mes mains?

— Oh! oui, je me le rappelle parfaitement.

— Je suis fâché d'avoir à vous apprendre que le pauvre diable est mort.

— En vérité!

Danielson regardait bien en face son patron, mais il n'y avait nul indice de surprise dans le ton avec lequel il prononça ces simples mots : « En vérité! »

— Oui, *la Reine-des-Lys* s'est perdue et tout l'équipage avec elle.

— Mais, comment savez-vous que Westford était à bord de la *Reine-des-Lys!*

— Comment je le sais ?... mais parce que le capitaine était le propriétaire du navire, et parce qu'il m'a déclaré son intention formelle de mettre à la voile avec lui. Pourquoi ne serait-il pas parti sur *la Reine-des-Lys?*

— Je ne puis imaginer aucune raison, — dit le commis, qui était d'une pâleur livide en ce moment. — Je ne puis imaginer aucune raison, mais, vous le savez, il arrive de bien singulières choses dans la vie. Il peut être survenu quelque chose, quelque accident qui ait empêché le départ du capitaine.

— Mais non! — s'écria Godwin, — complétement impossible! Je vous le dis, Westford s'est embarqué sur *la Reine-des-Lys*, et il repose au fond de la mer avec toute la cargaison.

— Et, dans ce cas, les héritiers de Westford peuvent venir à tous moments vous réclamer les vingt mille livres qu'il a déposées entre vos mains?

— Ils peuvent venir, s'ils ont quelque preuve qu'elles m'aient jamais été déposées, — répliqua le banquier, — mais s'ils n'en ont aucune preuve...

— Il y a le reçu que vous avez donné à Westford.

— Oui, et qui, selon toutes les probabilités, est englouti avec lui dans les profondeurs de l'océan.

— Mais s'il a remis ce reçu en d'autres mains avant de s'embarquer pour son voyage en Chine ?

— Ce n'est guère probable. Nul homme ne prévoit jamais le sort qui l'attend. Dans tous les cas, je calcule, sur la chance que ce reçu a été emporté par Westford et qu'il a péri avec lui. Dans ce cas, il n'existe qu'une seule personne qui ait connaissance de ce dépôt de vingt mille livres; cette personne, c'est vous-même... Puis-je avoir confiance en vous ?

— Vous avez déjà eu confiance en moi précédemment.

— Oui, et pour des secrets importan's, mais jamais aussi importants que celui-ci. Le don de mille livres, payables en dix payements, de cent livres chacun, de six mois en six mois, vous paraîtrait-il un prix convenable pour payer votre fidélité ?

— Très-convenable, — répondit Danielson.

— Alors vous pourrez préparer l'acte qui vous conviendra pour réaliser cet engagement envers vous. Et maintenant ce qu'il me faut, ce n'est pas seulement votre silence, ce sont vos services.

— Vous pouvez compter sur mon silence comme sur mes services.

— Bien ! — répondit le banquier. — Ecoutez alors ce qui me reste à vous dire. Quand Westford déposa sa fortune entre mes mains, il me déposa aussi les titres de propriété d'un petit domaine en province. Ces titres et ce domaine doivent m'appartenir.

— Mais comment ?

— En vertu d'un acte souscrit par Westford avant son départ, un acte par lequel il me transfère la propriété de ce domaine, si, dans un délai de six mois, à partir du jour de la signature, une certaine somme à lui prêtée par moi, n'a pas été remboursée.

— Oh ! en vérité ! Le domaine vous appartiendrait en vertu d'un acte comme celui-là !

— Oui, un acte régulièrement dressé par un homme de loi, et signé par vous comme témoin.

— Mais je n'ai été jamais témoin d'un acte semblable, — répondit le commis.

— Votre mémoire vous fait défaut ce soir, mon cher Danielson; vous aurez meilleure mémoire demain, surtout si je vous donne cinquante livres à compte sur notre marché.

Le banquier prononça ces dernières paroles avec un sourire sinistre, que le commis comprit parfaitement bien.

— Mettez cent livres, — s'écria-t-il, — et vous trouverez que j'ai une excellente mémoire.

— Soit. Et maintenant, je vous prie, cherchez dans vos souvenirs si vous n'avez pas quelque ami, un clerc d'homme de loi, par exemple, qui sache rédiger un acte dans lequel il n'y ait aucun défaut de forme, et qui soit assez habile pour imiter l'écriture d'autrui.

— Laissez-moi réfléchir un peu avant de répondre à cette question, — répliqua Danielson.

Il resta quelques minutes enfoncé dans de profondes méditations et les yeux fixés sur le feu.

— Oui, — dit-il à la fin, — je connais l'homme qu'il nous faut.

— Et vous pourrez faire préparer l'acte à l'instant ?

— Oui, mais l'homme aura besoin d'argent comme prix de son travail.

— Il sera bien payé, — répondit le banquier.

— Et comment faire pour la signature qu'il s'agit d'imiter ?

Godwin tira la lettre volée de sa poche, et exhiba l'autographe du capitaine, qu'il remit à Danielson.

— Vous comprenez ce que vous avez à faire, — demanda-t-il ?

— Parfaitement.

Il ne fut pas dit un mot de plus. Le cerveau du commis ne semblait pas plus affecté par les vins généreux qu'il avait bus que s'il avait bu de l'eau pure. Il restait assis, tantôt regardant le feu, tantôt le visage rêveur de son patron, et à chaque instant il remplissait son verre avec un flacon qui était près de lui.

Mais il avait beau boire, son esprit n'en paraissait nullement troublé. Godwin, qui l'observait au milieu de sa propre rêverie, remarquait ce fait.

— C'est un homme de fer ! — se disait-il, quand il se retira dans sa chambre, après avoir souhaité le bonsoir à Danielson.

— Avec un grand nombre de mes secrets en la possession d'un homme comme celui-ci, comment pourrai-je jamais connaître le repos ?

Puis, après un temps d'arrêt, il murmura :

— Le repos..... le repos !.... Quand ai-je connu le repos, depuis.....

Un gémissement seul termina cette phrase interrompue.

CHAPITRE VIII.

LE JOUR DE LA DÉSOLATION.

Cruelle, bien cruelle était l'angoisse qui attendait Lionel et Violette, au retour de leur agréable excursion à Winchester !

Ils étaient partis le matin, le cœur léger, et dans toute l'insouciance de la jeunesse. Ravis par les beautés du monde au milieu duquel ils vivaient, ils étaient presque incapables de croire que le chagrin profond et durable peut exister sur une terre aussi belle.

Mais maintenant le coup, le premier coup cruel qui vient attaquer les vivaces illusions de la jeunesse, avait été frappé.

I. 6

Ces deux jeunes et brillantes créatures ne pouvaient plus avoir les mêmes sentiments, ils ne pouvaient plus douter de l'existence du chagrin.

La coupe d'angoisse était offerte à leurs jeunes lèvres. L'amère boisson devait être tarie jusqu'à la dernière goutte.

Violette retrouva sa mère gisant de nouveau dans le lit où elle avait déjà été retenue si longtemps. Le médecin lui avait donné ses soins, mais il ne pouvait rien faire. La malheureuse femme était plongée dans un état d'immobilité et de stupeur, les yeux fixés sur la muraille. Nul sanglot ne venait soulager les tourments de son cœur. Elle souffrait en silence; il semblait que son cœur se fût glacé.

Le médecin, qui connaissait Lionel et Violette depuis leur enfance, attendait dans le salon et demanda à les voir avant de partir. Ils vinrent le rejoindre sans retard, et le trouvèrent assis près de la table avec un journal à la main.

— Maman a reçu quelque mauvaise nouvelle ! — s'écria Violette, dont le visage était inondé des larmes qu'elle avait versées à l'aspect de la douleur de sa mère. — Oh! monsieur Sanderson, je suis sûre que c'est cela... Ce n'est pas une maladie ordinaire. Quelqu'un a apporté des nouvelles, de mauvaises nouvelles de papa. Par pitié, ne nous faites pas souffrir les tortures de l'incertitude. Dites-nous toute la vérité, quelque terrible qu'elle soit.

— Oui, — dit Lionel avec un calme forcé, — dites-nous toute la vérité.

Le médecin les regarda avec des yeux tristes et compatissants.

— Peut-être cela vaut-il mieux ainsi, — dit-il d'un air rêveur. — Les nouvelles qui ont si terriblement affecté votre pauvre mère ne sont pas d'une nature positive, — continua-t-il, — et peuvent ne pas être aussi mauvaises qu'elles le paraissent. Nous pouvons encore espérer que tout ira pour le mieux, mademoiselle. La Providence est très-miséricordieuse

et la joie est souvent toute proche quand nous sommes dans
le plus profond désespoir.

— Dites-nous tout ! — s'écria Lionel d'un ton passionné ; —
vous cherchez à nous abuser, monsieur Sanderson !

Le médecin plaça le journal dans la main du jeun
homme.

— Lisez ceci, — dit-il en lui montrant du doigt le paragraphe souligné et relatif à *la Reine-des-Lys*, — et fasse le
Ciel que ce ne soit qu'une fausse alarme !

Lionel lut le paragraphe non pas une fois, mais trois, et un
frisson lui glaça le cœur à cette lecture. Il sentit alors une
petite main trembler sur son épaule, et, en se retournant, il
vit le visage pâle de Violette regardant d'un air hagard le
fatal papier.

— Oh ! non..... non..... non..... — s'écria-t-elle d'une voix
lamentable, — il n'est pas perdu !... il n'est pas perdu !...
mon père !... mon père adoré !...

— Espérons que non, chère mademoiselle Westford, — répondit le médecin de l'air le plus confiant qu'il put prendre.
— Ces gens d'affaires sont toujours prompts à répandre l'a-
larme. Ayons confiance, mes chers enfants, ayons confiance
en la Providence, espérons que tout ira bien.

— Non ! — s'écria Lionel avec véhémence, — je n'ai plus
de confiance. Quelque chose me dit que mon père est perdu !
Puis-je oublier la maladie de ma mère ? Cette maladie eut pour
unique cause un terrible pressentiment que ce voyage devait
être funeste à mon père. Depuis vingt ans qu'elle était la femme
d'un marin, jamais elle n'avait eu un pressentiment semblable.
J'étais un présomptueux, un fou, quand je riais des craintes
de ma mère. Je sais maintenant qu'elles n'étaient que trop fon-
dées. Le navire de mon père a fait naufrage et il a péri avec
tout l'équipage !...

Le jeune homme fut interrompu par un cri déchirant de
Violette, qui tomba en sanglotant dans ses bras.

— Vous tuerez votre sœur si vous parlez ainsi, monsieur Lionel, — dit le docteur avec sévérité.

Lionel garda le silence. Il porta Violette dans sa chambre, et, cette nuit, le médecin eut à soigner deux malades au lieu d'une à Westford.

Quant au jeune homme lui-même, un terrible désespoir semblait s'être emparé de lui. Pendant toute cette nuit, il se promena dans les appartements déserts, absorbé dans de tristes pensées.

— Pourquoi n'étais-je pas marin comme lui ? — pensait-il. — Pourquoi n'étais-je pas avec lui à l'heure de l'épreuve et du danger ? J'aurais dû être là pour le sauver ou pour mourir avec lui. Je me regarde comme un misérable lâche quand je me rappelle comment il exposait sa vie pour gagner l'argent que je gaspillais à l'Université en partie de plaisirs et en excursions de canotage. Et maintenant cette noble existence s'est éteinte dans un dernier effort pour augmenter la fortune de ses enfants.

. . . .

Bien misérables et bien affreux furent les jours et les semaines qui suivirent la visite de Godwin à Westford.

Pendant longtemps, Clara et sa fille furent retenues dans leurs chambres, dont toutes les persiennes étaient fermées, en proie à une fièvre lente.

Pendant cette longue et pénible période, Lionel se montra plus qu'un fils et plus qu'un frère pour la mère et la sœur qu'il adorait.

Toutes les nuits, quand les gardes, payées pour garder les malades, étaient fatiguées ; quand les servantes de la maison, qui aimaient tendrement leur maîtresse et sa fille, étaient obligées de quitter la place par épuisement, le jeune homme était encore soutenu par son dévouement; il y avait quelque chose de merveilleux dans l'héroïsme de celui qui, jusqu'à l'heure du malheur, avait semblé si léger et si frivole.

Mais la tâche de Lionel ne se bornait pas à veiller dans les chambres des malades; il fit plusieurs voyages à Londres pendant cette période de fatigue et d'angoisse. Il ne se lassait pas de visiter tous les endroits où il pouvait avoir l'espoir d'obtenir des nouvelles du navire absent. Mais aucune bonne nouvelle ne venait récompenser sa patience, et, avant le rétablissement de sa mère, il avait appris toute l'étendue de son malheur.

Un fragment du navire perdu avait été trouvé près d'une côte hérissée de récifs; un fragment qui portait le nom de *la Reine-des-Lys.*

Le cœur brisé, Lionel revint à Westford. Quelque cruelle que cette perte fût pour lui, elle était rendue encore plus amère par la pensée des angoisses qui attendaient sa mère.

Il revint près d'elle et reprit ses veilles auprès du lit de la malade. Cette fois, il pouvait lui consacrer tous ses jours et toutes ses nuits. Il n'avait plus besoin de la quitter, car il savait tout.

Enfin, après une longue prostration, et lorsque le délire fut passé, Clara fut déclarée en état de quitter son lit pour s'établir dans un fauteuil auprès du feu.

Les fenêtres étaient fermées; au dehors, les jardins avaient l'aspect froid et triste de l'hiver; les arbres étaient sans feuilles et le vent de décembre sifflait à travers les branches; le ciel était d'un teinte gris de fer; nul rayon de soleil ne venait le réchauffer.

Mais la chambre de Clara ne manquait pas de confortable, même en hiver. De riches rideaux couvraient les fenêtres, et Mme Westford, soutenue par des oreillers, était assise dans un excellent fauteuil; il avait été roulé près du foyer dont les garnitures, en acier poli, reflétaient les flammes rouges qui dansaient joyeusement et offraient aux yeux un agréable coup d'œil. La tablette de la cheminée était couverte de porcelaines de Chine d'un grand prix, de monstres japonais et d'autres objets curieux, que le capitaine avait rapportés de ses voyages pour plaire à la femme qui avait été la joie de toute sa vie. Un portrait de Westford souriait, de son bon et gai sourire, au-dessus de la cheminée, et un écran richement brodé défendait le pâle visage de la malade contre les ardeurs du feu.

Clara n'était pas depuis longtemps confortablement installée au coin de la cheminée lorsque la porte s'ouvrit pour laisser passer Lionel apportant sa sœur dans ses bras vigoureux. Violette s'était aussi levée de son lit, mais ce n'était pas pour la première fois. Sa maladie n'avait été ni aussi longue, ni aussi sérieuse que celle de sa mère, et elle avait été la première à se lever.

Mais elle était encore très-faible, et dans sa robe de chambre blanche et flottante, elle ressemblait à un fantôme. Ce n'était plus cette jeune fille brillante comme un rayon de soleil qui avait séduit le jeune artiste au bal de Winchester.

— Violette ! — s'écria Mme Westford, — comme tu es pâle et changée, toi aussi tu as été malade ?

— Oui, chère mère.

— Et on ne m'a jamais parlé de ta maladie, — murmura Clara d'un ton de reproche.

— Pourquoi aurions-nous augmenté tes tourments en te l'apprenant, chère mère ? — dit Lionel. — Violette a été bien soignée.

— Certes, oui, cher Lionel, — s'écria la jeune fille en levant ses yeux reconnaissants sur le visage de son frère, car elle savait que pendant tout ce temps de cruelles épreuves Lionel avait été le bon génie de la maison.

— Ma pauvre Violette, — murmura la mère, posant ses doigts amaigris sur la petite main de sa fille, — ma pauvre Violette, le soleil de la vie s'est bientôt voilé de nuages pour toi. J'ai eu vingt années de bonheur sans mélange, mais pour

vous le nuage orageux est arrivé bientôt. Mes pauvres enfants !... mes enfants bien-aimés !...

La mère appuya sa tête fatiguée sur l'épaule de son fils.
Lionel l'entoura de ses bras caressants. Violette s'était
étendue sur une ottomane aux pieds de sa mère, et, ainsi
groupés, tous trois gardèrent le silence pendant quelques
instants.

Lionel était aussi pâle qu'un mort. La fatale question allait
lui être adressée, et il fallait y répondre.

Il s'étonnait que sa mère ne l'eût point encore questionné
depuis longtemps.

Hélas ! pour son cœur brisé, la raison de son silence était qu'elle
savait par instinct que toute espérance était perdue. S'il y
avait eu de bonnes nouvelles, son fils eût été trop heureux de
lui en donner connaissance. Et puis Clara avait observé le
visage du jeune homme, et elle y avait vu les traces du désespoir empreintes d'une façon qui n'était que trop visible.
Elle serrait la main vigoureuse qui soutenait son corps affaibli.

— Lionel, — murmura-t-elle, — pourquoi essayes-tu de
me cacher la vérité? Crois-tu que je ne sais pas comprendre les regards de mes enfants et lire mon chagrin
dans leurs yeux attristés? N'y a-t-il pas de nouvelles de
ton père?

— Non, mère, il n'y a pas de nouvelles de... mon père.

— Mais y a-t-il des nouvelles de son navire? — dit-elle
d'une voix étouffée.

— Rien que les plus tristes nouvelles, — s'écria le jeune
homme en tombant à genoux à côté du fauteuil de sa mère.
— Oh !... mère !... mère !... Par amour pour nous, tâche de
supporter cette calamité. Lève les yeux au ciel, chère mère,
et prends courage. Rappelle-toi, mère, que nous n'avons
que toi !

Ces derniers mots disaient tout. Clara savait qu'elle était
veuve.

CHAPITRE IX.

INEXORABLE RÉCLAMATION.

Après cette triste scène qui s'était passée dans la chambre à coucher de Mme Westford, la paix sembla régner à Westford.

Le chagrin de chacun des membres de cette famille était amer et profond, mais les braves cœurs luttaient courageusement contre leur douleur. On parlait peu de l'époux et du père qu'on avait perdu. Ceux qui l'avaient si tendrement aimé, qui le regrettaient maintenant si profondément, n'osaient pas prononcer son nom; mais il régnait d'une manière absolue dans les pensées de tous.

Dans la chambre à coucher de Clara, un rideau noir voilait le portrait du marin. Un autre portrait qui se trouvait dans le salon était aussi voilé de la même manière.

Violette paraissait pâle et faible dans ses vêtements de deuil. Ses cheveux dorés avaient conservé tout leur éclat sous son chapeau de crêpe noir, mais il y avait une tristesse profonde empreinte dans ses grands yeux bleus d'un bleu sombre qui naguère brillaient d'un si charmant sourire.

Chacun, dans le voisinage, connaissait la perte du navire de Wetsford, et quelques amis se réunissaient autour de la veuve pour lui témoigner la part qu'ils prenaient à son affliction.

Mais, hélas! leur présence ne faisait qu'augmenter ses tortures. Elle avait besoin d'être seule, seule avec son désespoir, seule avec l'image de l'époux qu'elle avait perdu.

Si elle avait été de l'ancienne religion catholique, elle eût été heureuse de chercher le tranquille refuge de quelque couvent, où elle eût voué le reste de ses jours à des œuvres charitables, à de pieuses méditations, et où les bruits du monde ne seraient pas parvenus jusqu'à ses oreilles.

Elle endurait sa douleur en silence, mais son angoisse n'en était pas moins vive. La pensée de la perte qu'elle avait faite était toujours présente à son esprit; elle passait ses journées à errer de chambre en chambre, se rappelant les heureuses heures qu'ils avaient passées ensemble dans cette tranquille demeure. Tout lui parlait de lui et chaque souvenir était une torture. La société de ses enfants eux-mêmes n'était pas une consolation pour elle.

— Le malheur qui les frappe n'est pas comparable au mien, — se disait-elle. — L'avenir leur réserve de nouvelles espérances; pour moi, tout espoir, toute joie sont ensevelis avec le passé.

Parmi les personnes qui vinrent à Westford, il y avait un M. Maldon, homme de loi et personnage de quelque importance dans le voisinage.

M. Maldon questionna Clara sur ce que possédait son mari; quel parti allait-elle prendre ; quelle était l'importance de la fortune de ses enfants?

Alors Clara lui fit connaître l'étrange déclaration de Godwin relativement à l'argent avancé par lui à Westford et les titres de propriété remis entre ses mains comme garantie d'un prêt.

— C'est étrange! — s'écria M. Maldon. — J'avais toujours pensé que votre mari avait amassé une bonne petite fortune.

— Je le pensais de même, — répondit Clara, — et je le pense encore. Le jour de son départ, mon bien-aimé mari m'a dit qu'il allait déposer une somme de vingt mille livres entre les mains de Godwin.

— Et M. Godwin nie avoir reçu cet argent?...

— Il le nie. Et il va plus loin, il prétend que mon mari est son débiteur. Mais je n'y croirai jamais avant d'en avoir vu la preuve écrite de la main de Harley.

— Ma chère madame Westford, tout cela est fort mystérieux, —s'écria l'homme de loi. —Je ne vois pas comment il est possible de douter de la parole d'un homme comme M. Godwin. Sa position est celle d'un des princes du commerce de ce pays. Il n'est pas probable qu'il puisse avancer de fausses allégations touchant les réclamations qu'il prétend avoir à exercer contre votre mari.

— C'est ce que je ne sais pas. J'ai une très-mauvaise opinion de M. Godwin, — répondit froidement Mme Westford.

— Vous le connaissez, alors?

— Je l'ai connu autrefois, il y a longtemps, et je l'ai jugé comme le plus vil et le plus méchant des hommes.

— Voici de dures paroles, ma chère madame Westford, — dit l'homme de loi en regardant Clara avec un profond étonnement.

— C'est que mes paroles sont en rapport avec le sentiment profond que ce sujet éveille en moi. Je crois que mon mari a confié vingt mille livres à M. Godwin, et je crois aussi M. Godwin tout à fait capable de me voler, moi et mes enfants.

— Bien, bien, ma chère madame Westford, je pense que vous vous laissez un peu trop emporter par vos préventions. Mais dans tous les cas, je me charge d'aller à Londres et de voir immédiatement M. Godwin. Si l'on veut vous faire tort, vous ne serez pas sans protection. J'aimais et j'honorais votre mari. Je vous aime et je vous admire, vous et vos enfants. Et vous ne serez pas volée; non, non, vous ne serez pas volée; le vieux Stephen Maldon ne serait pas bon à grand'chose s'il se laissait mettre dedans par le plus fin banquier de Londres.

L'homme de loi se rendit, sans perdre de temps, à Londres, où il eut un entretien avec Godwin. Le résultat de cette entrevue fut que le banquier montra à Maldon un acte signé par Harley Westford et dûment attesté par Jacob Danielson et par John Spence, clerc d'un homme de lois, qui avaient également-

ment signé en qualité de témoins; cet acte portait la date du
26 de juin de l'année précédente.

Cet acte donnait à Godwin tout pouvoir de prendre possession du domaine de Westford, ainsi que de tout le mobilier
qui garnissait la maison, à partir du 25 mars de cette année,
si d'ici là une somme de six mille livres ne lui était pas remboursée.

Le mois de janvier était très-avancé, et la veuve et les orphelins n'avaient plus que pour deux mois la libre jouissance
de leur demeure naguère si heureuse.

Maldon était un homme de loi très-habile; mais il ne put
rien trouver dans l'acte qui lui fut montré par Godwin qui pût
donner ouverture à la discussion de ses droits.

La catastrophe était terrible; mais elle n'en était pas moins
inévitable. Le domaine devait être abandonné à Godwin, ou
il fallait lui payer les six mille livres avant l'époque stipulée.

Maldon chercha parmi les papiers du capitaine; mais il ne
put rien trouver qui jetât la moindre lumière sur les affaires
du marin. Il se rendit à Winchester chez un attorney qui
avait rédigé le testament du capitaine Westford, et il étudia
avec soin la teneur de ce document.

Le testament léguait tous les biens, meubles et immeubles,
à Clara, qui était instituée seule exécutrice testamentaire;
mais il était d'une date antérieure d'une année à l'acte qui
était en possession de Godwin, et rien n'établissait qu'il pos-
sédât autre chose que sa propriété du comté de Hamp, quand
il s'était embarqué pour son fatal voyage.

L'homme d'affaires savait que les maris dissimulent souvent à leurs femmes leur véritable position pécuniaire. Ne se
pouvait-il pas que Westford eût inventé cette histoire des
vingt mille livres afin d'endormir ceux qu'il aimait dans une
fausse confiance de paix et de sécurité?

— Un marin généreux et plein de cœur est le pire des
hommes pour les affaires, — se disait Maldon. — Quoi de plus

probable que Westford ne fût ruiné, tandis que tout le monde le croyait riche!

Pendant ce temps les semaines s'écoulaient, le 25 mars approchait avec une grande rapidité.

Clara savait qu'elle n'avait rien à attendre de Godwin.

L'héroïsme de sa nature la soutenait, et elle se prépara avec calme et résignation à quitter la demeure où elle avait été si heureuse.

Elle n'avait pas de fortune personnelle, absolument aucune; car elle s'était enfuie de la maison de son père pour devenir la femme de Westford, et elle avait été déshéritée par lui en faveur d'une fille de son fils unique, mort à vingt-deux ans en laissant une petite fille dont le sévère Sir John Ponsonby raffolait.

Jamais le marin n'avait su un seul mot des cruelles calomnies qui avaient flétri la jeunesse de Clara Ponsonby; jamais il n'avait entendu associer son nom à celui du libertin et du roué Rupert Godwin.

A partir du moment de son mariage, la fille de Sir John Ponsonby disparut entièrement du milieu brillant dans lequel elle avait joué le rôle d'une étoile de premier ordre.

Elle était entrée dans la maison de son mari sans un denier, et il avait eu pour elle un culte plus idolâtre que si elle lui avait apporté un million.

Maintenant qu'elle examinait l'état de ses affaires, maintenant qu'elle était veuve et isolée et qu'elle n'avait plus le bras vigoureux de Harley pour s'appuyer, elle se trouvait en face d'une position vraiment désespérée.

Les notes annuelles des marchands qui fournissaient la maison étaient toutes impayées et s'élevaient à quelques centaines de livres. Les gages des domestiques étaient également dus, et pour faire face à ces obligations, Clara était absolument sans argent.

La petite somme d'argent comptant que lui avait laissée son

mari était complétement épuisée. Il avait promis de lui envoyer des valeurs de temps en temps, comme il était dans
l'habitude de le faire; mais il était englouti, lui et tout ce
qu'il possédait, dans les abîmes sans fond de l'Océan, avec
son navire, *la Reine-des-Lys.*

Une seule ressource restait a la veuve, ses bijoux, les
riches présents d'un généreux époux, et elle pouvait les vendre pour payer ses fournisseurs et les gages de ses domestiques.

C'est avec une amère douleur qu'elle se sépara de ces objets
dont chacun lui rappelait un de ses plus chers souvenirs.

Mais Clara supporta ce douloureux sacrifice avec une calme
résignation. Elle disposa sa boîte à bijoux et la remit à son
vieil ami Maldon pour en opérer la vente. Ses bijoux furent
vendus avec d'autres, dans une vente publique, comme appartenant à une dame partant pour l'étranger.

Elle partait en effet pour un pays étranger, pour un monde
où ses pas inexpérimentés devaient se frayer un chemin au
milieu des ronces et des épines.

Le prix réalisé s'éleva à environ quatre cents livres. Avec
cette somme, Mme Westford acquitta toutes ses dettes, et il
lui resta un reliquat de trente livres.

Trente livres!... C'est avec cette misérable somme que la
veuve et les orphelins, élevés dans le luxe et dans l'élégance,
devaient affronter un monde dur et cruel.

CHAPITRE X.

DANS LE VIEUX SAULE.

C'était la veille du 25 mars, le jour si fatal pour Clara et
pour ses enfants, le jour où ils devaient s'exiler pour toujours
de leur heureuse demeure.

Jusque-là le banquier n'avait pas fait connaître ses intentions à l'égard de ses victimes; mais Clara savait combien peu elle avait à attendre de pitié de lui, et elle était déterminée à épargner à elle et à ses enfants les angoisses de l'humiliation.

Elle ne voulait pas attendre que Godwin agît. Elle ne voulait pas être chassée de sa maison par celui dont la fatale influence avait flétri sa jeunesse. Elle avait donc résolu de quitter Westford dans la matinée du 25.

Mais lorsqu'elle fit part à Violette de sa détermination, la jeune fille manifesta la plus grande surprise.

— Pourquoi tant se presser de quitter notre chère et vieille demeure? — s'écria-t-elle. — M. Godwin peut ne pas tant se hâter d'exercer ses droits sur Westford. Nous pouvons être autorisés à vivre ici pendant quelque temps, chère mère, jusqu'à ce que tu sois mieux portante, plus forte, et mieux en état de commencer la lutte contre le monde.

Clara secoua la tête.

— Non, Violette, — s'écria-t-elle; — je ne resterai pas une heure sous ce toit quand il sera la propriété de Godwin.

— Maman, tu parles comme si tu connaissais ce M. Godwin.

— Je le connais comme le plus méchant et le plus vil des hommes, — répondit Mme Westford. — Ne m'interroge pas davantage, Violette, ma résolution est inébranlable sur ce point. Crois-moi, lorsque je t'assure que j'agis pour le mieux. Et maintenant écris à ton frère, Violette, et dis-lui de se trouver demain à une heure à la station, pour nous recevoir.

Lionel était à Londres depuis les dernières semaines, cherchant à obtenir une place, quelque modeste qu'elle fût.

Son éducation universitaire lui était de peu de secours. Londres fourmille de jeunes gens instruits et capables, en lutte pour gagner le pain de chaque jour. Lionel sentait le découragement le gagner quand il voyait chacune de ses démarches n'aboutir qu'à un échec.

Lionel avait pris un logement des plus humbles, près de la rivière du côté de Surrey, et il avait fait ses arrangements pour recevoir sa mère et sa sœur quand elles quitteraient Westford Grange.

Oh! quel terrible changement présentait ce sombre logement dans Londres après la luxueuse maison de campagne, les beaux jardins, les chevaux, les domestiques, les chiens, les fusils, et toutes les choses si chères à un jeune homme!

Mais pour lui-même jamais Lionel ne fit entendre une plainte, toutes ses pensées étaient pour sa mère et pour sa sœur; la seule prière qu'il adressait au Ciel était de pouvoir les protéger contre les plus cruelles atteintes de la misère.

Il songeait sérieusement à sa carrière future ; ses études devaient probablement lui être de peu de secours, à moins que, comme Goldsmith et Johnson, il ne consentît à accepter l'esclavage d'une maison d'éducation. Comme il regrettait amèrement son insouciance passée et de ne pas avoir une profession qui le mît en état de gagner quelque chose. Il se demandait à lui-même s'il était encore temps pour lui de choisir un état. Il y avait l'Église, mais il fallait attendre au moins deux ou trois ans avant de pouvoir espérer obtenir une cure rapportant de cinquante à cent livres par an. Il y avait la Loi, mais hélas! il ne connaissait que trop bien la misère proverbiale qui attend les jeunes étudiants dans les greniers du Temple.

Ce qu'il lui fallait, c'était gagner sa vie, la gagner immédiatement, et c'était à la recherche d'un moyen d'y parvenir qu'il parcourait Londres d'un pied infatigable ; mais les jours succédaient aux jours, et il ne lui semblait pas qu'il fût plus près du but de ses désirs.

L'après-midi du 24 mars fut sombre et triste ; le vent sifflait à travers les branches des vieux arbres de la Grange. Le ciel était gris et le soleil ne se montra pas.

Cependant, pendant cette après-midi, toute triste et toute

froide qu'elle était, Violette ouvrit la petite barrière du jardin conduisant dans la forêt, pour la première fois depuis plusieurs mois.

Jamais, depuis sa maladie, elle n'avait revu le jeune artiste, ni entendu parler de lui.

Elle s'attendait à ce qu'il serait venu à Westford pour prendre de ses nouvelles pendant sa longue maladie, et elle avait fait un effort sur elle-même pour demander à Lionel, avec une apparente insouciance, s'il avait appris quelque chose sur le compte de son ami Stanmore.

Mais la réponse avait été négative. George n'avait pas fait un pas pour s'informer des causes de l'absence de Violette et de son abandon de ses promenades favorites dans la forêt. Cette apparence de négligence et d'indifférence avait cruellement blessé le cœur aimant de la jeune fille.

—Ce n'était pas de sa part qu'un simple badinage,—pensat-elle; — ses plus tendres paroles étaient fausses et sans portée sérieuse. Je comprends maintenant pourquoi il reculait devant une visite à sa mère et devant un aveu positif de son amour.

L'idée qu'elle avait été la dupe d'une comédie sentimentale était cruelle pour le cœur sensible de la jeune fille. Son orgueil était outragé et elle avait renoncé à s'engager dans les sentiers de la forêt avec la ferme résolution d'éviter toute rencontre avec celui dans l'amour duquel elle ne croyait plus.

Mais au moment de quitter Westford pour toujours, un irrésistible désir s'empara d'elle et elle comprit qu'elle ne pouvait pas s'éloigner du voisinage de la forêt sans essayer au moins de s'assurer des causes de l'apparente négligence de George Stanmore.

Ne pouvait-il pas avoir été malade ou forcé de quitter la forêt? Elle était disposée à tout admettre plutôt qu'à croire à sa trahison.

En ce moment son amour l'emportait sur son orgueil, e une fois encore elle ouvrit la barrière qui conduisait vers les sites bien-aimés de cette forêt, à l'ombre verdoyante de laquelle s'étaient passés les jours de son heureuse enfance.

La forêt avait un aspect triste et froid par cette après-midi de mars, mais le changement dans l'aspect du paysage n'était pas aussi frappant que celui qui s'était opéré dans la personne qui franchissait alors la rustique barrière.

La brillante jeune fille dont le visage souriant ressemblait à un rayon de soleil était pâle et défaite comme un fantôme de la nuit.

Elle marchait lentement et d'un pas mal assuré sur le gazon, les battements de son cœur semblaient paralyser ses forces.

Elle se dirigea directement vers le cottage où avait habité l'artiste ; mais la course était longue et les ombres du soir descendaient rapidement, lorsqu'elle atteignit l'humble petite maisonnette cachée au milieu des grands arbres.

Le feu de l'âtre éclairait les fenêtres et sa clarté se répandait à travers les ombres grises du crépuscule, ce qu donnait un aspect riant et hospitalier à cette humble demeure.

Une étrange sensation de douleur traversa le cœur de Violette à la vue de ce petit cottage, de son jardin bien entretenu, et des reflets du feu qui éclairaient ses fenêtres.

— Si ma mère et moi nous avions une habitation comme celle-ci, nous pourrions encore nous trouver heureuses, — pensa-t-elle, — et pourtant les pauvres gens qui l'habitent ont envié bien souvent notre richesse et notre luxe

Une femme était debout sur le seuil de la porte lorsque Violette s'approcha de la petite barrière.

L.   7

Elle s'avança en apercevant une personne couverte de sombres vêtements s'y arrêter.

— Mon Dieu! mademoiselle Violette, — s'écria-t-elle; — vous m'avez presque effrayée; là debout, vous me faisiez l'effet d'une apparition. Entrez auprès du feu, mademoiselle; ces soirées du mois de mars sont tout à fait glaciales. Comme il est triste de vous voir ainsi vêtue de ces noirs habillements. Asseyez-vous auprès du feu, mademoiselle. Je suis heureuse de vous voir, car j'ai été bien des fois à Westford pour avoir de vos nouvelles, pendant votre maladie.

Le cœur de Violette battit violemment. Elle commençait à croire que George avait pris cette femme comme messagère.

— Vous êtes bien bonne de vous inquiéter de moi, — dit-elle en balbutiant.

— Mon Dieu, mademoiselle, n'était-il pas bien naturel que j'aie le désir de savoir comment vous alliez? Est-ce que je ne vous connaissais pas depuis l'époque où vous étiez un tout petit enfant, et votre chère maman n'a-t-elle pas toujours été bien bonne pour moi? Et votre père ne m'a-t-il pas envoyé une bouteille de son vieux madère, il y a un an, quand il a su que j'étais souffrante?

Dans tout cela il n'était pas question de George; le cœur de Violette défaillait. Elle ne savait comment questionner cette femme, elle avait peur de trahir son secret. Elle regardait tout autour de la chambre du petit cottage, ne sachant que dire. Elle était très-pâle, mais les reflets du feu donnaient à son visage une fausse coloration, et la bonne ménagère ne s'apercevait pas de la terrible agitation de la jeune fille.

— Comme votre maison est proprement tenue, madame Morris, — dit enfin Violette pour dire quelque chose; — elle est réellement agréable à voir, c'est comme l'image du bien-être.

— Vous êtes bien bonne, mademoiselle, de dire cela, —

répondit Mme Morris. — Mais puisque nous parlons d'images
et de bien-être, nous ne sommes plus à beaucoup près aussi
à notre aise depuis que nous avons perdu notre locataire.

Le cœur de Violette tressaillit violemment. Il était parti...
mais pourquoi... mais comment?...

— Vous avez perdu votre locataire? — dit-elle. — C'est de
M. Stanmore que voulez parler...

— Oui, mademoiselle, M. Stanmore, ce jeune peintre. Il
nous a quittés tout à coup à l'époque où vous êtes tombée
malade et, ce qu'il y a de plus, c'est que c'est bien contre sa
volonté qu'il est parti.

— Contre sa volonté!... Comment cela?

— Voyez-vous, mademoiselle, voilà comme les choses se
sont passées. J'étais là à repasser près de la fenêtre, lorsque
je vis un monsieur, qui avait l'air sombre et qui paraissait
étranger, debout devant notre grille; il avait un visage si
sévère que je me pris à trembler comme la feuille et que j'en
ai roussi la garniture d'un bonnet, qui est devenu de la couleur d'un grain de café brûlé; c'est la première fois que cela
me soit arrivé depuis dix ans; car j'ai eu une tante, dont le
nom était Rebecca Javes ; elle avait été élevée aux fonctions
de blanchisseuse et de repasseuse chez Sir Robert Flinder, à
trois milles de l'abbaye de Netley, et elle m'a montré à repasser
la garniture d'un bonnet plus de fois que je ne saurais le
dire...

— Mais l'étranger...

— Oui, mademoiselle, je reviens à ce que je vous disais; il
entra tout droit dans notre maison, et du ton le plus froid que
vous pouvez vous imaginer : « Mon fils est-il ici ? » me demanda-t-il. « Votre fils, monsieur, » que je lui réponds;
« mais, seigneur mon Dieu! je ne le connais pas. » « Si fait,
vous le connaissez, » dit-il. « C'est mon fils qui a fait ce tableau qui est là-bas, et il loge dans votre maison. » En disant
cela, il montrait un paysage qui était à sécher sur la petite

table, là-bas. « M. Stanmore, votre fils ! » m'écriai-je ; et je vous l'assure, vous m'auriez jetée par terre avec une plume. « Il est capable de se faire appeler Stanmore ou de tout autre faux nom, » répondit le sombre monsieur ; « mais de quelque nom qu'il s'appelle, celui qui a fait cette peinture est mon fils..... mon fils coupable et insoumis. » Avant qu'il ait pu prononcer un mot de plus, M. Stanmore entra son chapeau sur la tête et ses ustensiles de peinture sous le bras ; il revenait de la forêt. « Me voici, mon père, prêt à répondre de mes fautes quelles qu'elles soient, » et il dit cela d'un air fier, comme s'il avait été un prince de famille royale. Alors le père et le fils montèrent dans la chambre de M. Stanmore, et comme les cloisons sont très-minces, comme vous le savez, mademoiselle, j'ai pu entendre beaucoup de choses ; non pas exactement toutes les paroles, mais le ton des voix, et il me fut facile de comprendre qu'ils se querellaient d'une façon très-violente. A la fin, le père de M. Stanmore redescendit et sortit sans seulement m'adresser la parole. Mais je pus voir, à son visage, qu'il était excessivement irrité. Une heure environ après, M. Stanmore descendit, il était pâle, mais très-calme. Il avait empaqueté tous ses effets, et il désirait que mon mari les lui portât dans sa charrette, à la station de Winchester, assez à temps pour le train-poste. J'étais toute désolée du départ subit de ce jeune homme, car je n'avais jamais eu un meilleur locataire, et il me payait bien en vrai gentlemam. Il paraissait avoir beaucoup de chagrin d'être obligé de partir, mademoiselle ; et que Dieu me pardonne si cela ne me rappelle pas quelque chose.

La bonne femme s'arrêta tout à coup en regardant Violette.

— Quelque chose qui a rapport à vous.

La rougeur monta soudain au visage de Violette.

— M. Stanmore vous aurait-il parlé de moi ? — demanda-t-elle.

— Oui, mademoiselle, positivement. Au moment où il allait quitter la maison, il se retourna tout à coup et dit : « — Si vous voyez Mlle Westford, dites-lui que j'ai peint le vieux saule qu'elle aimait tant, et que je serais bien aise qu'elle le regar - dât encore afin de se le bien rappeler quand elle verra ma peinture. » N'était-ce pas là une drôle de commission, mademoiselle?

— Oui, — répondit Violette, avec une indifférence affectée. — Je suppose que M. Stanmore veut parler d'un vieux saule près du lac, que mon frère et moi nous admirons beaucoup. Je n'aurai pas l'occasion de revoir cet arbre, madame Morris, car nous quittons ce pays demain.

La bonne femme exprima ses regrets du départ de Violette et de sa mère; mais dans la campagne, les nouvelles circulent vite, et elle savait depuis plusieurs jours que Westford Grange allait être abandonné par ses propriétaires actuels, le change- ment survenu dans la fortune des Westford avait fait le sujet de toutes les conversations, et les riches comme les pauvres, avaient déploré le malheur qui les frappait.

Violette quitta le cottage le cœur gros. George était parti, ne laissant aucune trace derrière lui, pas même une lettre pour la femme qu'il avait juré d'aimer et de chérir toujours.

C'était un obscur mystère que Violette essayait en vain d'approfondir.

La lune s'était levée au moment où elle sortait du cottage, et les clairières de la forêt étaient éclairées par sa lumière ar- gentée. Violette regardait les sites paisibles qui l'entouraient avec une inexprimable tristesse.

— C'est peut-être la dernière fois que je reverrai ce pays, — pensait Violette. — La dernière fois!... et j'ai été si heureuse ici!

Elle songea alors à ce que lui avait fait dire George au sujet du vieux saule.

Les paroles que lui avait repétées Mme Morris auraient paru absurdes et sans intérêt pour toute personne n'ayant pas un amour au cœur. Mais Violette n'était pas dans des dispositions à considérer les choses ainsi. Elle regardait les paroles qui lui avaient été transmises comme un ordre mystérieux qu'il était de son devoir d'exécuter à la lettre.

Une femme, qui a acquis une triste célébrité, écrivit, dit-on, à son mari pour le prier de manger certains gâteaux qu'elle avait confectionnés de ses propres mains et de contempler la lune à une heure qu'elle indiquait et pendant laquelle elle s'unirait à lui dans une contemplation sentimentale. L'idée était poétique, mais malheureusement pour le mari, les gâteaux étaient empoisonnés, et il mourut victime de son obéissance.

Violette était dans une disposition d'esprit où elle préférait errer dans la forêt à rentrer chez elle, et elle trouvait une sorte de consolation à faire ce que celui qu'elle aimait lui avait demandé.

— Peut-être pense-t-il à ce lieu favori, en ce moment même où je suis là debout, songeant tristement à lui. Peut-être même, par la puissance de la seconde vue dont sont doués les amants, me voit-il ici seule et désolée. Existe-t-il rien d'impossible pour le véritable amour?

Aussi Violette tourna-t-elle le dos à sa demeure et s'engagea-t-elle sans crainte dans l'avenue solitaire qui conduisait au lac.

Ce lac, au milieu de la forêt, était admirable à voir pendant cette calme soirée. Les branches du saule projetaient une ombre épaisse sur le gazon jauni, et le vent sifflant dans les feuilles tombées produisait un bruit léger comme un murmure de voix.

Autour du tronc de l'arbre, il y avait un banc rustique, et Violette s'y assit, épuisée de sa longue promenade, et heureuse de rester quelque temps dans un endroit qui lui rappelait son bonheur perdu.

Pendant qu'elle était ainsi assise, la beauté du paysage l'impressionna presque péniblement par sa splendeur. Pour la première fois de cette journée de douleur cuisante, des pleurs passionnés, arrachés par l'angoisse et le regret, ruisselèrent sur ses joues pâlies.

Elle tourna la tête de côté, et elle appuya son front sur le tronc rugueux de l'arbre.

Dans ce moment elle aperçut un creux dans le tronc — un grand creux dans lequel George avait souvent caché sa boîte à couleurs et ses brosses. Il était dans les habitudes de celui qu'elle aimait de cacher différentes choses dans ce vieil arbre. S'il y avait caché une lettre et s'il avait attiré son attention sur l'arbre au moyen de la commission donnée à Mme Morris ! Aussitôt Violette s'agenouilla devant le creux de l'arbre, et le fouilla de ses blanches mains.

Elle le trouva à demi rempli de mousse et de feuilles sè ches ; mais après les avoir enlevées, elle aperçut quelque chose de blanc qui brillait à la clarté de la lune.

Ah ! avec quelle avidité elle se jeta sur ce point blanc qui brillait à travers la mousse !

C'était une lettre ; elle l'interrogea avec toute la puissance de ses yeux ; mais elle ne put déchiffrer que ces mots : « Pour Violette, » écrits sur l'enveloppe.

Malgré toute son impatience de connaître le contenu de cette précieuse lettre, elle comprit qu'elle ne pourrait la lire que lorsqu'elle serait rentrée chez elle. Quelque brillante que fût la clarté de la lune, elle n'était pas suffisante pour déchiffrer l'écriture d'un jeune homme de nos jours.

Jamais dans ses jours les plus heureux ses pieds n'avaient effleuré plus légèrement les sentiers de la forêt. Elle atteignit Westford haletante et épuisée ; elle prit une bougie dans l'antichambre, monta précipitamment dans sa chambre, cette chambre, dont l'ameublement était si bien approprié à ses goûts de jeune fille, qui allait passer sitôt en la possession d'étrangers !

Elle s'assit devant l'élégant petit bureau qui était un présent de son père chéri, et rompit le cachet de l'enveloppe qui renfermait la lettre de George.

Cette lettre était courte et avait évidemment été écrite en grande hâte.

« Ma bien-aimée,

» Des circonstances que je ne puis vous expliquer dans cette lettre, » me forcent à quitter l'Angleterre immédiatement. Je ne sais quand ». il me sera possible de revenir; mais quand je reviendrai, ce sera » pour réclamer le droit de vous appeler ma femme. En attendant, je » vous supplie de m'écrire au bureau de poste à Bruges (Belgique). » Écrivez-moi, ma chérie, et dites-moi que vous ne doutez pas de ma » fidélité. Dites-moi aussi que votre foi sera aussi constante et aussi » inébranlable que celle de votre adorateur dévoué.

» GEORGE. »

Nulle parole ne peut rendre le soulagement que Violette éprouva à la lecture de cette lettre.

Pour une femme du monde, les protestations de George eussent semblé de bien peu de valeur; mais pour cette confiante jeune fille, qui ne savait pas ce que c'était que de tromper, c'était un engagement sacré!

— Il m'aime! il m'est fidèle! — s'écria-t-elle en joignant les mains avec ravissement.—Et quand il reviendra, il fera de moi sa femme. Mais que fera-t-il en trouvant Westford abandonné et notre position aussi cruellement changée? Changera-t-il aussi? Telle était la question qu'elle s'adressait tristement à elle-même en s'asseyant dans cette chambre qui allait si tôt cesser d'être la sienne.

Il y eut peu de sommeil ou de repos pour les habitants de cette agréable maison de campagne, durant cette dernière et triste nuit. Les servantes s'étaient réunies dans la petite chambre de la femme de charge pour gémir sur les malheurs de leur maîtresse, devant un bon souper, car même pour les funérailles, il faut que les tables soient abondamment servies, et les fidèles serviteurs, accablés par la tristesse du dernier adieu, ont besoin d'être soutenus par une libérale distribution de bière. Les domestiques de Westford étaient unanimes dans leurs éloges pour les maîtres qu'ils avaient servis si longtemps, et dans l'expression de la crainte des ennuis qui les attendaient dans de nouvelles conditions, chez des maîtres ou des maîtresses dont les habitudes leur seraient inconnues. Mais le vieux type de domestiques qui se rencontre dans les comédies de Morton et dans les anciens romans, semble être celui d'une race presque éteinte. Les serviteurs de la maison Westford étaient honnêtement affligés des malheurs de leur maîtresse, mais ils n'avaient pas l'idée de suivre la famille dans l'exil et dans la pauvreté, sans gages, et s'il le fallait, sans nourriture. Pas une cuisinière, pas une femme de chambre ne se serait précipitée dans le salon pour apporter aux pieds de sa maîtresse ses modestes épargnes avec ce dévouement pathétique qu'on ne voit que dans le monde imaginaire des romans. Ils se contentaient de soupirer en mangeant leur souper composé de viandes froides, et de secouer tristement la tête; mais leurs malles étaient faites et toutes leurs dispositions étaient prises pour quitter le lendemain matin de bonne heure, cette maison sur laquelle était tombée la ruine.

Pendant toute cette longue et triste nuit, Mme Westford était restée assise devant son bureau, réunissant et détruisant de vieilles lettres, souvenirs de son heureuse existence passée. De tous ces billets, écrits par des amis, aucun ne fut conservé, excepté ceux écrits par son mari et par ses enfants.

Ah! comme elle avait été heureuse dans cette simple demeure de campagne! Quelle vie calme elle y avait passée! Et comme les années lui avaient semblé courtes depuis l'époque où son mari l'avait amenée dans le comté de Hamp, lorsque leur lune de miel venait à peine de finir, et quand ils

étaient encore sous le charme du bonheur tout nouveau d'être
ensemble!

Elle se rappelait leur première année de séjour dans ce paradis, l'époque brillante de la saison d'été, quand chaque jour
leur faisait découvrir quelque trésor nouveau dans les bosquets et dans les jardins. Elle se rappelait ces belles soirées
de l'automne où, encore faible et languissante, mais inexpri-
mablement heureuse, elle respirait l'air devant sa fenêtre ouverte, avec son petit Lionel à son sein.

CHAPITRE XI.

PAUVRETÉ ET ABANDON.

De très-bonne heure, par une froide matinée de printemps,
Violette et sa mère quittèrent Westford Grange dans une voiture de louage qui les conduisit à Winchester

Elles n'emportèrent que leurs effets personnels et les deux
portraits de Westford. Ces deux portraits, Mme Westford savait
n'avoir pas un droit positif pour en conserver la possession,
mais elle ne s'arrêta pas devant une infraction à la lettre de la
loi, pour ne pas laisser l'image de son mari entre les mains
de son odieux rival.

C'est ainsi que la veuve et sa fille quittèrent leur heureuse
demeure ainsi que tout le luxueux mobilier qui en dépendait,
sans en rien distraire, abandonnant le tout à des mains étrangères.

Il était encore de bonne heure lorsqu'elles arrivèrent à Winchester, et il était juste une heure lorsque le train entra dans
la station de Waterloo, où Lionel attendait sur le quai, pâle et
grave, et tout à fait différent de ce jeune et insouciant collégien qui apportait avec lui la gaieté chaque fois qu'il entrait
dans la maison.

Il accueillit sa mère et sa sœur avec un de ses anciens sourires, puis il s'élança pour s'occuper de leurs bagages, qu'il fit porter devant lui dans un cab.

Ils s'éloignèrent rapidement de la station et parcoururent deux ou trois petites rues dans le voisinage de Waterloo Road.

Le cab s'arrêta devant une maison de pauvre apparence, mais proprement tenue, dans l'une des plus petites de ces rues.

Lionel regarda sa mère avec une expression douloureuse. Il songeait combien cette rue sombre, ces maisons misérables devaient paraître horribles, et quel contraste tout cela devait offrir avec leur chère habitation de Westford, ses belles pelouses, ses plates-bandes couvertes de fleurs, ses avenues des vieux ormes, et ses prairies abritées par des chênes et des hêtres.

— C'est bien pauvre et bien modeste, chère mère, — dit le jeune homme ; — mais c'est ce que j'ai pu me procurer de mieux pour le moment. Ce temps de misère et d'épreuve ne durera pas longtemps, s'il ne dépend que de moi de l'abréger.

Il pressait la main de sa mère en disant cela, et elle lui répondit avec un regard empreint de la reconnaissance et de l'affection les plus profondes.

— Mes trésors ! — s'écria-t-elle en regardant avec idolâtrie ses deux enfants, — n'y aurait-il pas de l'impiété à me plaindre alors que vous m'êtes laissés ?

Lionel avait fait tout son possible pour donner une apparence de gaieté au petit parloir qui avait été préparé pour recevoir les nouveaux arrivants. Un bon feu brûlait dans la petite grille et un petit bouquet des premières fleurs du printemps ornait la table.

Leur pure et sainte affection était le seul soutien des victimes du banquier pendant ces premiers jours de pauvreté et d'épreuves.

L'épreuve était bien amère, car la pauvreté était chose

nouvelle pour eux, et tout ce qui les entourait semblait pro-
voquer dans leur cœur un nouveau frisson.

Mais ils n'étaient pas gens à perdre le temps en inutiles
lamentations. Chaque matin, aussitôt qu'il avait pris son fru-
gal déjeuner, Lionel commençait ses excursions dans le
grand désert de Londres.

Quel désert peut être plus horrible que cette riche et po-
puleuse cité pour celui qui la parcourt sans argent et sans
amis.

Chaque matin, Violette et son frère quittaient leur pauvre
logis pour aller, chacun de son côté, chercher de quoi se
procurer du pain, oui, du pain! car maintenant ils touchaient
presque au plus absolu dénûment.

Mais Violette n'était pas plus heureuse que son frère. Elle
était accomplie; mais il ne manque pas à Londres de jeunes
filles accomplies, avides de trouver l'occasion de gagner la
plus maigre pitance, et il n'y a pas d'emploi pour elles
toutes.

Mme Westford cherchait aussi à utiliser ses talents, mais
elle aussi chercha longtemps inutilement. Elle s'offrit pour
donner des leçons et elle dépensa une forte somme pour elle
en timbres-poste pour les réponses qu'elle faisait aux avertissements contenus dans les journaux du matin. Mais ses
lettres restèrent sans réponse. L'éducation semblait être devenue une chose sans valeur sur le marché de Londres. La
veuve du capitaine n'avait pas cet orgueil mal entendu qui
retient les gens éprouvés par la fortune dans un cercle de
professions libérales dont ils ne veulent pas sortir. Quand elle
vit que son éducation ne pouvait pas lui procurer les moyens
de gagner le plus modeste salaire, elle se rejeta sur son
habileté manuelle dans tous les travaux d'aiguille. Elle visita
toutes les maisons qui, dans Londres et ses faubourgs, entre-
prennent les travaux de tapisserie, et elle trouva enfin un de
ces spéculateurs qui consentit à prendre son ouvrage à un

prix bien insuffisant pour nourrir celle qui acceptait ses condi⁺ions.

Enfin, au moment où le découragement commençait à glacer le cœur de la mère et de la fille, le soleil parut tout à coup percer le sombre nuage et annoncer des jours plus doux.

Violette s'était jointe à la foule des femmes habiles et instruites qui répondirent à la demande faite dans le *Times* par une grande dame, qui demandait une institutrice pour donner le matin, des leçons à deux jeunes filles de seize à dix-sept ans dont l'éducation était presque terminée.

Mᵐᵉ Montague Trevor était une femme frivole, dont le cœur et l'intelligence étaient absorbés dans les délices du monde fashionable. Elle avait été une beauté et {quand elle était dans tout son éclat elle avait été déclaré reine de beauté, dans une ville d'eaux de second ordre où elle avait eu l'heureuse fortune de gagner l'affection d'un célèbre avocat du Banc de la Reine qui s'était épris de son joli visage, mais qui était trop occupé pour avoir le loisir de se rendre compte combien cette belle tête était vide. M. Montague Trevor avait donc été parfaitement satisfait de son choix et, quand son heure était venue, il était mort laissant à sa veuve, la reine de beauté de la ville d'eaux, une très-belle fortune. En possession de cette fortune et de la célébrité que son défunt mari avait donnée à son nom, sa veuve avait attiré autour d'elle un nombreux cercle de connaissances, où elle continuait à déployer les grâces et les airs enfantins d'une jeune fille de dix-neuf ans.

Elle était vaine et elle s'imaginait que chaque homme qui lui adressait un compliment éprouvait un amour désespéré pour elle. Elle n'était pas éloignée de l'idée d'un second mariage, mais elle voulait un mari riche, car ses habitudes étaient terriblement extravagantes et elle était toujours fortement endettée.

Malheureusement, bien que ses admirateurs fussent nom

breux, il y en avait peu dans le nombre qui fussent riches; et la vaine et frivole Annabella Trevor soupirait inutilement après l'époux dont l'immense fortune devait pourvoir à la satisfaction de toutes ses fantaisies.

C'est l'avertissement de cette Mme Trevor que Violette avait lu dans le *Times*, et c'est dans le brillant salon de cette dame, dans Regent's Park, qu'elle était assise, au milieu d'une foule nombreuse de postulantes, attendant avec inquiétude le moment où elle serait appelée devant la dame qui devait décider de son sort.

Elle savait que la pauvreté, dans tout ce qu'elle a de dur et de terrible, s'approchait à grands pas de leur pauvre logis, et elle était tourmentée du plus vif désir d'être de quelque utilité pour sa pauvre mère et pour son frère, sur le beau front duquel elle avait lu déjà les signes évidents d'un sombre désespoir.

Enfin, le moment arriva, et une femme de chambre, coquettement mise, conduisit Violette dans la chambre du matin ou le boudoir de Mme Trevor, ainsi que l'appelait l'élégante Annabella.

Mme Trevor était étendue sur un sofa, vêtue d'un riche négligé du matin en mousseline blanche, semé de nœuds de rubans bleu de ciel, les cheveux coiffés à la vierge, avec un superbe éventail à la main, et un chien Maltais sur ses genoux. Sur une table près d'elle étaient un flacon d'odeur à fermoir d'or et un chocolat servi en porcelaine de Dresde. Les deux demoiselles Trevor étaient près de la fenêtre et regardaient négligemment dans le parc.

Au moment où Violette entra, tremblante d'inquiétude et prête à succomber à la violence de son émotion, Mme Trevor poussa une exclamation de surprise.

— Quelle douce figure! — s'écria-t-elle. — Ma chère Théodosie, ma bonne Anastasie, avez-vous jamais vu une plus douce figure ?

Violette n'avait pas l'idée que ces paroles pouvaient s'appliquer à elle. Elle se tenait debout, en face de la dame assise sur le sofa, tremblante d'anxiété, car ses insuccès répétés avaient presque tué l'espoir dans son cœur endolori.

— Vous avez été assez bonne pour me faire appeler, madame? — dit-elle en balbutiant.

— Oui, mon amour, je vous ai fait appeler, et je suis tout à fait enchantée de vous. J'aime que tout ce qui m'entoure soit joli, mes appartements, mes fleurs, mes porcelaines; et vous êtes jolie. La beauté m'est presque aussi nécessaire que l'air que je respire, et vous êtes belle! Je suis sûre que nous nous entendrons délicieusement. Quelles gens, quelles créatures j'ai vu ce matin, ma chère! Il y avait réellement de quoi inspirer de l'horreur à une personne douée de sensibilité, et je suis terriblement impressionnable! Anastasie, mon amour, ne trouves-tu pas qu'il y a quelque ressemblance entre Mlle... Mlle...

— Westford, madame, — dit Violette.

— Entre Mlle Westford et moi?... dans la forme du nez, Anastasie? Mlle Westford a exactement cette conformation délicate du nez, que votre pauvre papa avait coutume d'appeler le pur type grec.

Anastasie ne se donna pas la peine de répondre à la question de sa mère, car la vive Annabella laissait rarement le temps de répondre à ses observations.

— Je suis sûre que vous me conviendrez, mon amour, — s'écria-t-elle. — Vous jouez du piano et vous chantez, naturellement?

— Oh! oui, madame.

Mme Trevor fit un signe de sa main couverte de bijoux vers un piano ouvert.

— Veuillez vous faire entendre, ma chère demoiselle.

Violette s'assit au piano, et, après un brillant prélude où

elle déploya ses qualités d'éxécution et d'expression comme pianiste, elle chanta un petit morceau italien qui fit ressortir sa belle voix de soprano, douce et timbrée.

— Charmant! — s'écria Mme Trevor. — Vous dessinez, je suppose?

Violette rougit en répondant à cette question, car elle se rappela combien l'artiste dont elle était aimée admirait ses esquisses, et combien son goût pour la peinture avait gagné à ses conseils.

Elle ouvrit un petit portefeuille qu'elle avait apporté, et montra quelques études à l'aquarelle faites dans la forêt.

— Délicieux! — s'écria l'élégante veuve. — Vous parlez le français, l'allemand, l'italien, cela va sans dire, car toutes ces connaissances étaient mentionnées dans l'avertissement?

Violette répondit que ces trois langues lui étaient familières.

— Et vos références sont irréprochables, n'est-ce pas?

— Vous pouvez vous adresser pour les renseignements à M. Morton, le ministre de la paroisse dans laquelle j'habitais du vivant de mon excellent père.

Les yeux de Violette se remplirent de larmes en faisant allusion à cet heureux passé, qui contrastait si cruellement avec le présent.

— Rien ne peut être plus satisfaisant!—dit Mme Trevor pendant que Violette lui remettait l'adresse du recteur du comté de Hamp Je vais écrire à ce digne recteur par le courrier d'aujourd'hui. Je tiens pour certain que la réponse sera favorable, et nous pouvons tout aussi bien conclure nos arrangements à l'instant. Nous sommes aujourd'hui mercredi. Je recevrai la réponse du recteur jeudi, et vous pouvez commencer vos leçons lundi; bonjour. Anastasie, mon amour, sonne.

Violette se leva et s'arrêta avec hésitation.

— Il reste encore une question, — murmura-t-elle. — Le salaire, madame.

— Ah! bien certainement, — s'écria Mme Trevor. — Quelle créature o ublieuse je suis! Vous voulez un salaire, je suppose? quoique reellement, comme c'est votre premier engagement comme institutrice, beaucoup de gens feraient des objections pour vous accorder immédiatement un salaire. Tu sais, Anastasie, ton pauvre cher papa avait coutume de dire que j'étais ridiculement généreuse. Le salaire, mademoiselle Westford, sera d'une demi-guinée par semaine.

Violette s'attendait à beaucoup plus. Mais la pauvreté surgit devant ses yeux, et ce misérable salaire était encore quelque chose.

— Et les heures? — demanda-t-elle.

— Les heures seront de neuf heures à deux heures, pour que vous puissiez dîner tranquillement chez vous avec votre famille, — dit Mme Trevor avec un bienveillant sourire.

De neuf heures à deux heures, six jours la semaine, pour une demi-guinée! Quatre pence par heure! c'était à ce prix qu'on évaluait des connaissances qu'il avait fallu une petite fortune pour acquérir.

Violette soupira en pensant au prix élevé qu'on payait à son maître, à son institutrice, et au temps et aux soins donnés à son éducation.

— Peut-être la position ne vous convient-elle pas? — dit la douce Mme Trevor avec un peu d'aigreur.

— Oh! si, madame, elle me convient parfaitement.

— Et vous acceptez les conditions?

— Oui, madame.

— Alors, en ce cas, je puis compter sur vous pour lundi. Vous pourrez entrer en fonctions, à la condition cependant que les renseignements seront satisfaisants.

— Je n'ai pas de crainte de ce côté; adieu, madame.

Et Violette quitta le riche boudoir comparativement heureuse, car enfin, une demi-guinée était au moins de quoi ne pas mourir de faim.

8

Une demi-guinée pour le salaire d'une institutrice accomplie! et ceci pour Mme Trevor, qui s'inquiétait peu de payer cinq livres, une tasse de porcelaine de Sèvres ou de Chine.

Elle se retourna d'un air triomphant vers l'aînée de ses filles.

— Eh bien! il me semble que j'ai conduit admirablement cette affaire! — s'écria-t-elle. — Une demi-guinée par semaine! Mais, ma chère Anastasie, cette fille vaut cent guinées par an, pour le moins. Songe à ce que cette vieille Gorgone avec ses lunettes bleues avait la présomption de me demander. Cette jeune fille est de beaucoup préférable à cette Gorgone dont la voix écorche les oreilles comme celle d'un oie.

La plus jeune des demoiselles Trevor, qui ne ressemblait à sa mère ni comme physique ni comme caractère, leva les yeux d'un air de reproche sur le visage de la belle veuve.

— Mais si elle vaut autant, n'est-il pas cruel et presque malhonnête de lui offrir si peu, ma mère? — demanda-t-elle d'un ton sérieux.

— Cruel... malhonnête!... — s'écria Mme Trevor. — Mais, enfant, tu es complétement dénuée de raison. Jamais tu ne sauras faire un marché de ta vie!

CHAPITRE XII.

MANOEUVRES MATERNELLES.

Cinq minutes avant que neuf heures sonnassent aux horloges du voisinage dans la matinée du lundi, Violette sonnait à la porte de la villa, dans Regent's Park. Elle fut introduite par une servante qui la conduisit à l'instant dans un appartement situé presque tout au haut de la maison, dans une chambre d'aspect froid et sombre, pauvrement meublée, et qui ne ressemblait en rien au boudoir tendu de soie de Mme Trevor.

Les devoirs de Violette commencèrent et ils lui promettaient peu de satisfaction, car l'une de ses élèves était paresseuse et frivole, et l'autre avait naturellement l'entendement difficile.

Anastasie était une jeune fille intelligente, mais sa paresse était excessive, et il n'y avait possibilité de la faire travailler qu'en exploitant sa vanité et lorsque son désir de briller dans le monde par ses talents était mis en jeu.

Théodosie n'était ni intelligente, ni douée de facultés brillantes, mais elle avait quelque chose qui valait mieux, elle était sérieuse et consciencieuse. Elle faisait tous ses efforts pour répondre aux soins de son institutrice.

— J'ai peur que vous ne me trouviez bien ignorante, mademoiselle Westford, — dit-elle ; — mais j'espère que vous serez convaincue que je fais de mon mieux.

— Je suis certaine que vous en aurez la volonté, — répondit Violette avec douceur.

A partir de ce moment un lien d'amitié s'était formé entre la maîtresse et son élève. Théodosie avait été habituée à se voir négligée par les maîtres et les institutrices que sa mère avait engagés et qui ne tardaient pas à s'apercevoir que la vive Anastasie était la favorite de Mme Trevor, et que les soins qu'on reportait sur elle seraient mieux récompensés que s'ils étaient donnés à la flegmatique Théodosie.

Théodosie et sa mère ne pouvaient guère vivre en bonne intelligence, car le sentiment élevé de droiture et d'honneur que possédait la jeune fille était constamment blessé par la conduite de sa mère, et comme Théodosie était trop franche pour cacher ses impressions, il en résultait de perpétuelles querelles entre elles.

Anastasie, au contraire, était l'exacte contre-épreuve de sa mère, et elles s'entendaient admirablement.

Tous les jours Violette travaillait dans la triste chambre consacrée aux études dans la villa de Mme Trevor. Ses travaux étaient terriblement fatigants, mais jamais une plainte ou un murmure ne s'échappait de ses lèvres. Quand arrivait le samedi elle pouvait rapporter à la maison sa demi-guinée péniblement gagnée, et c'était la récompense de toutes ses peines.

Pendant ce temps les affaires s'étaient un peu améliorées pour Lionel, qui avait réussi à obtenir quelques travaux comme copiste d'actes judiciaires.

C'était un travail dur et pauvrement payé, mais pour sa mère et pour sa sœur le jeune homme aurait pris volontiers un balai et balayé la rue.

Pendant un mois et plus, les choses allèrent passablement dans le modeste logis. Mme Westford confectionnait des travaux de fantaisie dont elle espérait trouver le placement dans une des boutiques du West End ; Lionel travaillait de longues heures à sa fatigante besogne, et Violette allait tous les jours donner ses leçons chez Mme Trevor. Soutenus par l'affection qui égaye même les plus tristes demeures, la veuve et les orphelins étaient relativement heureux.

Mais cette période de tranquillité devait être de courte durée. La tempête était proche, et Violette, la douce Violette, qui jusqu'à ces derniers mois n'avait jamais connu le chagrin, devait être la première frappée par les éclats de la foudre.

Il y avait près de six semaines qu'elle donnait ses soins à l'éducation des filles de Mme Trevor, quand la veuve lui fit la grande faveur de l'inviter à une soirée qui devait avoir lieu dans le courant de la semaine.

Naturellement Violette accepta cette invitation. Tout pénible qu'il lui fût de reparaître au milieu de gens heureux et insouciants, elle aurait craint de blesser celle qui l'employait par un refus. Elle savait fort bien qu'elle était invitée à cette soirée parce qu'elle pouvait être utile en produisant ses élèves et qu'un refus de sa part serait fort mal venu.

Anastasie chantait la musique de Rossini et de Verdi d'une façon assez brillante, et on prierait Violette de l'accompagner au piano. Théodosie avait une superbe voix de contralto et chantait de simples ballades avec beaucoup d'expression ; mais c'était une question de savoir si on lui permettrait de chanter devant la compagnie. Mme Trevor ne tenait pas du tout à ce que la plus jeune de ses filles fût admirée. Elle était jalouse de tous les éloges qui n'étaient pas adressés à sa favorite Anastasie.

Mais Violette était déterminée, si la chose était possible, à ce que Théodosie chantât une de ses simples ballades dans le courant de la soirée. Elle s'était donné beaucoup de mal à développer la voix de la plus jeune de ses élèves et elle désirait vivement que Mme Trevor fût mise à même de reconnaître les rapides progrès de Théodosie. Mais ce n'était pas l'orgueil du professeur qui donnait ce désir à Violette, c'était parce qu'elle s'était réellement attachée à son élève.

Quant à Anastasie, il en était tout autrement ; cette jeune fille était décidée à donner toute carrière au déploiement de ses talents, et elle avait la plus entière confiance en elle-même.

Cette mémorable soirée arriva. Violette était habillée très-simplement dans ses vêtements de deuil ; mais avec sa peau blanche et ses cheveux blond doré, que faisaient ressortir ses noirs vêtements, elle était très-jolie.

Anastasie ne fut nullement flattée de voir l'attention se fixer sur l'institutrice lorsque tranquillement et modestement, elle essaya de se frayer un chemin jusqu'à la maîtresse de la maison. Mlle Trevor était une de ces jeunes personnes au jugement prompt et superficiel, et elle avait regardé Violette avec une sorte de bienveillante pitié, comme une créature complétement dépourvue de brio ou de style.

Avoir du brio était le plus cher désir du cœur de Mlle Trevor ; elle étudiait le journal de la cour et les revues de modes parisiennes, elle s'habillait en prenant pour modèle les toilettes des célébrités en vogue dans le grand monde, et elle ne

rougissait pas d'emprunter la grâce et la piquante excentricité de celles des beautés en renom du demi-monde.

Ce jour-là elle avait apporté plus de soins que de coutume
à son costume, en se plaignant hautement de l'extravagance
et de l'égoïsme de sa mère qui avait commandé sa robe à une
couturière française de Wigmore Street, en comptant que ses
filles se contenteraient des talents d'une jeune ouvrière de-
meurant dans Somerstown.

— Je hais la tarlatane blanche! — s'écria Mlle Trevor devant la psyché de sa mère, en mettant la dernière main à sa
toilette. — Il convient bien à maman de vanter l'élégante
simplicité chez une jeune fille, quand elle met vingt guinées
à une robe de moire et qu'elle se pare de dentelles qui coû-
tent des centaines de livres, pour paraître à son avantage.

La jeune demoiselle regardait d'un œil mécontent sa robe
aux amples plis aériens, semée de boutons de roses brillants
de gouttes de rosée qui allait très-bien à sa beauté de brune,
mais qui n'était nullement ce qu'elle aurait choisi si elle avait
pu consulter Mme Forchère de Wigmore Street. Son humeur
ne s'améliora en aucune façon quand elle vit l'effet de surprise et d'admiration provoqué par l'apparition de Violette
au milieu de la foule qui se pressait dans les salons.

Les salons de Mme Trevor étincelaient des feux de mille
bougies. L'élégante veuve n'aurait pu admettre quelque chose
d'aussi vulgaire, d'aussi commun que le gaz dans ses appartements; aussi tout était éclairé par des bougies supportées par
des lustres de cristal et des appliques de bronze doré.

Les salons regorgeaient de monde lorsque Violette entra
avec ses élèves. Quand Mme Trevor parlait de donner une petite soirée, elle savait très-bien que les appartements, et jusqu'aux escaliers, seraient insuffisants pour contenir le monde
qui affluerait à la villa, et que son élégant souper serait une
loterie dont tous les billets ne seraient pas gagnants.

Cette affluence était l'orgueil et les délices de Mme Trevor.

Radieuse dans sa robe de moire couverte de volants de la plus riche dentelle, la belle veuve souriait à ses invités.

Dans le nombre, se trouvaient beaucoup d'hommes à marier, parmi lesquels elle en avait distingué deux comme ses victimes désignées.

L'un des deux était Godwin, que Mme Trevor espérait conquérir comme époux pour elle-même.

Elle avait été à une fête dans les jardins de Wilmingdon, et elle avait reçu une impression très-agréable de la splendeur de cette antique demeure et de ses dépendances, ainsi que du luxe qui présidait à sa décoration.

L'autre était Sir Harold Ivry, le riche héritier d'une famille de maître de forges, jeune homme dont la fortune s'élevait à un million, et que la veuve voulait accaparer pour sa fille favorite.

Anastasie était belle et accomplie ; Sir Harold était jeune et indépendant. Pourquoi ne serait-il pas possible d'amener entre eux un mariage ?

Telle était la pensée de Mme Trevor, et elle regardait avec une faveur toute particulière l'héritier du maître de forges de Birmingham.

La mère et la veuve à la chasse d'un mari avait un rôle difficile à jouer pendant cette soirée. Tout en se livrant à un manége de coquetterie sentimentale avec l'élégant et riche banquier, elle ne perdait pas de vue Anastasie et le jeune baronet.

Rien ne put égaler sa mortification lorsqu'elle s'aperçut que Sir Harold accordait fort peu d'attention à Anastasie, mais qu'il semblait particulièrement attiré par la belle et pensive institutrice, que son visage pâle et ses habits de deuil faisaient remarquer au milieu de cette foule joyeuse et parée.

Mme Trevor se mordait les lèvres de rage tout en paraissant adresser ses plus doux sourires à Godwin.

— C'est irritant, — pensait-elle en observant les regards pleins d'admiration que Sir Harold accordait à l'institutrice. — Je n'avais pas songé que cette créature est en réalité remarquablement jolie, et que ces vêtements de deuil devaient nécessairement attirer l'attention. Quelle sotte j'ai été de permettre que cette artificieuse créature vînt se mêler à nous ce soir. Je n'ai pensé qu'à une chose, à l'utilité dont elle serait pour Anastasie, qui ne chante jamais en mesure quand elle s'accompagne elle-même.

Pendant que Mme Trevor était en proie à ces secrètes tortures, la pauvre Violette n'avait nulle conscience des regards d'admiration du jeune baronet. Elle s'était assise dans le coin le plus tranquille du dernier salon, dans une petite retraite formée par le grand piano et une jardinière de fleurs de serres, et elle attendait patiemment le moment où ses services seraient réclamés.

Sir Harold s'était approché et il avait essayé de lier conversation avec elle; mais ses courtes et timides réponses étaient peu encourageantes.

Violette ne pouvait se trouver à son aise au milieu de cette nombreuse assemblée, où elle comprenait instinctivement qu'elle ne pouvait être regardée que comme une pauvre mercenaire, une esclave bien dressée et accomplie, dont on devait oublier la présence jusqu'au moment où l'on aurait besoin de ses services. Elle se rappelait le dernier bal où elle avait été invitée par de vieux amis de sa province, des personnes dans une position considérablement au-dessus de celle de Mme Trevor. Elle se rappelait les attentions, les bontés, les éloges qui lui avaient été prodigués, et maintenant elle était seule au milieu d'une foule où elle ne connaissait personne, à l'exception de celle qui l'employait et de ses deux élèves.

Enfin, arriva le moment important de la soirée pour la mère et sa fille favorite. Violette prit place au piano, et Anastasie se prépara à chanter un air de bravoure italien.

Mlle Trevor lança un regard de triomphe autour du salon. Elle était l'héroïne du moment, et elle savait qu'elle était vraiment belle. Sir Harold se tenait debout près du piano et il l'examinait d'un air pensif.

Anastasie s'imaginait que ce regard ne pouvait être provoqué que par son admiration pour elle. Mais elle connaissait bien peu Sir Harold Ivry : c'était un jeune homme singulier, fort réservé de sa nature et fort peu disposé à laisser paraître ses véritables sentiments.

Un murmure d'admiration parcourut l'assemblée lorsque Violette exécuta l'introduction du morceau, et Anastasie commença à chanter. Elle possédait une voix de soprano brillante et bien exercée; mais, quoiqu'elle chantât bien, le charme de l'expression lui manquait et son chant paraissait froid et dépourvu de passion.

Mme Trevor était assise dans le salon voisin, causant avec le banquier ; mais elle se leva lorsque la voix d'Anastasie fit entendre les premières notes de son grand air.

— Il faut que vous entendiez chanter ma fille, monsieur Godwin, — dit-elle ; — je pense que vous trouverez que sa voix est belle et son style parfait.

Elle conduisit Godwin vers la baie cintrée qui séparait les deux salons. Les portes avaient été enlevées et remplacées par de simples rideaux de la dentelle la plus légère.

Mme Trevor et le banquier étaient debout entre les légères draperies formées par les rideaux de dentelle.

Le piano était à l'autre bout du salon, et les visages de la chanteuse et de l'accompagnateur étaient tournés de leur côté.

Rupert pâlit en apercevant la belle et mélancolique figure de la jeune institutrice. Il avait tressailli à la première vue de cette belle, mais triste physionomie; mais le geste de surprise qui lui avait échappé avait été si faible, qu'il n'avait pas frappé l'attention de Mme Trevor, toute à son admiration pour sa fille.

— Quelle est cette jeune fille ?...—murmura le banquier ;— la jeune fille qui est au piano, celle qui est en grand deuil ?

Il avait fait cette question avec une vivacité qui fit tressaillir Mme Trevor, assez blessée du peu d'attention qu'il accordait au chant de sa fille.

— La jeune fille qui absorbe si complétement votre attention est l'institutrice de ma fille, — répondit la veuve avec un ton plein d'aigreur.

— Et son nom?

— Elle s'appelle Westford. Mlle Violette Westford est en deuil de son père, un capitaine de la marine marchande, qui s'est perdu en mer.

Un léger frisson parcourut le corps du banquier, mais il passa aussi vite qu'un souffle de vent qui vient agiter les feuilles des arbres d'une forêt, par une calme journée d'été.

Puis, ses sourcils se froncèrent, et une expression sévère obscurcit son visage.

— Aucun des enfants de Clara Westford ne réussira, si je puis mettre obstacle à leur succès. Quand on a encouru ma haine, la grande vendetta est déclarée ; c'est la guerre contre le corps et contre l'âme.

Telles étaient les pensées de Godwin pendant qu'il attachait un regard étrange et menaçant sur la jeune fille assise au piano.

— Westford! — s'écria-t-il. — Ainsi l'institutrice de votre fille est la fille du capitaine Westford. J'en suis fâché.

— Pourquoi? — demanda Mme Trevor d'un air alarmé.

— Parce que je porte un grand intérêt à tout ce qui touche votre bonheur et celui de vos filles, ma chère madame Trévor, et je suis peiné que l'éducation de ces charmantes jeunes personnes soit confiée à une personne comme la fille du capitaine Westford.

Tout cela était dit avec la plus grande douceur. Godwin semblait être le meilleur et le plus bienveillant de tous les hommes quand il lui convenait qu'il en fût ainsi.

— Vous me rendez folle de terreur! — s'écria Mme Trevor. — Que voulez-vous dire? J'ai eu d'excellents renseignements sur Mlle Westford. Je vous en prie, expliquez-vous.

— Pas maintenant. Il y a ici des oreilles qui peuvent nous entendre. Demain, ma chère madame Trevor, ou ce soir même, si j'en trouve l'occasion, je m'expliquerai plus clairement.

Le morceau d'Anastasie s'était terminé sur une brillante cadence au milieu des extases d'admiration habituelles aux invités de sa mère; et cependant il y en avait bien peu qui se souciassent de la musique italienne, excepté au théâtre.

Quelques personnes demandèrent à Théodosie de chanter. La modeste jeune fille eût voulu refuser; mais avant qu'elle eût pu répondre, Violette lui dit tout bas :

— Je suis sûre que vous y consentirez pour me plaire, ma chère Théodosie.

Et au même moment les doigts brillants de la pianiste coururent sur les touches et firent retentir les premiers accords d'une vieille ballade anglaise.

Théodosie était sincèrement attachée à sa nouvelle amie, et elle s'approcha du piano, résolue à faire de son mieux, quelque pénible que fût la tâche qu'elle s'imposait.

— Miséricorde!... — s'écria Mme Trevor. — Puis-je en croire mes yeux?... Théodosie va chanter!... Elle a une voix convenable, la pauvre fille, mais pas de style, aucune espèce de style.

Rien de plus méprisant que le ton avec lequel la mère dit cela. Elle n'aimait pas à voir Théodosie attirer une attention qu'elle voulait concentrer tout entière sur Anastasie.

Les premières notes de cette belle voix de contralto furent
faibles et tremblotantes ; mais elles s'assurèrent et arrivèrent
peu à peu à toute leur mélodieuse sonorité. C'était un chant
très-simple, une ancienne ballade populaire : *Auld Robin
Gray* ; mais avant que Théodosie eût fini les derniers
vers, des larmes avaient rempli les yeux de beaucoup des
auditeurs.

Le court triomphe d'Anastasie était entièrement éclipsé.
Les éloges qui lui avaient été accordés avaient paru froids
et de convention, comparés à ceux qu'on prodiguait à sa
sœur. L'orgueilleuse fille pouvait à peine cacher sa mortification, et sa mère paraissait également contrariée.

— J'aurais désiré que vous me demandassiez ma permission avant d'autoriser Théodosie à chanter, mademoiselle
Westford, — dit Mme Trevor du ton le plus aigre.— Je la considère comme trop jeune encore pour déployer ses talents
devant une nombreuse assemblée, et cette vieille ballade
convient mieux dans une chambre de nourrice que dans un
salon.

Sir Harold Ivry entendit cette observation et s'empressa de
répondre :

— Je vous en prie, ne dites pas cela, madame Trevor,
— s'écria-t-il. — Le chant de votre plus jeune fille nous a tiré
des larmes des yeux et nous a fait oublier que nous sommes
des créatures mondaines et endurcies.

Il regardait avec admiration Théodosie tout en parlant ; mais un instant après ses yeux s'égarèrent sur le beau
visage de Violette Westford, avec une admiration plus grande
encore.

— Je suis sûr que Mlle Théodosie doit beaucoup à son institutrice, — dit-il.

Et d'une voix plus basse il ajouta :

— Je vous en prie, veuillez nous chanter quelque chose.

Mme Trevor fronça les sourcils ; mais elle ne pouvait s'opposer au désir du baronet, qui était une personne privilégiée dans cette maison.

— Voulez-vous l'y décider, madame Trevor? — dit-il. — Je sens que mes prières seraient inutiles. Je vous en prie, demandez à Mlle Westford de chanter.

La veuve y consentit, et c'est avec toute la douceur accoutumée de ses manières qu'elle invita Violette à céder à la prière du baronet.

La pauvre Violette avait le cœur trop simple pour comprendre la colère qui s'était tout à coup allumée dans le sein de Mme Trevor. Elle était sans affectation, et consentit à chanter aussitôt que la demande lui en eut été faite.

Elle chanta l'une des plus douces et des plus rêveuses ballades de Thomas Moore, *Oft in the stilly night;* et de nouveau les yeux de presque tous les auditeurs se remplirent de larmes.

Ses yeux aussi se mouillèrent, car elle se souvenait combien de fois elle avait chanté cette ballade dans son heureuse demeure, quand son père était là pour l'entendre et pour l'admirer. Sir Harold Ivry vit ses yeux pâles d'un bleu sombre se remplir de larmes, et il vit aussi que ce n'était qu'à grand'peine qu'elle parvenait à surmonter son émotion.

Il se pencha vers sa chaise pour la remercier, lorsqu'elle eut fini de chanter.

— Mais je crains que cette ballade ne se mêle pour vous à des souvenirs douloureux? — ajouta-t-il un peu plus bas.

— En effet; car elle me rappelle le père chéri que j'ai perdu et le souvenir de l'heureuse demeure que nous avons abandonnée.

— C'est alors pour la mort de votre père que vous port ces vêtements de deuil? Oh! pardonnez-moi si mes questio sont indiscrètes; mais je prends tant d'intérêt à tout ce vous concerne.

Violette releva la tête et regarda le baronet avec un regard d'innocente surprise. Elle était entièrement dépourvue de vanité, et elle ne pouvait s'imaginer pourquoi Sir Harold pouvait s'intéresser à elle.

— Oui, — répondit·il, — je porte le deuil de mon père, le meilleur des pères, qui ne songeait qu'au bonheur de ses enfants.

La conversation ne se prolongea pas davantage, car Anastasie se préparait à chanter, et Violette fut appelée pour tenir le piano.

Une demi-heure après, la foule commença à s'éclaircir, et Violette obtint la permission de se retirer. Il était alors plus de deux heures du matin, car la petite soirée de Mme Trevor n'avait pas commencé avant onze heures, et la pauvre fille avait une grande envie de rentrer dans son triste logis où sa mère, sans aucun doute, devait être encore levée et attendre son retour.

Violette remarqua quelque chose de singulier dans la manière dont Mme Trevor lui souhaita le bonsoir, mais elle était trop fatiguée pour s'en étonner. Elle quitta très-tranquillement les salons et passa dans l'antichambre où elle avait laissé son manteau et son chapeau, aux soins de l'une des servantes. Tous les autres invités étaient venus dans leurs équipages. Mais la pauvre Violette avait été obligée de cacher sa modeste toilette de soirée sous un manteau, car il lui fallait faire la route à pied à travers les rues.

Elle venait de mettre son manteau et son chapeau, quand un pas léger se fit entendre sur l'escalier, et Sir Harold Ivry se trouva devant elle.

— J'espère que vous me permettrez de m'assurer que vous arriverez en sûreté chez vous, mademoiselle Westford? — dit-il avec un profond respect dans son ton et dans ses manières. — Je sais que vous êtes seule ici, et j'éprouverais le plus grand plaisir à vous reconduire jusqu'à votre demeure.

Violette rougit, car dans les heureux temps de sa jeunesse elle avait été accoutumée à être reconduite avec politesse jusqu'à sa voiture, à la sortie d'un bal.

Elle ne put se défendre d'un sentiment de honte, de fausse honte, si vous voulez, mais, après cet instant de confusion, elle répondit avec fierté :

— Vous êtes vraiment bien bon, Sir Harold, mais je rentre à pied chez moi, et je crois que mon frère doit m'attendre au dehors pour veiller sur moi.

— Votre frère ! — s'écria le baronet qui ne pouvait dissimuler son désappointement.—Alors, dans ce cas, je dois céder la place à celui qui a tous les droits possibles de vous protéger; mais, au moins, vous me permettrez de vous conduire jusqu'à votre frère.

Tout en parlant, il lui offrait son bras, et elle comprit qu'elle ne pouvait pas se refuser à l'accepter.

Mais Sir Harold n'eut pas à la conduire bien loin, car Lionel attendait au bout du trottoir, et le baronet fut obligé de remettre sa protégée à ses soins.

Nous avons souvent entendu parler de l'amour à première vue, et certainement Sir Harold Ivry semblait être une victime de cette fièvre subite.

Violette ne put moins faire que de le présenter à son frère, et, pendant quelque temps, ils marchèrent tous trois de compagnie, Sir Harold faisant tout son possible pour être agréable à Lionel.

C'était une belle soirée d'été, et la lune dans son plein brillait dans un ciel sans nuages. Londres même, si sombre habituellement, prenait un aspect romanesque, éclairé par cette lumière argentée.

Mais Violette, en regardant son frère, sentit une douleur lui mordre le cœur, à la vue de ses vêtements pauvres et usés, à côté de l'élégant costume du jeune baronet.

Lionel avait toujours la tournure d'un homme du monde,

mais il portait sur lui le cachet de la pauvreté, et le cœur de Violette souffrait cruellement au souvenir du jeune et joyeux collégien, dont naguère encore la vie n'avait été qu'une longue succession de jours de fêtes.

Il semblait que cette promenade au clair de lune fût la chose la plus délicieuse pour Sir Harold, car il continuait à les accompagner, et il alla, dans leur société, jusqu'au pont de Waterloo, où il se décida à s'arrêter et à prendre congé, en pensant que ses compagnons pouvaient ne pas désirer qu'il connût le pauvre quartier de la ville dans lequel ils habitaient.

Il en avait assez appris pour savoir que Violette et son frère étaient tombés de la prospérité dans la pauvreté, la pauvreté la plus cruelle, celle qui est forcée de se cacher sous des dehors trompeurs.

Il prolongea ses adieux à Violette autant qu'il lui fut possible, il semblait avoir de la peine à se séparer d'elle.

— Je n'oublierai jamais votre chant, — dit-il. — Il résonne encore dans mes oreilles. Je ne l'oublierai pas, mais j'espère avoir le plaisir de vous entendre encore bientôt.

Mais alors, il fut obligé de lui souhaiter une bonne nuit, car Lionel semblait plutôt disposé à repousser qu'à accueillir toute tentative d'intimité. La pauvreté le rendait fier, lui qui, jusque-là, n'avait pas connu le sentiment de l'orgueil, et il était maintenant presque hautain vis-à-vis des étrangers.

— Qu'elle est belle! — pensait Sir Harold en regagnant à pied, au clair de la lune, sa demeure à Albany. — Qu'elle est belle! et quel air de noblesse dans ses paroles et dans ses moindres gestes! Et penser qu'une pareille femme est pauvre, forcée d'aller à pied dans les rues, à trois heures du matin! forcée de mettre son manteau au bas d'un escalier, devant une demi-douzaine de laquais qui la regardent faire avec un air moqueur! C'est trop affreux!... C'est honteux!...

Et, après un moment de silence, il murmura :

— Tandis que je suis riche, que j'ai des milliers de livres qui restent sans emploi chez mes banquiers et un million dans les fonds publics! Mais je veux aller demain faire visite à Mme Trevor et apprendre d'elle l'adresse de Mlle Westford! Je veux, sans qu'elle sache d'où elles viennent, lui envoyer un millier de livres. Je veux faire quelque chose, quoi qu'il puisse arriver, et quand même je devrais me mettre une querelle sur les bras avec son jeune frère, qui s'est tenu fortement sur la réserve et s'est montré très-froid tout à l'heure, lorsque nous nous sommes souhaité une bonne nuit.

CHAPITRE XIII.

CRUELLE ÉPREUVE.

Malgré l'heure avancée à laquelle elle était rentrée chez elle, après la soirée de Mme Trevor, Violette savait qu'elle devait se rendre le lendemain matin, à l'heure ordinaire, pour donner ses leçons à ses élèves. A huit heures, elle était en route, après avoir pris son modeste déjeuner chez sa mère. Jamais on ne lui offrait rien chez Mme Trevor, qui savait tirer tout le parti possible d'un bon marché, et qui, généreuse en paroles et en compliments, regardait à une tasse de thé ou à un verre de Sherry ordinaire.

Neuf heures sonnaient quand elle fut introduite dans le vestibule. Elle allait se diriger vers l'escalier de service qui conduisait à la salle d'étude, lorsque le domestique l'arrêta.

— Madame désire vous voir dans son boudoir, — dit-il avec cette froide insolence avec laquelle un valet bien payé s'adresse à une pauvre institutrice mal rétribuée. — C'est très-important, et vous voudrez bien vous y rendre immédiatement et sans perdre de temps.

Violette fut surprise de cette invitation, car Mme Trevor se levait rarement avant neuf heures· elle prenait son chocolat, et elle lisait quelques nouvelles jusqu'au moment de sortir pour faire sa tournée de visites dans le monde. Mais si l'institutrice fut surprise de cette invitation inattendue, elle n'eut aucune appréhension au sujet de l'entretien qui lui était demandé.

Jamais Violette n'avait paru plus fraîche et plus jolie que lorsqu'elle se présenta devant Mme Trevor, qui venait de se lever, et qui, vêtue négligemment d'une ample robe de chambre, était assise devant une table richement servie. La veuve de l'avocat avait acquis de son défunt mari les goûts raffinés d'un gourmet. Elle choisissait les morceaux les plus délicats d'un pâté de gibier, lorsque Mlle Westford entra dans sa chambre.

Sa fille favorite, Anastasie, était assise de l'autre côté de la table, et son beau visage était assombri par une expression marquée de mauvaise humeur.

Elle s'était aperçue de l'impression faite sur Sir Harold par Violette, et elle éprouvait un sentiment voisin de la haine pour l'innocente fille dont les charmes avaient éclipsé les siens.

Violette vit d'un coup d'œil qu'il était survenu quelque chose qui paraissait avoir changé les dispositions de Mme Trevor et de sa fille à son égard; mais comme sa conscience ne lui reprochait exactement rien, elle supporta les regards des deux dames d'un air calme et assuré.

— Mademoiselle Westford, — s'écria Mme Trevor avec l'affectation et les grandes manières qui lui étaient habituelles, — quand pour la première fois vous êtes entrée dans cette maison, vous vous êtes trouvée en présence d'une femme qui a la nature confiante d'un enfant. Je vous ai vue, et vous m'avez plu. Vous êtes belle, et je suis une créature impressionnable pour laquelle la présence des belles choses est une nécessité. Vous désiriez être employée par moi, j'ai accepté vos offres avec confiance. Je vous ai admise dans ma famille, je vous ai confié l'éducation de mes innocentes filles et maintenant, maintenant que je me croyais tranquille, confiante dans votre loyauté et dans votre pureté, je me trouve avoir nourri une vipère!

Violette tressaillit et devint mortellement pâle. Jamais, jusque-là, la fille du capitaine Westford n'avait su ce que c'était que de recevoir une insulte.

— Madame, — s'écria-t-elle avec une fierté soudaine qui contrastait avec sa douceur habituelle, — vous vous trompez sur la personne à laquelle vous croyez pouvoir parler sur ce ton.

— Je le désirerais, — répondit Mme Trevor en secouant la tête d'un air grave. — Je désirerais être abusée par une erreur, pouvoir reconnaître cette erreur, et vous trouver digne de ma confiance.

— En quoi ai-je pu me trouver indigne de cette confiance, madame? — demanda Violette avec la même fierté et la même tranquillité.

— Oh! mademoiselle Westford, — s'écria la veuve en portant son mouchoir à ses yeux, — c'est une triste affaire, une bien pénible affaire! Ce n'est pas contre vous que j'ai quelque chose à dire, sauf toutefois que vous m'avez caché la vérité.

— Je vous ai caché la vérité, madame? — s'écria Violette. — Quelle vérité vous ai-je cachée?

— Vous êtes entrée chez moi sous de fausses apparences, vous m'avez caché le passé de votre malheureuse mère.

En ce moment Mme Trevor affecta de succomber à son émotion.

— Le passé de ma mère?... — s'écria Violette. — Que peut-on vous avoir dit d'elle, sinon que c'est la meilleure et la plus tendre des mères, et que je l'aime plus que la vie.

— Malheureuse fille, prétendez-vous ignorer la conduite de votre mère avant son mariage avec votre père?

— Madame, que puis-je savoir de ma mère ? Qui ose souiller son nom de l'ombre même d'un soupçon ?

— Quelqu'un qui ne la connaît que trop bien, — répondit Mme Trevor. — Hélas ! pauvre enfant, je commence à penser que vous pouvez réellement ignorer la vérité, et pourtant vous devez connaître le nom de fille de votre mère ?

Une soudaine rougeur monta tout à coup au visage de la jeune fille. Pendant un moment une frayeur mortelle, obscure, indistincte, mais terrible, s'empara d'elle.

Elle n'avait jamais entendu prononcer le nom de fille de sa mère, bien plus elle ne se rappelait pas avoir entendu sa mère faire allusion aux premiers temps de son existence. Un voile mystérieux couvrait cette période de la vie de Mme Westford.

Mais l'amour de la fille était plus fort que le misérable sentiment du soupçon qui se glisse quelquefois dans les cœurs les plus nobles et les plus purs.

— Dès cet instant je renonce à mon emploi, madame Trevor, —dit la jeune fille avec indignation. — Si quelqu'un a osé calomnier ma mère auprès de vous, je déclare cette personne la plus fausse et la plus vile des créatures. Mais, quoi qu'il en soit, je ne resterai pas une heure de plus dans une maison où le nom de ma mère a été souillé par l'ombre d'un soupçon.

— La personne qui m'a fait connaître la triste histoire de votre mère, aussi triste que honteuse, hélas ! est une personne trop haut placée pour se faire le promoteur d'une calomnie. Elle m'a parlé de faits que je vous croyais en position de démentir ; mais vous ne le pouvez pas. Vous ne pouvez pas même me dire le nom de fille de votre mère. Mais moi je puis vous dire ce nom, mademoiselle Westford ; le nom de votre mère était Ponsonby, et elle a été chassée de chez son père, Sir John Ponsonby, quand son cœur fut brisé en apprenant la honte de sa fille.

— Quelle honte, madame ?

Mme Trevor garda le silence; Godwin n'avait pas jugé bon de lui dire quel était l'homme dont la conduite avait motivé les cruelles calomnies qui avaient flétri le nom de Clara Ponsonby.

— Quelle était cette honte, madame?—répéta Violette.—J'ai le droit de savoir toute l'étendue des faussetés que quelque misérable a osé dire sur le compte de la meilleure et de la plus pure des femmes.

— Non, mon enfant, — répondit Mme Trevor avec une affectation de sympathie. — J'en ai dit assez, plus qu'assez! J'ai pitié de votre malheur, car il n'est pas de malheur plus grand que d'être la fille d'une femme perverse ; j'ai pitié de vous, mademoiselle Westford. Mais moi aussi je suis mère, je dois songer à mes filles, et je ne puis permettre que vous reparaissiez dans cette maison.

— Vous ne pouvez le permettre, madame! — s'écria Violette avec un élan d'indignation. — Croyez-vous donc que mes propres sentiments me permettraient de franchir de nouveau le seuil d'une maison dans laquelle le nom de ma mère a été calomnié d'une façon si cruelle et si impitoyable? Non, madame, je vous dis adieu et je n'espère qu'une chose, c'est de ne jamais me retrouver en face d'une personne qui m'a fait endurer la douleur que vous m'avez infligée aujourd'hui. Vous pouvez avoir été mal informée, mais je ne vous pardonnerai jamais d'avoir été aussi prompte à mal penser de ma mère.

Après ces mots Violette sortit calme et digne en apparence, mais en réalité avec le cœur torturé par la plus vive de toutes les angoisses.

Mme Trevor resta pendant quelque temps les yeux fixés sur la porte par laquelle venait de sortir la jeune fille, et elle ne pouvait reprendre possession de ses sens.

— A-t-on jamais vu pareille assurance, Anastasie?—s'écria-t-elle enfin. — Si cette misérable fille avait été la reine d'Angleterre, elle n'aurait pas pu me répondre avec plus de fierté qu'elle ne l'a fait. Néanmoins nous sommes débarrassées d'elle, c'est au moins une consolation. Il est bien heureux que M. Godwin m'ait appris tout cela, car je suis sûre que cette astucieuse créature aurait dirigé ses batteries contre Sir Harold, et essayé de te supplanter, ma chérie. J'avais les yeux sur elle la nuit dernière, sans qu'elle s'en doutât, et j'ai vu ses artificieuses manœuvres.

Anastasie se mordit les lèvres avec rage en se rappelant les événements de la précédente soirée; cette soirée sur laquelle elle avait compté longtemps comme sur une occasion de triomphe et dont le résultat avait été un désappointement cruel, une véritable humiliation. Quelque hypocrisie que nous puissions déployer devant le monde, nous ne pouvons nous tromper nous-mêmes, et Anastasie ne savait que trop bien que l'admiration de Sir Harold était toute spontanée, et que Violette n'avait pas même eu conscience de l'impression qu'elle avait faite.

— Il y a quelque chose d'heureux dans cette aventure! — s'écria Mᵐᵉ Trevor après quelques moments de méditation. — Cette querelle nous épargne une demi-semaine du salaire de l'institutrice. Mais Dieu sait si nous pourrons en trouver une autre aussi capable pour le même prix!

CHAPITRE XIV.

AMOUR A PREMIÈRE VUE.

Pendant que Violette rentrait lentement dans sa triste demeure située dans cette sombre rue, près de Waterloo Road, un élégant tilbury s'arrêtait devant la jolie petite villa de Mᵐᵉ Trevor, et Sir Harold en descendait.

C'était l'heure reçue pour faire et pour recevoir des visites, aussi la mère et la fille étaient-elles assises dans leur élégant salon, dans de délicieuses toilettes, et préparées à faire la conquête du premier homme à marier qui pourrait se présenter.

Anastasie était assise près de la fenêtre sous le prétexte de s'occuper d'un ouvrage de tapisserie, mais elle avait l'œil au guet, et elle vit le tilbury s'arrêter à la porte.

— Maman, c'est Sir Harold ! — s'écria-t-elle.

— En vérité! — dit Mme Trevor d'un air triomphant. — Alors tu vois que ton élégante parure de la soirée d'hier n'a pas été perdue. Le baronet doit avoir eu la tête tournée, sans cela il ne se presserait pas tant de nous faire visite. Je te verrai lady Ivry, mon amour, tu peux y compter.

— Je te reconnais bien là, maman, — s'écria Anastasie avec impatience. — Tu crois toujours que les affaires marchent selon ta volonté. Je suis sûre que Sir Harold n'a pas plus fait attention à moi, hier, que si j'avais été la plus laide créature qui soit jamais sortie d'une pension de troisième classe. Et je crois pouvoir dire qu'il n'est venu aujourd'hui que dans l'espérance de voir Mlle Westford.

— Quoi! — s'écria Mme Trevor, presque avec emportement. — Tu ne veux probablement pas dire que Sir Harold aurait l'audace de venir chez moi pour y faire la cour à votre institutrice! C'est de la folie, Anastasie; c'est en vérité trop absurde.

Il ne put pas en être dit davantage, car le jeune élégant fut annoncé, et les deux dames se levèrent pour l'accueillir avec leurs plus charmants sourires.

— Mon cher Sir Harold, c'est bien aimable à vous! — s'écria la veuve.

— Votre soirée était si charmante, madame Trevor, que je ne pouvais réellement pas différer de venir vous dire combien je m'étais amusé ! — répondit le jeune homme. — Comme Mlle Trevor chante magnifiquement! — ajouta-t-il en faisant une inclination de tête à Anastasie, — ainsi que Mlle Théodosie et cette autre jeune personne, Mlle Westford; — quelle jolie voix elle possède!

Anastasie rougit de dépit, le baronet ne pouvait même pas cacher son admiration pour Violette. L'indignation de Mme Trevor ne connut pas de bornes, mais pourtant elle s'efforça de sourire agréablement au baronet.

Nil desperandum est la devise de toute mère intrigante, et Mme Trevor n'était nullement en disposition de renoncer à ses espérances, au premier mécompte.

Malgré l'admiration de Sir Harold pour la pauvre institutrice, avec un peu d'habileté et force flatteries, on pouvait changer le cours de ses idées et le ramener aux pieds d'Anastasie.

Telle était la pensée de Mme Trevor, et c'était cette espérance qui lui inspirait un courage héroïque.

Le baronet maintint la conversation sur des généralités pendant quelque temps. Il parla de l'Opéra, des galeries de tableaux, des plaisirs de la saison; mais Mme Trevor s'apercevait qu'il parlait pour parler et en pensant à autre chose qu'à ce qui paraissait l'occuper. Tout à coup il s'écria, sans que cela eût le moindre rapport avec le sujet de sa conversation :

— Quelle charmante jeune fille que cette Mlle Westford! Je n'ai jamais vu personne qui m'ait autant charmé. Elle est si jolie, si modeste, si complétement ignorante de sa beauté. C'est réellement la plus ravissante créature que j'aie jamais vue; et, ma chère madame Trevor, si vous voulez me rendre un service dont je vous serai profondément reconnaissant, présentez-moi à la famille de cette charmante fille. J'ai le plus grand désir de connaître ses parents et d'avoir l'occasion de la revoir.

— Sir Harold, il m'est réellement impossible de...

— Oh! je vous en prie, ne vous méprenez pas sur mes in-

tions, ma chère madame Trevor. Vous ne me croyez certainement pas capable de me sentir moins de respect pour une jeune
fille, parce que je la trouve dans une position dépendante,
partant à pied d'un bal et dans des conditions qui trahissent
sa pauvreté. Non, madame Trevor, je ne suis pas homme
à me laisser influencer par de semblables considérations. Je
ne suis pas un aristocrate, vous le savez bien, et tout le monde
le sait. Mon père a gagné sa fortune par un rude travail, et
il y a, dans notre résidence d'Ivry, une vieille brouette qu'on
conserve dans une des salles basses de la maison et que mon
grand-père a roulé, quand il était manœuvre, et qu'il travaillait à creuser le canal Slopsall qui traverse notre province.
Vous voyez donc qu'il ne me conviendrait pas de prendre de
grands airs. Je suis riche, indépendant, et libre d'épouser la
femme que j'aime si je suis assez heureux pour conquérir
son estime. Dans ces conditions, je suis persuadé que vous
me croirez quand je vous déclarerai que je n'ai que des intentions honorables au sujet de Mlle Westford, et comme je
vous sais une de ces femmes au cœur généreux qui aiment à
faire des mariages, vous ne me refuserez pas de me présenter
à sa famille, n'est-ce pas?

Rien ne pourrait rendre la rage et la mortification de
Mme Trevor, en entendant ces chaleureuses et sincères paroles. Ne voyait-elle pas le riche baronet sur lequel elle
avait jeté ses vues pour en faire l'époux de sa fille, manifes-
ter la plus complète indifférence pour les charmes d'Anastasie et se montrer prêt à épouser une pauvre orpheline qu'il
n'avait vue qu'une seule fois. Mais la belle veuve était exercée
à toutes les hypocrisies de la haute société, elle s'efforça donc
de cacher son ressentiment, et elle parvint à ne laisser voir
à Sir Harold qu'un air de profonde sympathie.

—Mon cher Sir Harold, — s'écria-t-elle avec un grand soupir,—je vous plains, je vous plains sincèrement. Rien de plus
charmant que les sentiments que vous venez d'exprimer avec

tant d'éloquence; je regrette seulement de les voir s'égarer
sur un indigne objet.

— Un indigne objet, madame Trevor ! — s'écria-t-il. —
Que voulez-vous dire ?

— Ce matin même j'ai renvoyé Mlle Westford, comme une
personne peu convenable pour être la compagne de mes
chères enfants.

Annabella frissonnait d'horreur en prononçant ces paroles.
Sir Harold pâlit, et la veuve vit que son trait empoisonné
avait porté.

— Vous l'avez renvoyée !... Une compagne peu convenable !... — s'écria Harold. — Mais pourquoi ?

—C'est ce que je me refuse à vous dire, — répondit Mme Trevor
avec une suprême dignité. — Il y a des secrets qu'une femme
honorable ne doit pas se charger de révéler. Je ne veux pas
souiller mes lèvres en répétant ce qui s'est passé entre moi
et Mlle Westford. Il suffit pour vous de savoir qu'elle a été
renvoyée de cette maison à très-juste titre.

— Mais la raison de cette disgrâce, madame Trevor ? —
demanda le baronet d'un ton presque suppliant.

— C'est, je vous le répète, ce que je me refuse à vous dire,
— répondit Mme Trevor avec dignité. — Bien certainement,
Sir Harold, vous ne doutez pas de mes paroles.

— Douter de vous, madame Trevor, oh ! non, non ! Quel
motif pourriez-vous avoir d'attaquer la réputation de cette
pauvre fille ? Je ne puis douter de vous. Mais c'est un coup
bien cruel pour moi. J'aurais ri bien haut, il y a quelques
jours, j'aurais éclaté de rire à la seule idée d'un amour à
première vue; et pourtant je vous jure sur l'honneur que je
me sentais aussi attaché à Mlle Westford que si je l'avais
connue pendant toute mon existence. Et découvrir qu'elle est
indigne de l'estime d'un honnête homme ! oh ! madame Trevor, vous ne pouvez vous imaginer combien cette désillusion
est cruelle.

Dans sa candeur presque enfantine, le baronet n'essayait même pas de cacher l'état de ses sentiments. Anastasie le regardait avec un air de mépris dédaigneux. Violette lui avait toujours déplu par envie pour la supériorité de sa beauté; mais maintenant elle éprouvait pour elle la haine la plus violente qui ait jamais agité le cœur d'une femme.

Sir Harold se leva pour prendre congé.

— Je crains de m'être montré bien ridicule, — et d'avoir mérité toutes vos railleries, mesdames, — dit-il en rougissant à la pensée qu'il avait trahi son émotion. Mais je suis un enfant gâté de la fortune, et je n'ai pas l'habitude de me voir trompé dans mes espérances. Je ne sais pas non plus dissimuler mes sentiments. Pardonnez-moi de vous avoir importunées de mes affaires. Adieu, mesdames.

Il serra la main des deux dames et il se disposait à les quitter; mais Mme Trevor n'était pas d'humeur à le laisser partir si facilement.

— J'espère que vous nous ferez le plaisir de dîner avec nous demain, Sir Harold, et de nous accompagner à Covent Garden; ma chère amie lady Mordaunt a mis sa loge à ma disposition. Je vous en prie, ne me refusez pas. Anastasie sait que vous êtes un excellent critique en matière d'œuvres musicales, et elle voudrait avoir votre opinion sur le nouvel opéra.

Le jeune homme hésita quelques instants, mais il finit par accepter cette invitation.

En acceptant, il ne cédait à aucune considération pour Mme Trevor et pour sa fille; mais il était décidé par l'espoir qu'il nourrissait encore de tirer d'elles la vérité au sujet de Violette. Il quitta la villa terriblement accablé par ce qu'il avait appris, et tout confus de s'être laissé emporter par son adoration pour une personne qu'il lui fallait maintenant considérer, d'après ce qu'on lui disait, comme vile et comme indigne.

Il avait été accoutumé à trouver la vie agréable et facile, comme un voyage royal en train spécial, avec une voiture-salon établie par Jackson et Graham pour se reposer, toutes les stations drapées de tentures rouges et ornées de guirlandes de fleurs en l'honneur des nobles voyageurs. Aujourd'hui, pour la première fois, il s'apercevait qu'il y a des bonheurs que l'argent ne peut procurer, et son désappointement était plus vif encore que celui de ce jeune prodigue qui voulait une loge pour l'une des soirées de Jenny Lind, et qui offrait cent livres seulement pour s'entendre dire que la chose était impossible, même à ce prix; et qui sortait de la boutique de M. Mitchell en murmurant tristement : « Par Jupiter, il y a donc quelque chose que l'argent ne peut pas acheter? »

CHAPITRE XV.

VIOLETTE SE DÉCIDE A PRENDRE UNE AUTRE CARRIÈRE.

Un nuage sombre s'était abattu sur l'humble demeure où Clara s'était fixée avec ses deux enfants. Violette faisait de nouvelles démarches pour retrouver un emploi, mais elles demeuraient sans résultat. Elle était incapable d'avancer un mensonge, et elle n'essayait même pas de cacher que le dernier emploi qu'elle avait occupé, c'était dans la maison de lady Montague Trevor.

Partout on lui demandait d'indiquer, pour les renseignements à prendre, la maison d'où elle sortait, et lorsqu'elle se refusait à ce qu'on s'adressât à Mme Trevor, on secouait la tête. Le cas paraissait suspect, et personne ne voulait pousser plus loin les pourparlers avec la malheureuse fille; sa jeunesse et sa beauté ne faisaient que rendre son succès plus difficile.

C'est ainsi que Violette se trouva, avec une réputation ternie, sans secours et sans amis, dans l'immense ville de Londres.

Pour la première fois, la malheureuse enfant sentit le cœur lui manquer, son courage s'était évanoui. Son oisiveté forcée lui donnait le temps de s'abandonner à ses pensées, et ses rêveries continuelles sur sa cruelle destinée la livrèrent sans défense à une terrible mélancolie.

Elle avait tant perdu : un père qui l'adorait, un fiancé dans la foi duquel elle avait eu une si folle confiance; il n'y avait guère à s'étonner qu'elle se trouvât malheureuse et isolée, alors même que sa mère et Lionel lui restaient.

Une fois, une seule fois, elle avait écrit à George, au bureau de poste à Bruges. Elle lui avait écrit pour lui apprendre la mort de son père et tous les tristes changements survenus dans sa position et dans sa fortune. Par un sentiment de noble orgueil et de générosité, elle l'avait relevé des engagements qui le liaient à elle.

Cette lettre était restée sans réponse. Violette ne pouvait se figurer qu'une chose : c'est que George avait quitté Bruges, ou qu'il s'était trouvé heureux d'être dégagé de ses serments. La peine que lui causait cette pensée était bien amère; mais Violette commençait à s'habituer à la douleur. Ni sa mère, ni Lionel ne soupçonnaient l'existence du chagrin secret qui rongeait le cœur de la jeune fille.

Et, pendant ce temps, ils étaient pauvres, bien pauvres ! Malgré toute son habileté, l'aiguille de Clara ne lui créait que de bien faibles ressources pour entretenir son ménage; et les gains de Lionel, comme copiste, n'étaient qu'éventuels et fort incertains. Ce n'était qu'à l'aide de la plus minutieuse économie que cette famille, naguère si prospère, parvenait à payer le misérable loyer de son modeste logis et à subvenir aux plus impérieux besoins de la vie.

Pour Violette, son oisiveté était terrible. Elle voyait ceux qu'elle aimait travailler durement tout le jour, ces longs jours d'été qui rappelaient à son souvenir les beaux jardins pleins d'ombrages de Westford Grange, les allées fraîches de la forêt avec ces riantes clairières où elle avait passé tant d'heures d'un bonheur insouciant dans la société de celui qu'elle aimait, de George. Quand elle voyait sa mère et Lionel travailler, renfermés dans un sombre logis, dans un des plus pauvres quartiers de Londres, le désespoir s'emparait de son cœur.

Chaque jour elle répondait aux nouveaux avertissements insérés dans le *Times* qu'elle lisait, moyennant un sou, chez un marchand de journaux du voisinage; chaque jour elle faisait de fatigantes courses pour aller grossir le nombre des malheureuses filles, qui, après avoir été tendrement élevées et avoir reçu une brillante éducation, sont jetées par la main de fer de la pauvreté sur le rude pavé de Londres.

Mais c'était peine inutile. A défaut de renseignements pris dans la maison d'où elle sortait, personne n'aurait osé lui accorder sa confiance. Sa beauté même, ce don si précieux chez l'enfant choyé de riches parents, sa rare beauté était un empêchement à ce qu'elle réussît, et donnait naissance à de cruels soupçons dans l'esprit des gens prudents et sages de ce monde.

Sans doute elle avait été renvoyée par suite de quelque imprudence, ou peut-être pour quelque chose de pire que de l'imprudence, ce qui la rendait peu convenable pour être la compagne et la gardienne de l'innocence.

Après des efforts qui auraient presque épuisé la patience d'une sainte martyre, l'espérance et le courage étaient morts dans le cœur de Violette, et elle renonça à la pensée d'obtenir un nouvel emploi. Elle succombait accablée sous le poids de son désespoir.

Ce fut par un beau jour du mois d'août que ce sentiment de complet découragement s'empara de son esprit. Elle avait été à pied à Hampstead, après son maigre déjeuner composé d'un morceau de pain sec et d'une tasse de thé. Elle avait

marché depuis Waterloo Road jusqu'aux vertes plaines de
Hampstead, et s'était présentée, avant midi, dans une jolie
villa, pour s'entendre dire par l'heureuse et insouciante maîtresse de la maison, qu'elle était beaucoup trop jeune pour
l'emploi dont elle avait à disposer.

— Il n'y avait pas d'âge indiqué dans l'avertissement, madame, — dit la pauvre Violette d'un ton presque lamentable.
— Et je puis vous assurer que je possède toutes les connaissances requises ; sans cela, je n'aurais pas eu la hardiesse de
me présenter.

— Très-probablement, — répondit la maîtresse de la villa,
qui était la femme d'un riche marchand de fer du West End ;
— très-probablement, comme institutrice, vous possédez toutes
les connaissances que je demande ; mais il ne m'est pas possible de confier l'éducation de mes enfants à une personne
de votre âge, et je considère même comme impertinent à une
petite fille de dix-neuf ans de se présenter pour un emploi
d'institutrice dans une maison comme la mienne.

La fière dame secouait la tête d'un air méprisant en prononçant ces paroles. Si elle avait eu une étincelle de sentiment
dans le cœur, elle se serait aperçue que la pauvre Violette
était épuisée de fatigue et prête à s'évanouir ; elle aurait vu
également la muette angoisse empreinte sur le beau visage
de la jeune fille, et elle lui aurait offert un verre de vin dont
son cellier était bien garni, ou au moins elle lui aurait adressé
les quelques mots de sympathie qu'une chrétienne sait trouver
pour adoucir la peine d'une de ses semblables.

Hélas ! la charité chrétienne est rare dans ce bas monde !
La dame ne sut que sonner une servante pour reconduire la
jeune personne jusqu'à la porte. La pauvre Violette trouva
un siège dans la plaine, où il lui fut possible de se reposer
quelque temps afin de reprendre des forces pour la longue
course qu'elle avait à faire pour regagner sa demeure. Elle
n'avait pas besoin de se presser. Pourquoi se serait-elle hâtée

de rentrer quand elle n'avait pas de bonnes nouvelles à apporter ? Elle n'avait qu'à répéter l'éternelle et cruelle histoire, l'histoire de l'insuccès et du désappointement.

Elle resta assise longtemps, regardant en rêvant les sombres toits de la ville, à demi cachée sous un nuage de fumée qui couvrait la vallée qui s'étendait au-dessous d'elle. Enfin elle se leva et reprit à pas lents et avec découragement le chemin de sa demeure.

La course était longue, et le chemin qu'elle prit la conduisit à travers Long Acre dans Bow Street, où elle entra vers trois heures de l'après-midi, couverte de poussière, par suite de sa longue marche, pâle, et épuisée de fatigue.

Bow Street était fort affairé à cette heure de la journée ; un opéra nouveau devait être exécuté au théâtre de Covent Garden, et l'on venait prendre des billets et louer des loges pour la représentation du soir.

Bow Street est le centre du monde dramatique de Londres. C'est dans cette rue que les agents dramatiques ont leurs bureaux, et dans ces bureaux se pressent tous ceux qui suivent la carrière dramatique, depuis le Macready de province qui n'a besoin que d'un tréteau élevé dans une grange pour révolutionner toute une ville et qui entre dans les bureaux de l'agence avec la noble assurance de sa démarche tragique, jusqu'au timide amateur qui n'a jamais mis le pied sur les planches et qui annonce son arrivée par une toux nerveuse, indice certain de sa profonde défiance de lui-même.

Cette rue abonde en vitrines de toute sorte. Là le perruquier de théâtre expose la chevelure flottante de Charles Stuart, ce grand favori des vaudevilles et des petites comédies, à côté des longues mèches pommadées de Tartuffe ou des cheveux taillés en brosse de Jack Sheppard. Ici c'est le fabricant de maillots qui révèle les mystères sacrés de son art et comment la laine et le coton supplée aux imperfections de la nature. Tout près le fabricant de dentelles d'or expose ses brillants produits et étale aux yeux du vulgaire le diadème d'un Richard ou l'épée enrichie de pierreries d'un Roméo.

En marchant lentement dans cette rue, les yeux distraits de Violette tombèrent sur une longue plaque de cuivre fixée à la porte d'un bureau d'agence dramatique.

Un agent dramatique! Ce ne fut qu'après un moment de réflexion qu'elle comprit ce que ce terme pouvait signifier.

Un agent dramatique devait être naturellement une personne dont la profession consistait à trouver de l'emploi aux acteurs et aux actrices.

Une fantaisie soudaine et désespérée passa dans la tête de Violette. Elle savait que des gens gagnaient de l'argent et quelquefois de grosses sommes en jouant la comédie. Elle avait lu des nouvelles dans lesquelles de jeunes et belles créatures possédées de l'amour du théâtre étaient passées de leur modeste demeure, sur la scène de Drury Lane, pour conquérir la faveur du public dès leurs premiers débuts, et qui avaient fait la joie et les délices de l'univers jusqu'au moment où elles avaient échangé leurs triomphes dramatiques contre les succès du monde, lorsqu'un duc amoureux de leurs charmes était venu déposer ses titres et sa fortune à leurs pieds. Pourquoi ne se ferait-elle pas actrice? Elle était repoussée de tous côtés comme institutrice. Dans son désespoir, elle aurait pris un balai pour balayer la rue, si par ce moyen elle avait pu venir en aide à sa mère et à Lionel.

Pourquoi ne serait-elle pas actrice? L'idée n'était pas si insensée qu'elle le paraissait. Violette avait souvent joué comme amateur dans les maisons de campagne voisines de Westford Grange et à l'époque des joyeuses fêtes de Noël, dans sa maison. Dans ces occasions elle avait fait preuve de beaucoup de talent, et elle avait été fort applaudie. Elle ne se faisait pas une idée de la largeur du gouffre qui sépare une habile actrice de charades en famille, de l'artiste qui

1.   10

n'arrive que par un long et rude travail à se mettre en état
de mériter la faveur du public.

Elle se rappelait cela maintenant, non par un sentiment de
vanité, mais comme une dernière espérance à laquelle, dans
son désespoir, elle se sentait poussée à se rattacher comme le
marin qui près de se noyer se saisit de la planche la plus fra-
gile qui flotte sur l'Océan en furie.

Obéissant à l'impulsion du moment, elle sembla inspirée par
une hardiesse bien étrangère à sa nature. Elle pénétra par la
porte ouverte sur laquelle elle avait vu la plaque de cuivre, et
monta un escalier sans tapis qui conduisait au premier étage.
Là elle vit le mot *bureau* inscrit sur la porte qui lui faisait
face. Elle frappa timidement, et une voix qui parut dure et
brusque à son oreille lui dit d'entrer.

Elle pénétra dans la chambre et se trouva en présence d'un
homme d'environ trente-cinq ans assis devant un bureau, entouré d'un monceau de papiers, de lettres ouvertes, et d'affiches de théâtre de toutes couleurs.

Les murs étaient ornés d'un arc-en-ciel de grandes affiches
de théâtre et de portraits d'artistes dramatiques. Contre une
fenêtre sans rideaux se tenait un homme portant un habille-
ment de couleurs voyantes et qui tournait le dos à l'intérieur
de la chambre.

L'agent leva la tête et salua Violette, mais il ne dit rien. Il
attendait évidemment qu'elle expliquât le motif qui l'amenait.

Le courage de la pauvre fille l'abandonna tout à coup. Epui-
sée par sa longue marche, elle était incapable de tout effort
pour rassembler ses esprits, elle se laissa tomber sur le siége
qu'il lui indiquait du doigt ; ses lèvres s'agitèrent par un
mouvement nerveux, mais elle ne put pas articuler un mot.

Heureusement l'agent était loin d'être un méchant homme,
il vit l'embarras de Violette et il vint à son secours.

— Vous désirez un engagement, je suppose ? — dit-il.

— Oui, — balbutia Violette.

— Très-bien. Vous avez apporté quelques petites affiches avec vous, je présume ?

— Des petites affiches, monsieur, je...

— Oui, des petites affiches des théâtres où vous avez eu vos derniers engagements. De quel théâtre venez-vous?

Violette secoua la tête.

— Je n'ai jamais joué sur aucun théâtre, — dit-elle. — Je n'ai joué que dans des représentations théâtrales dans des maisons particulières, chez mes amis...

— Comment ! — s'écria l'agent ; — vous n'avez jamais joué sur un théâtre public.

— Jamais.

M. Henry de Lancy, dont le véritable nom était Higgins, fit entendre un long sifflement pour exprimer son extrême surprise.

— Alors vous n'êtes absolument qu'un amateur, ma chère fille, — dit-il, — et aussi ignorante qu'un enfant. Je ne suppose guère qu'aucun directeur de théâtre en Angleterre consente à vous engager, à moins que vous ne vouliez bien vous soumettre à deux ou trois mois d'épreuves, sans appointements.

Sans appointements ! Violette se sentit défaillir. C'était le salaire, le salaire seul qu'elle ambitionnait. Elle n'éprouvait pas le désir de se montrer devant une foule ébahie ; elle ne recherchait ni la gloire ni l'admiration ; elle n'avait qu'un désir, celui de gagner de l'argent pour ceux qu'elle aimait.

— Vous ne me semblez pas enchantée de cette idée, — dit M. de Lancy. — Beaucoup de jeunes dames comme vous sont très-heureuses d'avoir l'occasion de jouer et seraient toutes disposées même à payer pour se la procurer. Véritablement il y en a pas mal qui payent... et assez cher même.

— C'est possible, — répondit Violette tristement. — Mais je suis très-pauvre et j'ai besoin de gagner de l'argent. Je pensais pouvoir obtenir un salaire comme actrice.

— Et vous y arriverez bien certainement, ma chère enfant, lorsque vous aurez appris votre métier. Jouer la comédie est un art comme tous les autres, et il faut l'apprendre par la pratique. Si vous voulez aller dans quelque petit théâtre de province et jouer pendant une couple de mois sans appointements, afin d'acquérir un peu d'expérience, je songerai à vous et je verrai si je ne puis pas vous trouver quelque chose.

— Un théâtre de province et pas d'appointements, monsieur. Oh! c'est complétement inutile pour moi. Il faut que je reste à Londres avec ma mère et que je gagne de l'argent.

L'agent se renversa sur son fauteuil en levant les épaules d'un air légèrement dédaigneux.

— Vous voulez l'impossible, ma chère demoiselle, — dit-il. — Je ne puis vous être d'aucune utilité. Adieu.

Il trempa sa plume dans l'encre et se remit à écrire. Violette se leva pour se retirer; elle commençait à croire qu'il était aussi difficile d'être actrice que d'être institutrice.

Mais lorsqu'elle se trouva près de la porte, l'homme qui regardait par la fenêtre et qui s'était retourné pour la regarder pendant cette petite scène, s'adressa tout à coup à elle :

— Attendez un instant, ma chère enfant, — dit-il, — asseyez-vous pendant cinq minutes, voulez-vous? De Lancy, mon cher, quel niais vous faites! — ajouta-t-il en s'adressant à l'agent.

M. de Lancy releva la tête.

— Que voulez-vous dire? — demanda-t-il.

— Mais qu'il faut que vous soyez bien absurde pour ne pas avoir vu que cette jeune personne est précisément ce qu'il me faut pour le Cirque.

Ce personnage n'était rien moins que le directeur du Cirque, M. Maltravers.

— Pourquoi faire? — demanda l'agent.

— Mais pour représenter la Reine de Beauté dans le nouveau ballet comique. N'ai-je pas fait la chasse dans Londres pour trouver une jolie fille, et ne m'avez-vous pas envoyé une masse de laiderons pour remplir ce rôle, et cette jeune fille n'est-elle pas Vénus elle-même en chapeau de paille?

Violette rougit. Le directeur de théâtre sourit en voyant sa confusion.

— Vous vous habituerez bien vite à ces sortes de choses, ma chère enfant, — dit-il. — Maintenant, entendons-nous bien. Vous désirez être engagée dans un théâtre de Londres?

— Oui, monsieur.

— Et jamais vous n'avez paru sur un théâtre de votre vie ?

— Jamais.

— Alors je vais vous dire ceci : la première fois que vous essayerez d'ouvrir vos jolies lèvres devant un public anglais, vous trouverez que c'est presque aussi difficile que si vous aviez été sourde et muette de naissance. Vous pensez que, parce que vous avez lu Shakespeare, que vous avez joué une charade devant vos amis, vous n'avez besoin que d'obtenir l'occasion de vous montrer pour être acclamée comme une moderne Siddons? Non, ma chère enfant, jouer la comédie n'est pas un talent qui vient tout naturellement, pas plus que de jouer du piano ou de parler les langues étrangères. Pour jouer la comédie, ma chère enfant, il faut apprendre, et cela ne s'apprend pas en un jour.

Violette regardait son interlocuteur d'un air désespéré pendant qu'il parlait de l'air le plus gai et le plus souriant.

— Que dois-je faire alors, monsieur? — demanda-t-elle d'un air plaintif. — Je n'ai pas le temps d'apprendre un art, et j'ai besoin de gagner de l'argent de suite.

— Et vous gagnerez quelque argent, ma chère enfant, et

fort aisément encore, — répondit le directeur de théâtre.

— Oh! monsieur, dites-moi ce que vous voulez dire? — s'écria Violette qui était tout étonnée des manières du directeur.

— Que diriez-vous si je vous offrais dix-huit shillings par semaine pour vous asseoir dans un temple d'or, pendant dix minutes chaque soir, revêtue d'un des plus beaux costumes qui aient jamais paru sur la scène? Que diriez-vous si je vous confiais le personnage de la Reine de Beauté dans notre nouveau ballet comique? Vous n'aurez rien à dire, qu'à rester tranquille, à vous faire admirer par le public, et vous serez payée généreusement dix-huit shillings par semaine. Qu'en dites-vous, jeune fille? Acceptez-vous mon offre?

— Oh! oui, oui, bien volontiers! — répondit Violette.

Dix-huit shillings par semaine, près du double du misérable salaire que lui payait Mme Trevor. Violette n'était que trop impatiente de s'assurer cette bonne fortune.

— J'accepte votre offre avec reconnaissance! — s'écria-t-elle.

Mais tout à coup son exaltation tomba, elle pâlit. Sa mère consentirait-elle? et Lionel, le fier Lionel? Ceux qui l'aimaient si tendrement voudraient-ils permettre qu'elle gagnât de l'argent de cette manière, en paraissant sur la scène d'un théâtre, devant un public ayant payé le droit de la critiquer et de l'admirer?

— Cependant, nous sommes si pauvres, — se dit-elle, — qu'ils ne peuvent guère repousser tout moyen honnête de gagner de l'argent.

Mais elle n'osait pas décider la question sans la permission de sa mère.

— Voulez-vous me donner le temps de consulter mes parents? — dit-elle. — Je me suis trop pressée de vous répondre tout à l'heure. Je ne puis accepter votre offre sans le consentement de ma mère.

— Très-juste et très-convenable, — répondit le directeur de théâtre d'un air d'approbation. — Mais vous pouvez demander la permission de votre mère d'ici à demain onze heures du matin, ou je serai obligé de chercher une autre jeune dame pour remplir le rôle de la Reine de Beauté. Je pense que vous pouvez venir me trouver à mon théâtre demain matin, à dix heures et demie.

— Oui, monsieur.

— Très-bien alors, voici ma carte. Vous vous présenterez par l'entrée des artistes et vous remettrez cette carte au portier, qui vous conduira près de moi immédiatement. Songez à être exacte, car nous avons beaucoup de personnes qui ambitionnent cette position. Toutes les filles les plus laides du corps de ballet se croient des Reines de Beauté.

Violette promit d'être exacte. Il était dû des honoraires à M. de Lancy, mais lorsqu'il vit que la pauvre fille était complétement sans un denier, il consentit volontiers à attendre qu'elle eût reçu sa première semaine au théâtre de Drury Lane.

Après cette entrevue, Violette se hâta de rentrer, joyeuse outre mesure à la pensée de pouvoir être de quelque secours pour les siens. Elle dit à sa mère et à Lionel ce qui était arrivé et les supplia de mettre tous préjugés de côté dans un moment où la pauvreté dans ce qu'elle a de plus cruel était entrée dans la maison.

Tout d'abord, Mme Westford et Lionel furent tout à fait opposés à sa proposition, mais peu à peu la noble fille gagna leur consentement.

Lionel céda le dernier et malgré lui; il était blessé au vif à la pensée que sa sœur fût obligée de gagner de l'argent en montrant son joli visage à une foule indifférente et peut-être insolente. Mais quand il vit la physionomie soucieuse de sa mère, dont les lignes portaient déjà les traces du besoin, son courage s'émut et il se laissa aller à un déluge de pleurs, ces pleurs qui sont si terribles à voir dans es yeux d'un homme.

— Fais comme tu voudras, Violette, — s'écria-t-il en essuyant par un geste brusque les larmes amères qui tombaient de ses yeux. — Comment pouvons-nous refuser le secours de tes faibles mains ? Je suis un homme, j'ai reçu l'éducation que la richesse procure aux hommes les plus distingués du pays par leur naissance, et pourtant, par mon travail, je ne puis gagner assez pour préserver la mère que j'adore du besoin et des privations.

Ce fut ainsi que Violette se présenta à l'heure convenue, le lendemain matin, à l'entrée des artistes du Cirque.

CHAPITRE XVI.

DERRIÈRE LE RIDEAU.

Pour Violette, rien ne pouvait être plus dur que l'épreuve à laquelle elle allait être soumise. Quel monde plus étrange une jeune fille d'un esprit délicat, bien élevée, et habituée à la vie de famille pouvait-elle avoir à affronter que le monde excentrique qui se meut derrière le rideau d'un des grands théâtres de Londres ?

Le portier du Cirque reçut la carte qu'elle lui présenta, et après quelques paroles plus ou moins grossières ou insolentes, chargea un petit garçon malpropre de la conduire sur le théâtre où elle trouverait M. Maltravers, le directeur.

La pauvre Violette était tout étonnée à la vue des nombreux et obscurs passages à travers lesquels son guide la conduisait. C'est à peine si une lueur de la lumière du jour pénétrait dans ce grand édifice, et tous ces sombres corridors avaient une odeur de souterrain ou de charnier.

Mais enfin l'enfant malpropre qui lui servait de guide la fit entrer dans un coin où une foule d'hommes et de femmes, misérablement vêtus, étaient assemblés près de décors empilés.

Ces hommes et ces femmes appartenaient à la classe la plus inférieure de la troupe : c'étaient les porteurs de bannières, les comparses surnuméraires qui font nombre dans les grandes processions, et les filles mal payées qui garnissent la scène et représentent la foule.

Parmi ces femmes que Violette voyait se promener ensemble par petits groupes, il s'en trouvait quelques-unes dont la toilette n'aurait pas été déplacée chez des personnes de rang et de fortune. Quelques-unes de ces femmes étaient très-belles et regardaient d'un œil dédaigneux les pauvres vêtements de deuil de l'étrangère.

Violette fut obligée d'attendre pendant quelque temps, au milieu de ces différents groupes, qu'il plût au directeur de venir la trouver.

Ce personnage se livrait au travail le plus rude pour les forces d'un homme, courant d'un côté à l'autre de l'immense scène, donnant des ordres ici, là, et partout, réprimandant vertement ceux dont la stupidité ou la négligence lui faisaient perdre patience, distribuant par-ci par-là quelques mots d'éloge, répondant aux questions qui lui étaient adressées, écrivant des lettres, jetant un coup d'œil sur le décor, et paraissant faire une douzaine de choses à la fois, tant il passait vite d'un objet à un autre.

Petit à petit Violette s'accoutuma à la demi-obscurité du lieu, qui n'était éclairé que par un seul rang de quinquets allumés sur le devant de l'avant-scène, et qui porte le nom de rampe.

Lorsqu'elle fut plus à même de distinguer les objets qui l'entouraient, elle ressentit plus vivement encore l'étrangeté de sa situation. Les femmes en grande toilette la regardaient toujours avec le même air dédaigneux, et à la fin l'une d'elles, après l'avoir regardée fixement pendant quelque temps, lui adressa la parole. Elle était belle, ses yeux étaient noirs, elle avait le type juif, et sa toilette était plus extravagante que celle de ses camarades.

Sa robe de moire antique, garnie d'un épais volant de dentelle, traînait sur les sales planches du théâtre. Par-dessus sa robe la Juive portait un châle de la plus riche dentelle, et un petit chapeau bleu, orné de plumes de couleur mauve et de papillons d'argent, couronnait sa tête de reine.

C'était une créature magnifique, une femme qui eût fait honneur à un trône, mais il y avait quelque chose de terrible dans sa beauté, quelque chose qui faisait passer un frisson de douleur et d'effroi dans le cœur de celui qui l'observait.

Ses yeux noirs avaient un éclat sinistre qui avait quelque chose d'étrange, et ses joues étaient couvertes de couleurs hectiques et maladives.

Ses joues, malgré toute la perfection des lignes, subissaient une altération de mauvais augure.

Un médecin aurait dit que cette splendide créature était condamnée et prédestinée à une mort prématurée.

— Êtes-vous engagée ici, je vous prie? — demanda-t-elle à Violette, — parce que si vous n'êtes pas engagée, vous ne pouvez rester dans les coulisses; c'est contre toutes les règles, les étrangers ne doivent pas séjourner sur le théâtre.

Il y avait dans le ton de cette femme une insolence qui éveilla la fierté native de la jeune fille.

Elle répondit très-tranquillement, mais avec le plus grand sang-froid.

— Je suis ici, parce qu'on m'a dit d'y venir.

— Qui?

— M. Maltravers.

— Ah! vraiment! — s'écria la Juive. — En ce cas, je suppose que vous êtes engagée.

— Je le crois aussi.

— Pourquoi faire?

— Pour paraître dans le nouveau ballet comique.

La Juive rougit et un éclair de colère jaillit de ses yeux.

— Comment ! — s'écria-t-elle ; — alors je suppose que c'est pour faire la Reine de Beauté dans le grand tableau.

— C'est ce que m'a dit M. Maltravers.

La Juive se mit à rire, mais son rire avait quelque chose de pénible à entendre. S'asseoir dans le temple d'or comme la personnification de tout ce qu'il y a de beau, être le centre d'attraction de tous les regards, avait été l'ambition d'Esther Vanberg. Elle était la plus belle fille du théâtre et elle s'attendait à être choisie entre toutes. Aussi, quand elle vit qu'une étrangère allait être engagée, elle courut à M. Maltravers et se plaignit à lui de l'insulte qu'il lui faisait de propos délibéré.

Le directeur était un parfait homme du monde, habitué au maniement du personnel qui était soumis à ses lois.

Il haussa les épaules. Il fit à la belle Juive de beaux compliments, mais il lui dit qu'il avait besoin d'elle pour une autre partie du tableau et qu'il lui fallait une femme nouvelle pour remplir le personnage de la Reine de Beauté.

La vérité était que dans l'opinion de M. Maltravers, la beauté d'Esther était sur son déclin. Elle était très-connue de tous les habitués du Cirque, et toute belle qu'elle était, on pouvait peut-être commencer à se blaser sur sa beauté.

En outre de cela, il y avait quelque chose de satanique dans la beauté d'Esther ; quelque chose qui reflétait le dérèglement de sa vie et la violence de son caractère. M. Maltravers avait le coup d'œil d'un artiste ; son goût pour la composition d'un tableau de théâtre était à peine inférieur à celui de Vestris sous la domination despotique duquel il avait fait son apprentissage de directeur. Pour occuper le point central de son tableau, il voulait une femme dont la beauté tirât son plus grand charme de la jeunesse et de l'innocence. C'est pourquoi l'aspect de Violette l'avait particulièrement frappé. C'était un homme dur, un homme positif en affaires, mais il était dévoué à l'art dramatique et il faisait passer l'intérêt de son théâtre avant toute autre considération.

Il quitta la scène et se dirigea vers l'endroit où attendait Violette.

— Bonjour, ma chère, — dit-il à Violette en lui parlant avec une familiarité paternelle qui n'avait rien d'insolent; — je suis enchanté de vous voir. Vous vous êtes décidée à accepter l'engagement ?

— Oui, monsieur.

— Très-bien alors, montez au magasin de costumes, tout le monde vous indiquera le chemin, et demandez Mme Clement qui vous prendra mesure. Prenez ceci, — ajouta-t-il en griffonnant quelques mots sur le derrière d'une carte. — Mme Clement sait tout ce qu'il faut pour le costume. Courez auprès d'elle, c'est une bonne femme.

Avant que Violette eût pu répondre, M. Maltravers était retourné au milieu de la scène et il était occupé avec les machinistes. Une jeune fille qui avait l'air bon, la voix douce, et qui était simplement mais proprement vêtue, lui offrit de la conduire au magasin de costumes et elles partirent ensemble.

C'était un long voyage à travers des escaliers qui semblaient interminables à Violette; mais à la fin elles arrivèrent dans une grande salle jonchée d'un bout à l'autre de morceaux de satin de couleurs éclatantes, d'étoffes brillantes, de paillettes, de rubans, et de galons d'or. Vingt femmes environ étaient à l'ouvrage, et Violette fut conduite à l'une d'elles.

La carte de M. Maltravers produisit immédiatement son effet. La costumière quitta son ouvrage et prit mesure à Violette de son nouveau costume. Elle était dans le ravissement de la personne de la jeune fille et elle lui dit qu'elle paraîtrait charmante avec une robe de tissu d'argent semée d'étoiles et un manteau drapé en crêpe rose.

— Le costume sera une perfection, mademoiselle, une perfection, et conviendra à merveille à la belle carnation de votre peau. Ne vous laissez pas persuader par les filles du ballet
de vous plâtrer le visage de blanc de perle, de blanc Rosati,
ou de tout autre blanc, comme elles le font, ce qui fait que
leurs visages arrivent à avoir tout juste autant d'expression
qu'un mur blanchi à la chaux. Je n'épargnerai pas ma peine
pour ce costume, car je sais que M. Maltravers a à cœur que
le Temple de Beauté soit un grand succès. La plus jeune de
mes filles doit faire un des Amours et elle ne fait que parler de
cela à la maison. Elle a paru dans la pantomime de l'année
dernière en huître qui chante, et elle s'en est fort bien ac-
quittée, la chère petite !

Pour Violette, tous ces discours paraissaient complétement
étranges. Déjà elle envisageait avec effroi sa première apparition devant le public; mais pour ceux qu'elle aimait, elle se
serait soumise à des épreuves plus grandes que celles qui
l'attendaient.

Elle descendit sur le théâtre et au bas de l'escalier elle rencontra M. Maltravers, qui lui dit de revenir le lendemain
matin à dix heures pour la répétition du nouveau ballet.

— Ah ! à propos, quel nom dois-je mettre sur les affiches ?
Vous ne m'avez pas dit votre nom.

— Mon nom est Wes...

Violette avait commencé à dire son nom, mais elle s'arrêta
tout à coup, en se rappelant que la position inférieure qu'elle
était appelée à occuper pourrait jeter une espèce de discrédit
sur le nom de son père.

Le directeur sembla deviner la nature de ses scrupules.

— Vous n'êtes pas obligée de me donner votre nom réel,
ma chère enfant,— dit-il avec bonté. — Si vous voulez prendre
un faux nom, vous en êtes libre. Beaucoup d'actrices et de
danseuses prennent un faux nom. Elles ont généralement des
parents ou des amis qui s'opposent à ce qu'elles paraissent

sur la scène; des gens à cerveau étroit qui s'imaginent qu'un théâtre est une succursale de l'enfer.

— Vous êtes bien bon, monsieur. Je ne désirerais pas que ma position ici fût connue, — dit Violette en balbutiant. — J'honore et j'admire l'art dramatique et ceux qui l'exercent; mais comme ma position ici doit être bien humble, je serai heureuse que mon nom reste secret. Vous pouvez m'appeler Watson, si cela vous plaît, monsieur Maltravers.

— Très-bien, ma chère enfant, c'est convenu. Vous serez connue ici comme Mlle Watson, et ne vous tourmentez pas si Esther Vanberg prend de grands airs avec vous parce que vous avez été choisie pour occuper la première place dans le tableau. Faites votre devoir et, si Esther vous ennuie, venez me le dire et je la mettrai un plan ou deux plus bas.

CHAPITRE XVII.

CRUELLE BONTÉ.

Tandis que commençait son infime carrière au théâtre du Cirque, Lionel faisait un nouvel effort pour gagner quelque argent. Ses talents comme artiste étaient loin d'être d'un ordre méprisable et il fit une tentative désespérée pour en tirer parti. Il réunit quelques esquisses, les unes à l'aquarelle, les autres dessinées à la plume, mais toutes portant l'empreinte de l'habileté et du talent. Ces esquisses reproduisaient des chasses, des scènes militaires, des groupes à la Watteau, des cavaliers dans leur costume pittoresque de la restauration des Stuarts, c'était l'œuvre de ses instants de loisir dans leur heureuse résidence du West End. Avec ses dessins dans un porte-feuille qu'il portait sous son bras, Lionel se mit en route par une après-midi pluvieuse pour se lancer à la recherche de quelque trafiquant en œuvres d'art.

Jamais les rues de Londres n'avaient paru plus tristes et

plus sombres que pendant cette journée. Il y avait peu d'équipages même dans les plus beaux quartiers et les rares passants
qui marchaient péniblement sur le pavé glissant semblaient
tous plus ou moins brouillés avec la fortune.

Lionel traversa le pont de Waterloo et coupa au plus court
à travers les rues pour se rendre dans Regent Street.

Là, comme dans les quartiers moins brillants de la ville, le
piéton a à souffrir tous les inconvénients d'un pavé boueux et
d'une pluie incessante, mais d'élégantes beautés circulent çà
et là dans leurs luxueux équipages ; elles en descendent, et,
abritées sous un large parapluie porté par un laquais attentif
qui les accompagne, elles entrent dans les boutiques, aussi
élégantes que les plus beaux salons du West End.

Lionel entra dans la boutique d'un marchand de gravures
en renom : eu égard à l'affluence de monde qu'il y avait partout, elle était presque vide, et il lui fut possible de se diriger
immédiatement vers le comptoir, où le commis principal était
occupé à remettre des gravures dans un portefeuille.

Trois ou quatre hommes élégamment mis étaient arrêtés
près de la porte, et ils jetèrent un regard d'insolente indifférence sur le misérable costume du jeune homme dont l'habit,
montrant la corde et ruisselant d'eau, trahissait la pauvreté.

Lionel s'approcha du comptoir, et, après quelques mots
d'explication, ouvrit son portefeuille.

Le marchand de gravures regarda avec assez d'empressement les dessins.

— Il y a beaucoup d'habileté, — dit-il, — de grands indices
de talent, mais malheureusement nous n'en avons pas besoin ;
nous avons des quantités de choses semblables faites par des
artistes connus.

Une terrible pâleur couvrit les joues de Lionel, il voyait son
dernier espoir lui échapper.

— Ne pouvez-vous pas m'employer d'une façon quelconque?
demanda-t-il avec une énergie fébrile. — Vous pensez peut-

être que je suis exigeant sur le prix de ce que je fais. Dieu
sait combien vous vous trompez. Je suis prêt à travailler pour
le plus infime salaire et à travailler sans relâche. Je ne vous
demande que de m'en fournir l'occasion.

Le marchand de gravures secoua la tête d'un air décisif.

— Tout à fait impossible, — dit-il. — J'ai plus de ces sortes
de choses qu'il ne m'est possible d'en vendre dans toute
l'année. La mode des albums artistiques est passée, la photo-
graphie a tout absorbé.

— Mais si je vous peignais quelque chose de plus important!

— Je n'en aurais pas le placement, mon bon jeune homme.
Il faut que vous ayez une certaine réputation comme peintre,
avant qu'il soit possible de vendre vos ouvrages, — répondit
le marchand avec impatience.

Lionel ferma son portefeuille et s'éloigna du comptoir avec
une affreuse souffrance au cœur; ceux-là seulement qui ont
éprouvé les mêmes désappointements peuvent se rendre
compte de son angoisse.

Son visage était mortellement pâle, ses lèvres étaient
serrées, et un feu sombre brillait dans ses yeux.

Au moment où il tournait le dos au comptoir, il se trouva
face à face avec une femme — une femme dont la merveilleuse beauté le frappa par sa splendeur.

Jamais il n'avait vu un visage qui lui ait paru aussi merveilleux. Ce n'était pas un type de beauté anglaise. Ses grands
yeux fendus en amande, d'un noir brillant et cependant doux
et veloutés dans leur éclat, ressemblaient aux yeux d'une
madone du Corrége. Sa belle carnation à laquelle se mêlait
un léger ton olivâtre, indiquait une origine étrangère. Ses
cheveux noirs qu'elle portait en bandeaux sous un chapeau de
crêpe de couleur clair, avaient des reflets bleuâtres qu'un
peintre eût donnés à la chevelure d'une reine d'Assyrie.

Cette belle créature rappelant le type espagnol était mise à

la dernière mode et dans toute la perfection du goût, au jugement de Lionel, dont l'œil artiste avait détaillé chacune de
ses beautés, même dans ce moment de crise de sa destinée.
Ses tourments et ses inquiétudes s'étaient évanouis pendant
qu'il contemplait cette belle inconnue, et il était tout aux délices
que trouve un peintre dans la beauté des formes et de la couleur.

Elle portait une robe de soie violette, avec des reflets d'un
gris argenté. Un châle de cachemire d'un grand prix était
drapé sur son beau corps et dessinait ses lignes harmonieuses
si agréables à l'œil du peintre. Derrière cette belle demoiselle
se tenait une forte matrone à l'air imposant, appartenant à la
classe des chaperons, une de ces créatures chargées de la surveillance domestique et qui sont la personnification moderne
des dragons de l'antiquité qui défendaient les fruits des fameux
jardins des Hespérides. Lionel avait à peine conscience de la
présence de cette dernière. C'était l'apparition soudaine de la
plus jeune de ces dames qui l'avait frappé au moment où il se
retournait, le désespoir dans l'âme, après sa conversation avec
le marchand.

Il regarda un instant cette éblouissante vision, étonné et
surpris par sa splendeur, puis il passa rapidement. Il voulait
quitter la boutique, il était pressé de se soustraire à l'influence
de cette admirable beauté, il lui semblait que l'atmosphère
était étouffante. Quel rapport pouvait-il y avoir entre lui et
une créature comme celle-ci, élevée dans le luxe et sans aucun
doute d'une haute naissance. Lui, un mendiant... lui rejeté
par sa pauvreté au rang des parias !

Il allait sortir de la boutique, mais, à son profond étonnement, l'élégante beauté le suivit du côté de la porte, après
quelques mots échangés à voix basse avec la vieille dame,
et posa sa petite main gantée sur la manche humide de son
habit. Le mouvement avait été fort rapide. Ces doigts si
délicats l'avaient touché aussi légèrement que l'aile d'un

papillon et pourtant un frisson avait couru par tout son corps.

— Ne partez pas encore, — dit une voix d'un timbre mélodieux. — Je serais heureuse de vous entretenir pendant quelques minutes.

— Je suis tout à votre service, madame.

A son service! Comme ces mots lui parurent froids et guindés lorsqu'il les prononça! Qu'était-elle pour lui, une étrangère, dont le visage avait brillé sur lui, pour la première fois, quelques minutes auparavant. Et, cependant, il sentait qu'il aurait donné sa vie pour lui être agréable. Il se tenait debout, le chapeau à la main, attendant qu'elle lui adressât la parole.

S'il était embarrassé, elle ne l'était pas moins de son côté. Une vive rougeur couvrit son visage, ses cils soyeux s'abaissèrent sur ses yeux brillants; et pourtant le sentiment qui agitait son cœur n'était que celui de la compassion; c'était la pitié, le plus sublime sentiment du cœur de la femme, c'était la pitié seule qui l'avait poussée à adresser la parole à Lionel.

Elle avait entendu l'appel qu'il avait fait au marchand. Elle avait reconnu à son ton et à ses manières que c'était un homme du monde qui n'avait pas l'habitude des luttes cruelles qu'il faut soutenir pour gagner le pain de chaque jour. Elle avait vu son pâle visage se couvrir d'une expression désespérée; sa sensibilité de femme s'était émue et elle s'était décidée, si la chose était possible, à lui venir en aide.

— Vous avez un grand besoin de trouver de l'emploi? — dit-elle d'un ton mal assuré.

— Ma chère Julia, — s'écria la matrone exaspérée, — c'est là un procédé tout à fait sans précédent, et je dois protester contre ce qu'il y a d'inconsidéré dans une telle conduite.

— Ma chère madame Melville, une fois pour toutes, dispensez-vous de protester contre quoi que ce soit. Je n'ai à parler à ce gentleman que pour affaires, — répliqua la jeune femme avec un peu d'impatience.

— Mais, ma chère Julia, votre papa....

— Mon papa me laisse libre de faire ma volonté.

— Mais, mon cher amour, cette pers..., ce mons..., ce gentleman, est complétement un étranger pour vous.

Tout cela était dit à demi voix, mais Lionel avait pu s'apercevoir que c'était des remontrances adressées par la duègne à la jeune fille, et il se dirigea vers la porte, anxieux de mettre fin à une situation embarrassante.

Mais les impulsions généreuses de Julia n'étaient pas de nature à se laisser comprimer par les observations prudentes de la duègne.

Elle arrêta une seconde fois Lionel au moment où il allait quitter la boutique.

— Je vous en prie, n'hésitez pas à me répondre, — dit-elle, —je viens de vous entendre dire tout à l'heure que vous aviez un grand besoin de trouver de l'emploi.

— En effet, un bien grand besoin.

— Et peu vous importe la nature de l'emploi, pourvu qu'il soit convenablement rémunéré ?

— Peu m'importe, madame, — s'écria Lionel. — Je balayerais ces rues boueuses, je ferais tout ce qu'un honnête homme peut faire pour gagner le pain de ceux que j'aime.

— Pour ceux que vous aimez! — répéta la jeune dame. — Vous avez une jeune femme peut-être, ou même des enfants qui ont besoin de secours?

— Oh! non, madame, je n'ai pas de femme qui ait à me reprocher ma pauvreté; les personnes dont je parle et qui me sont chères sont ma mère et ma sœur.

— Je pense que je puis vous offrir un emploi lucratif, — dit la jeune beauté espagnole d'une voix toujours à demi tremblante, — si la nature du travail ne vous déplaît pas.

— Me déplaire, madame, — s'écria Lionel; — croyez-moi, il n'y a pas de crainte à avoir sur ce point. Parlez, je vous prie, commandez-moi tout ce qu'il vous plaira.

— J'ai un frère unique, — répondit la jeune dame, — qui possède le même talent que vous; il est en voyage pour le moment; et pour dire la vérité, nous avons été séparés depuis quelque temps, mais nous sommes fort attachés l'un à l'autre, et tout ce qui se rapporte à lui est sacré à mes yeux. Quand il est parti de la maison, il a laissé une grande quantité d'esquisses.... des choses auxquelles il n'attachait pas de valeur. J'ai un grand désir de voir ces esquisses arrangées par quelqu'un dont le goût artistique soit en rapport avec le travail qu'il y a à faire. Je serais heureuse si vous consentiez à l'entreprendre. Notre maison de campagne est très-grande, et je ne doute pas que papa consente à vous y recevoir pendant le temps nécessaire pour mettre mes désirs à exécution; je vais le prier de vous écrire à ce sujet, si cela vous convient. En attendant, voici ma carte.

Elle ouvrit un petit carnet d'ivoire délicieusement sculpté et tendit une carte à Lionel, tandis que l'indignation de la duègne se traduisait par une expression de physionomie tournant au tragique.

Son ton et ses manières, même quand elle laissait voir le plus d'hésitation, semblaient être ceux d'une personne ayant l'habitude de commander. Il y avait une grandeur impérieuse dans sa beauté qui contrastait d'une manière frappante avec sa timidité de jeune fille s'adressant à un étranger.

Le nom que Lionel lut sur la carte, était :

MADEMOISELLE GODWIN,

Wilmingdon, Comté de Herts.

Mlle Godwin, de Wilmingdon! Lionel tressaillit, regarda fixement la carte, et se recula de quelques pas de sa belle compagne.

— Vous devez connaître le nom de mon père, — dit-elle, — presque tout le monde connaît M. Godwin, le banquier.

— Je ne sais ce que l'on penserait dans le monde si l'on savait que la fille de M. Godwin, le banquier, se commet ainsi avec de jeunes étrangers, rencontrés dans les boutiques, — se dit la matrone.

Lionel essaya de prononcer quelques mots de réponse, mais ses paroles étaient inintelligibles.

La fille de Godwin! Cette jeune fille dont la merveilleuse beauté l'avait presque ensorcelé, cette jeune fille qui désirait devenir sa protectrice, sa bienfaitrice, n'était autre que la fille de Godwin, le plus cruel ennemi de sa mère.

Pouvait-il accepter une faveur de la famille de cet homme? Et, d'un autre côté, comment refuser maintenant à cette fille un secours si généreusement offert et accepté avec tant d'empressement quelques moments auparavant.

Il gardait le silence, tenant la carte à la main et regardant d'un œil fixe le nom qui y était inscrit, tandis que son cœur était livré au plus terrible combat.

Que devait-il faire? Devait-il, lui qui avait si grand besoin de secours, devait-il le repousser par respect pour des sentiments qui après tout ne prenaient peut-être leur source que dans d'injustes préjugés?

Il songea à sa mère chassée de sa demeure. Il croyait que Godwin n'avait agi que comme tout autre homme d'affaires dur et insensible aurait agi à sa place. Mais le souvenir de cette maison désolée était vivant dans son esprit et il avait appris depuis longtemps à regarder le banquier comme son plus cruel ennemi.

Cependant il ne pouvait refuser l'offre d'assistance de Julia, ès images de sa mère et de sa sœur s'évanouissaient de son esprit. Il restait debout devant Julia en proie à des émotions contradictoires, sans force, comme une créature sous l'influence d'un charme.

— Faut-il que je demande à papa de vous écrire au sujet des conditions et des autres arrangements? Consentez-vous à mettre en ordre les esquisses de mon frère? — demanda la douce voix.

— Oui, je suis à votre service. Je ferai tout ce qu'il vous plaira, — répondit Lionel.

— Vous êtes bien bon. Et à quelle adresse papa doit-il é crire?

Le jeune homme hésita un moment et donna l'indication d'un bureau de poste dans le voisinage de sa demeure.

Julia écrivit cette adresse sur le dos d'une de ses cartes avec un petit porte-crayon d'or enrichi de turquoises.

— Et le nom? — demanda-t-elle.

— Lewis Wilton, — répondit Lionel après un nouveau temps d'arrêt.

Il ne pouvait entrer dans la maison de Rupert Godwin que sous un faux nom. C'en était fait de son indépendance, car le mensonge et la déloyauté se glissaient dans sa vie.

Il le comprit, et un sentiment d'humiliation et de honte vint se mêler aux délices qu'il éprouvait à la pensée de revoir Julia.

— Je suis tout à votre service, chère madame Melville, — dit-elle à sa duègne dans sa sincère ignorance de la tempête d'indignation qui grondait dans la poitrine de la digne dame.

— Et maintenant.... mais attendez encore, j'ai presque oublié de faire mes emplettes.

Elle alla vers le comptoir et acheta quelques objets sans importance, pendant que Lionel attendait les deux dames pour les conduire à leur voiture.

C'était un magnifique équipage, et le jeune homme pensa, lorsque Julia le salua à travers la glace de la portière, qu'elle avait l'air d'une princesse étrangère, aussi éblouissante par sa beauté que par le luxe qui l'entourait.

Il ne se doutait guère que le vol infâme des économies de son père avait seul sauvé ce splendide équipage des mains de

créanciers exaspérés. Il ne se doutait guère que ses souffrances personnelles avaient pour cause la fraude horrible qui
avait permis à Rupert Godwin de conjurer l'orage et de refaire une nouvelle et immense fortune.

Oui, les vingt mille livres avaient sauvé la position commerciale du banquier et lui avaient permis d'entrer dans de
nouvelles spéculations qui avaient été singulièrement et
presque miraculeusement heureuses.

L'enfer favorise quelquefois ses enfants. L'argent de Westford avait porté bonheur à Godwin.

Et pourtant, malgré la nature perverse et résolue du banquier, il y avait des moments où il aurait volontiers fait le
sacrifice de sa nouvelle fortune, s'il avait pu revenir sur le
jour où, pour la première fois, il avait vu le capitaine de *la
Reine-des-Lys*.

Lionel resta immobile, les pieds dans la boue, jusqu'à ce
que l'équipage de Godwin eût complétement disparu à sa vue.

Puis il s'éloigna lentement et reprit le chemin de sa demeure, sans se préoccuper de la pluie qui tombait en abon-
dance, et presque sans savoir la route qu'il suivait, complétement absorbé dans ses pensées sur le beau visage qui
venait de lui apparaître et de l'éblouir. La voix douce et
mélodieuse qu'il venait d'entendre résonnait encore à ses
oreilles.

— Il y a quelque chose d'horriblement vil dans cette affaire,
— pensait le jeune homme. — Perfidie envers Godwin, dans la
maison duquel je m'introduis comme un ennemi caché. Perfidie envers ma mère, dont j'outrage les sentiments naturels
de haine, en établissant des relations avec lui et ceux de sa
race. Perfidie partout! Faut-il que j'en arrive à me mépriser
moi-même pour ma bassesse et pour ma folie? Non, quoi
qu'il arrive je ne serai pas à ce point faible et dégradé; je
n'entrerai pas dans la maison de Godwin.

Mais il y a une Némésis qui guide les pas du vengeur. Il était écrit que Lionel entrerait dans la maison de Godwin sous un faux nom.

La main de la fatalité était étendue vers Wilmingdon. Le fils d'Harley devait y pénétrer.

Le hasard semblait avoir amené ce premier pas vers un enchaînement de circonstances qui lentement, mais par une voie sûre, devait conduire à la découverte du crime et à son châtiment.

Deux jours après cette entrevue avec Julia Godwin, Lionel se rendit au bureau de poste et reçut une lettre du banquier.

Elle était courte, mais non pas impolie :

« Monsieur,

» A la demande et à la recommandation de ma fille, je serai heu-
» reux de vous occuper pendant quelques semaines à mettre en ordre
» les dessins de mon fils. La rémunération que je puis vous offrir est
» de cinq guinées par semaine, et vous trouverez un logement dans ma
» maison.

» J'ai naturellement le droit d'attendre que vous voudrez bien m'in-
» diquer quelque personne respectable qui puisse me certifier l'hono-
» rabilité de votre caractère.

» Votre très-obéissant,

» RUPERT GODWIN.

» Wilmingdon, Comté de Herts. »

CHAPITRE XVIII.

WILMINGDON.

Lionel céda à l'influence du radieux visage qui s'était tourné vers lui avec compassion à l'heure de son désespoir. Il suc-comba à la tentation, contre laquelle il avait lutté résolûment et avec une énergie virile qui devait se briser à la fin, et il écrivit à Godwin qu'il acceptait ses conditions.

Avant d'écrire cette lettre, le jeune homme alla rendre visite, à un ancien camarade de collége, homme du monde élégant, dont l'esprit était léger mais dont le cœur était bon et qu'il avait cessé de voir depuis ses revers de fortune. C'était bien contre son gré qu'il se décidait à aller demander un service à ce jeune homme, mais il n'était pas libre de s'en dispenser. M. Godwin demandait un témoignage de l'honorabilité de l'étranger qu'il allait admettre dans sa maison, et Frédérick Dudley son ancien camarade, était le seul auquel il pût s'adresser.

M. Dudley consentit à attester les mérites de son ancien ami. Il savait fort peu de chose sur les changements survenus dans la position de fortune de Westford, et il supposa immédiatement que ce changement de nom devait concourir à l'exécution de quelque plan romanesque.

— Je comprends tout, Westford! — s'écria le jeune homme, — malgré votre excessive discrétion vis à-vis d'un camarade; c'est une affaire d'amour, voilà ce que c'est; vous avez la tête perdue d'amour pour cette belle fille. J'ai rencontré Mlle Godwin dans le monde, et vous voulez vous introduire dans la maison sous le déguisement d'un pauvre artiste. C'est une invention de roman, sur ma parole, et je vous envie l'idée de cette aventure. Je suis si blasé, que je n'aurais jamais pensé à une semblable chose. Allons! avouez maintenant que j'ai touché juste, hein, mon vieux camarade?

— Je n'ai rien à avouer, — répondit Lionel; — mais je ne puis souffrir que vous conceviez aucune idée fausse au sujet de Mlle Godwin; je n'ai vu cette jeune dame qu'une seule fois et seulement pendant quelques minutes.

— Très-probablement, mon cher, ce qui n'empêche pas que vous soyez tombé éperdument amoureux d'elle. Il y a des amours à première vue, vous savez, si nous en croyons les poëtes. Je ne comprends guère ces choses-là par moi-même; mais je suis si blasé.... — ajouta le jeune innocent, dont la moustache commençait seulement à pousser.

— Dans tous les cas, je puis compter sur vos bons offices, Dudley ? — demanda Lionel en s'apprêtant à quitter son ami.

— Vous pouvez compter sur moi, et je le ferai de tout cœur, mon cher ami; mais ne voulez-vous pas rester à déjeuner avec moi ? J'ai à vous donner un poulet sur le gril et un Sherry sec dont vous ne rencontrerez pas souvent le pareil. Cela me procurera le plaisir de fumer et de causer avec vous. Nous nous rappellerons le bon vieux temps où nous étions jeunes et naïfs. Qu'êtes-vous devenu dans ces derniers temps, mon vieux camarade ? Il y a plus de six mois que je ne vous ai vu.

— En effet, mon cher Dudley, — répondit Lionel, — et bien peu de mes amis m'ont vu depuis cette époque.

— Et pourquoi ?

— Parce que votre monde ne peut plus être le mien. Depuis la mort de mon pauvre père, un grand changement s'est opéré dans ma fortune. Les gens riches et heureux ne peuvent plus être mes compagnons, car je suis entré dans les rangs de ceux qui travaillent pour gagner leur pain.

— Mais, mon cher Lionel, — s'écria le jeune dandy, — bien certainement vos amis pourraient vous être de quelque utilité. Croyez-moi, mon cher, ma bourse est entièrement à votre disposition.

Lionel prit la main de son ami et la serra avec reconnaissance.

— Mon cher Dudley, je sais quel bon camarade vous êtes et je vous remercie du fond du cœur; mais je suis sûr maintenant d'un emploi qui doit être suffisamment lucratif. Adieu, mon vieux camarade.

— Et vous ne m'aimez pas assez pour m'emprunter quelques pièces d'or pour vous aider à commencer la guerre ?

— Non, merci, Dudley, je puis me passer de votre argent; je dois gagner chez M. Godwin cinq livres par semaine pour un travail très-facile

— Voulez-vous que je vous donne une lettre d'introduction auprès de mon tailleur? Je lui fais attendre son argent pendant un temps considérable, mais je me fais un devoir de le recommander à mes amis. Dois-je vous donner un mot pour lui?

— Mon cher ami, je ne le prendrai pas pour victime, cette fois; ma garde-robe se ressent encore de nos folies du temps où j'étais à l'Université et j'ai de quoi me présenter décemment à Wilmingdon.

— Vous reviendrez me voir, n'est-ce pas, mon cher ami?

— Oui, quand ma position se sera améliorée; jusque-là, adieu.

Trois jours après cette conversation, Lionel quitta la station de King's Cross pour se diriger vers le comté de Herts. Pour la première fois de sa vie, le jeune homme avait fait un mensonge à sa mère. Il lui avait dit qu'on lui avait offert du travail comme artiste dans la ville d'Hertford et qu'il allait y passer quelques semaines.

Clara éprouva un vif chagrin à la pensée d'une séparation, même de peu de durée, d'avec son fils. Mais elle avait vu les nuages sombres du désespoir s'amasser sur le front du fier jeune homme, et elle fut heureuse de savoir qu'il allait avoir du travail et les distractions d'un petit voyage. La conscience de Lionel lui faisait de cruels reproches lorsqu'il quitta sa tendre mère; mais pourtant il chercha des raisons pour combattre ses scrupules. L'argent de Godwin n'était-il pas aussi bon que celui de tout autre homme, et devait-il, lui Lionel l'indigent, repousser les chances de fortune parce qu'elles lui étaient offertes par la main du banquier?

Voilà comment il se fit qu'il alla à Wilmingdon. Godwin n'avait fait que céder à un caprice de sa fille en consentant à engager le jeune artiste; l'influence de Julia sur son père était presque sans limites. Son cœur était froid; mais pour elle, il devenait chaleureux et humain; sa nature s'adoucissait. Godwin nourrissait une haine dénaturée pour son fils, car il savait que le jeune homme avait lu dans les noirs secrets de son cœur et qu'il le méprisait. Il haïssait son fils mais il aimait sa fille d'une affection fébrile et exagérée, et il ne savait rien lui refuser.

En tout autre temps, il aurait été certainement disposé à se demander s'il était prudent à Julia de céder au sentiment de compassion que la position désespérée d'un étranger lui avait inspirée. Il n'était en aucune façon disposé à se laisser influencer par le donquichotisme qui était naturel chez Julia, et chaque fois qu'il avait rendu des services à l'un de ses semblables, il l'avait fait pour obéir à quelque préjugé social, bien plutôt que par un mouvement spontané de son cœur. En tout autre temps, il se serait rangé du parti de la duègne de sa fille et il aurait protesté contre les projets philanthropiques de Julia, comme étant absurdes et impraticables. Julia s'attendait à rencontrer de l'opposition et elle avait presque regretté la précipitation qu'elle avait mise à son offre d'emploi, depuis l'intervalle qui s'était écoulé entre sa rencontre avec Lionel et la première visite de son père dans le comté de Herts.

A sa grande surprise la jeune fille n'eut pas à vaincre la plus légère opposition. Dans ces derniers temps, Godwin avait eu l'esprit entièrement occupé des soins les plus absorbants, et il était devenu d'une indifférence étrange sur les détails de sa vie journalière.

Il fit une ou deux objections pour la forme et céda immédiatement au désir de Julia, mais non avec cette bonne grâce qu'il mettait habituellement à accorder les faveurs que lui demandait sa fille idolâtrée.

— Tu veux que j'écrive à ce jeune homme, — dit-il d'un air distrait, comme s'il avait peine à arrêter quelques moments son attention sur le sujet mis sur le tapis. — Très-bien, Julia, j'écrirai. Ne me tourmente pas avec d'autres affaires.

Je considère ce que tu me demandes comme absurde, mais ta volonté sera faite. Après tout, qu'importe ?

Qu'importe ? était une phrase dont Godwin faisait fréquemment usage depuis quelque temps, quand il s'agissait de discuter les détails insignifiants qui jouent un si grand rôle dans l'existence. Ces choses lui étaient devenues si complétement indifférentes qu'il ne comprenait que les gens pussent donner tant d'importance à des détails si méprisables à ses yeux. Une image sombre se drapait constamment devant lui et dérobait tout autre objet à sa vue.

Lionel arriva à Wilmingdon par une belle après-midi du mois d'août. Pas une feuille ne bougeait dans les profondeurs des verts ombrages du parc, pas un souffle de brise ne venait agiter l'herbe des gazons. La surface du lac, entouré de grands arbres, était aussi immobile qu'un miroir et reflétait l'azur d'un ciel sans nuages.

Lionel était resté plusieurs mois prisonnier dans le triste désert de Londres : Londres qui est une cité délicieuse pour l'homme riche et heureux, est un triste séjour pour le pauvre. Pendant des mois, il n'avait vu que de pauvres maisons, des rues étroites, dont les murs noircis ne laissaient ni passer la lumière du jour, ni circuler l'air en liberté. Aussi, en pénétrant dans le splendide domaine du banquier, éprouva-t-il comme une espèce de vertige qui s'empara de ses sens. Il regardait autour de lui, il respirait à pleins poumons et avec délices; sa poitrine se développait, sa tête s'élevait vers le ciel bleu, ses pas acquéraient une fière élasticité en marchant sur cette terre qui criait sous ses pieds.

— C'est un paradis, — s'écria-t-il, — et elle en est la reine!

La distance qui séparait la grille d'entrée de la maison d'habitation était longue. Lionel avait laissé son léger portemanteau dans la loge du concierge, et il s'était fait indiquer le chemin le plus court conduisant à la maison. Le concierge lui avait fait prendre un étroit sentier circulant entre des charmilles épaisses et conduisant au delà de la grotte et de la fougeraie.

Au milieu de cette épaisse arcade de feuillage régnait une obscurité imposante, même par ce beau jour d'été; et, à mesure que Lionel avançait, l'obscurité du lieu, son calme parfait produisaient un effet étrange sur son esprit.

Son exaltation avait cessé; il ne se sentait plus emporté par le sentiment de délice et de ravissement qu'il venait d'éprouver. Il ressentait, au contraire, comme un accablement soudain; un poids mystérieux paraissait oppresser sa poitrine; l'atmosphère lui semblait étouffante, et, sous cette influence étrange, l'image même de Julia s'évanouissait de sa pensée. Tout disparaissait devant cette oppression mystérieuse, dont il ne pouvait définir la nature.

Il pressa le pas. La solitude de ce lieu était terrible pour lui. Il s'élança en avant avec un fébrile empressement, impatient d'atteindre l'habitation, de voir des êtres humains, et d'entendre des voix joyeuses.

Après avoir marché longtemps, il arriva enfin à un endroit qu'il reconnut comme devant être la grotte et la fougeraie.

Cet endroit était plus sombre, plus sauvage qu'aucune autre partie du parc de Wilmingdon.

De grandes masses de pierres et de rochers se mêlaient aux ruines d'un temple classique, et, au milieu de colonnes brisées, de roches rugueuses, s'élevaient de hautes et luxuriantes fougères.

Une petite cascade se frayait sans bruit un chemin à travers les pierres couvertes de mousses, et allait alimenter un étang dont la surface tranquille semblait cacher des profondeurs perfides et inconnues.

— Cet endroit désolé semble avoir été souillé par quelque noir forfait, — pensa Lionel en s'arrêtant quelques instants pour contempler ce tableau; — on dirait que la main rougie d'un meurtrier a laissé ici son empreinte hideuse. Je m'imagine quelque Eugène Aram, embusqué derrière ces colonnes doriques, se tenant prêt à frapper sa victime et à précipiter tranquillement son corps au fond de cet étang. C'est un endroit qu'un Highlander appellerait un lieu maudit.

Pendant que cette pensée continuait à occuper son esprit, il tressaillit en entendant près de lui un long et plaintif gémissement.

Lionel avait hérité du courage de son père, et pourtant il sentit son cœur défaillir à ces accents qui n'avaient rien d'humain.

Les esprits les plus fermes fléchissent, ne fût-ce que pour un moment, sous l'influence du surnaturel.

Mais ce frisson de peur ne dura qu'un instant.

— Allons donc ! — s'écria le jeune homme, — ce gémissement a été poussé par un être humain, c'est évident ; il ne s'agit que d'en découvrir la cause. Il semblait partir de derrière ce rocher.

En disant cela, Lionel fit le tour d'un amas de pierres, et eut bien vite découvert d'où provenait ce gémissement.

Un vieillard, portant les vêtements d'un paysan, était assis sur un bloc de pierre recouvert de mousse, les coudes sur ses genoux osseux et le visage caché dans ses mains ridées.

Il paraissait très-vieux, car de longues mèches de cheveux blancs et rares tombaient sur ses maigres épaules. Il était évidemment employé aux travaux de la terre, car des outils de jardinier étaient posés près de lui sur le gazon.

Pendant que Lionel était debout, examinant cet étrange personnage, la sinistre plainte se fit entendre de nouveau.

Cette fois, le vieillard se mit à parler.

— Oh ! Seigneur, Seigneur ! — s'écria-t-il, — c'est terrible à supporter ! c'est terrible.... terrible.... terrible !

Lionel n'éprouva qu'un sentiment de compassion.

Il posa légèrement sa main sur l'épaule du jardinier. Le vieillard se redressa tout à coup et se trouva debout comme sous l'influence d'une décharge électrique. Le visage qu'il tourna vers Lionel était pâli par la peur, et tout son corps était agité par un tremblement convulsif.

— Qui êtes-vous ?... — demanda-t-il d'une voix étranglée. — Qui êtes-vous et pourquoi êtes-vous venu ?...

— Je suis complétement étranger ici, — répondit Lionel ; — je vous ai entendu vous plaindre à l'instant même, et naturellement j'ai cherché à découvrir la cause de votre peine.

— Un étranger !... — répéta le vieillard à voix basse et en essuyant les gouttes de sueur froide de son front. — Un étranger !... Êtes-vous sûr de cela, hein ?

Il regardait avidement le franc visage de Lionel, comme s'il avait voulu y lire la vérité.

— Oui... oui... — murmura-t-il, — je vois que vous ne me trompez pas. Vous êtes étranger à ce terrible lieu. Mais j'ai parlé tout à l'heure, n'est-ce pas ? Je parle quelquefois sans le savoir. Je suis un vieillard, et ma tête s'égare... Ai-je beaucoup parlé ?... ai-je dit quelque chose ... quelque chose d'étrange.... quelque chose qui ait glacé votre sang, qui ait fait dresser vos cheveux, hein ?

Lionel regardait d'un œil de compassion le pauvre jardinier.

Qu'était-ce que tout cela, si ce n'est de la folie, les dernières lueurs d'un esprit qui s'éteint, au milieu des sombres et hideuses visions du délire.

— Mon brave homme, il n'y a pas sujet de vous tourmenter ainsi, — dit Lionel avec douceur. — Vous n'avez rien dit, si ce n'est que quelque chose était terrible. Je vous en prie, calmez-vous. Ce n'est que votre gémissement qui m'a attiré ici.

— Ainsi, je n'ai rien dit ! Mais quelquefois je dis des choses étranges ; mais cela n'a pas de sens... pas de sens... pas plus de sens qu'il n'y en a dans les croassements des corbeaux que vous entendrez quelquefois dans ces arbres. Ils sont vieux, plus

vieux que moi, ces corbeaux, et ils murmurent souvent d'é-
tranges choses quand la nuit est venue. Cela paraît effrayant,
et, au fond, ce n'est rien. Je suis très-vieux. J'ai servi les
Godwin pendant soixante-dix ans. Je me rappelle de M. Godwin actuel, Rupert Godwin quand il était un petit enfant, et
je me rappelle son père quand il était un jeune garçon, au
visage joyeux et au cœur franc, non pas sombre et silencieux
comme celui-ci, mais gai et ouvert. Je les ai servis longtemps
et fidèlement, et ils ont été de bons maîtres pour moi. Il n'est
pas probable que je me tourne contre eux et que je les trahisse,
maintenant que je suis un vieillard, n'est-ce pas ?

— Naturellement non, — répondit Lionel. — Comment
pourriez vous les trahir ?

— Non, non, — murmura le vieux jardinier en se parlant
à lui-même plutôt qu'à Lionel, — ce n'est pas probable. J'ai
mangé leur pain pendant soixante-dix ans, et il n'est pas probable que j'irais les trahir, quoique parfois maintenant il me
semble que ce pain va m'étouffer. Mais il ne faut pas que je
parle, monsieur. Je ne dois pas rester ici à causer avec vous,
car je dis quelquefois des choses étranges, seulement elles
n'ont pas de sens; rappelez-vous cela, elles n'ont jamais
le moindre sens.

Le vieillard ramassa sa bêche et s'éloigna, laissant Lionel
très-étonné de ses manières.

— Il est fou ! — pensa Lionel. — Il est fou, le pauvre vieux !
Je m'étonne que le banquier ne fasse pas une pension de retraite à ce vieux serviteur. Si j'étais M. Godwin je n'aimerais
pas à avoir ce triste spectacle sous les yeux : Frère, il faut
mourir ! cet homme doit vous rappeler constamment les hor-
reurs de la vieillesse.

Lionel se remit en marche et sortit bientôt de la partie
boisée pour entrer sur une belle pelouse, au bout de laquelle
il aperçut le vieux manoir qui avait abrité tant de nobles habitants.

Le souvenir du vieux jardinier et de sa folie lui sortit à l'instant de l'esprit. Il ne songeait plus qu'à la radieuse vision qui l'avait charmé et enchanté, une semaine avant, dans le magasin du marchand de gravures. Il ne pouvait plus penser qu'aux merveilleux yeux noirs de Julia Godwin.

Il arriva à la maison, et fut reçu par un grave et imposant majordome, qui lui fit à l'instant monter un grand escalier et l'introduisit dans un long corridor sur lequel donnait un nombre considérable de portes. Une de ces portes fut ouverte par l'aristocratique majordome, et Lionel se trouva dans un salon confortablement meublé qui communiquait à une chambre à coucher et à un cabinet de toilette.

C'était l'appartement qu'il avait été chargé de faire préparer pour l'artiste. Lionel ne put s'empêcher de comparer ce luxueux ameublement avec les pauvres rideaux et les misérables meubles qui garnissaient le triste logement où il avait laissé sa mère et sa sœur.

Il s'assit devant une table, près de la fenêtre, sur laquelle un grand portefeuille avait été placé à son intention, et se mit, sans plus attendre, à examiner la nature du travail qu'il avait à faire. Mais son esprit était tourmenté par cette pensée qu'il jouait un rôle perfide, tant pour Godwin que pour sa mère, et l'image du vieux jardinier presque en état d'imbécillité venait se mêler à la radieuse vision de Julia, dans tout l'éclat de sa beauté.

CHAPITRE XIX.

UNE RECONNAISSANCE ET UNE DÉCEPTION.

Violette suivit les répétitions du Cirque avec une scrupuleuse régularité, et conquit les chaleureux éloges de M. Maltravers, le directeur, autant par ses habitudes d'exactitude que par ses manières réservées qui contrastaient singulière-

ment avec les bruyants bavardages et les éclats de rire im-
modérés de quelques-unes des folles et insouciantes filles
employées au théâtre.

L'intérieur du théâtre était comme un monde étranger pour
la jeune fille, élevée dans la paisible atmosphère d'une élégante demeure. Esther Vanberg et ses camarades traitaient
fort mal la nouvelle venue. Peut-être auraient-elles été très-
bonnes pour elle si c'eût été une fille ordinaire, mais son in-
contestable beauté entretenait dans leurs cœurs un amer
sentiment d'envie, et elles faisaient tout pour lui rendre le
théâtre insupportable.

Elles firent tout leur possible pour atteindre ce résultat,
mais elles échouèrent complétement, car la nature de Violette était tellement au-dessus de la leur, que c'est à peine si
elle ressentait leurs moqueries et leurs insolences. Elle était
soutenue par cette idée, qu'elle gagnait de l'argent et que cet
argent, pour le moment du moins, sauvait à sa mère bien-
aimée les privations qui résultent de la misère, et cette pensée la rendait comparativement heureuse.

Enfin, la fameuse soirée où la nouvelle pièce devait être
jouée arriva. Violette était alors parfaitement préparée à la
tâche qu'elle avait à remplir. Son costume était prêt, et l'on
n'avait pas épargné la dépense pour qu'il fût magnifique.

Violette elle-même, ordinairement si ignorante de sa propre beauté, eut presque de la peine à reconnaître la perfection du visage qui s'offrit à elle dans la glace lorsque la dernière main eut été donnée à sa toilette, et qu'une couronne
d'argent étincelante eut été placée sur ses cheveux aux reflets
dorés qui retombaient en masses épaisses sur ses épaules.

Elle descendit sur la scène, et fut chaudement complimen-
ée par M. Maltravers à son arrivée.

Il lui fit prendre place sur le char qui occupait l'intérieur
d'un temple féerique placé au milieu d'un décor étincelant
destiné au tableau final, et s'éloigna. Encore quelques mi-

nutes, et le rideau allait se lever, et Violette allait se trouver
en face du public.

Son cœur battait violemment, car malgré qu'elle n'eût rien
à faire qu'à rester tranquillement assise dans son char, elle ne
pouvait s'empêcher d'éprouver une certaine crainte à la pensée de se voir le point de mire de tous les yeux d'une immense
assemblée. Sur un des côtés du temple, Esther était placée
au milieu d'un groupe de jeunes filles rangées autour d'un
piédestal, et la Juive parlait à haute voix en attendant que le
rideau se levât.

— Jolie! — s'écriait-elle avec dédain. — Si M. Maltravers
appelle une beauté cette insignifiante créature, cela ne me
donne pas grande opinion de son goût. Elle est à peu près
aussi propre à représenter une Reine de Beauté que la vieille
sorcière qui balaye le théâtre.

Violette savait que cette élégante observation s'adressait à
elle, mais elle savait aussi qu'elle était inspirée par l'envie,
et elle ne se laissa pas troubler par sa méchanceté.

Mais pendant qu'Esther parlait, Violette tourna involontairement la tête de son côté. La Juive était splendidement habillée et paraissait très-belle, mais le creux qui se formait
dans ses joues et l'éclat fiévreux de ses yeux étaient visibles
en dépit du rouge et de tous les moyens factices employés
pour rehausser sa beauté.

Pendant que Violette regardait ses yeux noirs et brillants,
un souvenir qu'il lui fut impossible de préciser, traversa son
esprit. Où avait-elle vu des yeux semblables à ceux-ci?

Elle ne put répondre à cette question, mais elle était sûre
qu'elle avait rencontré quelque part un regard que celui de la
Juive lui rappelait en ce moment.

Violette n'eut pas le temps de s'appesantir sur cette question, car le rideau se leva, et elle vit devant elle la salle de
spectacle avec ses myriades de têtes et ses lumières éblouissantes.

Un tonnerre d'applaudissements suivit le lever du rideau sur le tableau final, dont le décor était un chef-d'œuvre du peintre décorateur.

Pendant quelques moments, Violette ne put voir qu'une masse confuse de visages et de lumières éblouissantes : puis, petit à petit, la salle qui s'offrait à ses yeux lui apparut d'une manière plus nette, et elle put distinguer chaque visage au milieu de la foule.

Elle vit de belles femmes et des hommes à l'air aristocratique. Elle vit des centaines de lorgnettes braquées sur elle. Elle vit de plus humbles spectateurs regarder avec ravissement sur la scène, et de petits enfants qui applaudissaient avec enthousiasme de leurs petites mains potelées.

Puis, comme la scène était longue et qu'elle n'avait rien à faire pendant qu'elle suivait son cours, ses yeux se promenèrent sans but sur la salle, s'arrêtant tantôt ici, tantôt là, et attirés par la nouveauté du spectacle.

Tout à coup elle tressaillit, et un tremblement agita tout son corps.

Dans un coin de l'orchestre, elle avait vu un homme assis seul, les bras croisés, et regardant fixement devant lui, comme absorbé dans ses pensées.

Cet homme était George Stanmore le peintre.

En le reconnaissant, le cœur de Violette avait battu avec une terrible violence.

Mais elle se rappela où elle était, les milliers d'yeux qui étaient dirigés sur elle, et, par un puissant effort sur elle-même, elle parvint à dompter les signes extérieurs de son émotion.

Les grands yeux noirs de George restaient fixés dans le vide bien plus que sur la scène éblouissante qui attirait les regards des spectateurs, et pendant que Violette regardait ces yeux noirs et distraits, elle tressaillit presque aussi violem-

ment que lorsque, pour la première fois, elle avait reconnu
l'artiste.

Elle remarqua une singulière ressemblance entre les yeux
de George et ceux de la juive Esther. C'était cette ressemblance qui l'avait intriguée quelques instants auparavant,
avant que le rideau ne se levât. C'était étrange, et Violette
éprouvait un sentiment douloureux à trouver une ressemblance entre celui qu'elle aimait et la figurante dont la courte
jeunesse avait été vouée à une carrière de folie et d'extravagance.

C'était étrange, mais les ressemblances accidentelles ne
sont pas rares, et Violette n'arrêta pas longtemps sa pensée
sur ce sujet. Elle était trop absorbée par l'idée que son fiancé
dont elle avait été depuis si longtemps séparée était là devant
elle. Sans doute il ne tarderait pas à la reconnaître, comme
elle l'avait reconnu.

Elle oubliait qu'elle voyait George dans le costume qu'il
portait habituellement, tandis qu'elle était complétement dé-
guisée par son brillant costume de théâtre. Pourtant elle le
vit tout à coup sortir de sa rêverie et diriger ses regards sur
le théâtre. Il n'avait pas de lorgnette, mais il tressaillit, et ses
yeux se fixèrent sur Violette avec une sérieuse attention.

— Oui, — pensa-t-elle, — il me reconnaît. Je savais bien
qu'il me reconnaîtrait. Maintenant que va-t-il faire? Mon ap
parition dans un lieu comme celui-ci va-t-elle lui déplaire?
Le changement survenu dans notre position aura-t-il une fâ-
cheuse influence sur ses sentiments? Méprisera-t-il la femme
qui de la richesse est tombée dans la pauvreté, ou respecte-
ra-t-il mes efforts pour gagner ma vie, par tous les moyens
en mon pouvoir?

Violette s'adressait ces questions, mais dans le fond de son
cœur, elle ne doutait pas un seul instant de la fidélité de celui qu'elle aimait. Il l'avait reconnue, et sans aucun doute il
allait quitter immédiatement sa place et se hâter de se pré-

senter à la porte du théâtre pour lui envoyer un message ou une lettre.

Mais à sa grande surprise il ne se hâta pas de quitter sa place. Il resta tranquillement assis, les yeux fixés sur elle, jusqu'au moment où le rideau baissa, et le fit disparaître à sa vue.

Alors Violette s'imagina qu'il n'était resté jusqu'à la chute du rideau que pour ne pas déranger ceux qui l'entouraient, en se levant au milieu de la scène.

Elle quitta le théâtre, où le mouvement et la confusion, causés par l'enlèvement des décors, avaient quelque chose d'effrayant. Elle quitta la scène, et se hâta de regagner la loge où elle s'habillait, dans la compagnie d'Esther Vanberg, et d'une demi-douzaine d'autres femmes. Son cœur palpitait par un sentiment tout nouveau de bonheur, l'attente faisait remonter la rougeur à ses joues, et ses mains tremblaient pendant qu'elle quittait son brillant costume et qu'elle nattait ses beaux cheveux.

A chaque instant elle s'attendait à entendre son nom prononcé à la porte extérieure de la loge, à chaque instant elle s'attendait à s'entendre appeler pour que le message ou la lettre tant désirés lui fussent transmis.

Mais il ne vint ni lettre ni message. Une demi-heure, presque une heure tout entière s'était écoulée. Violette s'était habillée très-lentement, attendant toujours qu'on vînt l'appeler. Mais maintenant elle avait mis son chapeau et son châle et elle était prête pour retourner chez elle, près de sa mère; cette mère attentive, si dévouée à ses enfants, devait attendre dans la salle d'entrée pour accompagner sa fille.

Clara avait insisté pour venir chercher Violette. Lionel était absent, et la belle jeune fille était privée, pour le moment, de son protecteur naturel. Comment la bonne mère pouvait-elle rester tranquille chez elle, en sachant sa fille exposée à tous les périls, à toutes les insultes, dans les rues à demi désertes de Londres!

La pauvre Violette ne pouvait demeurer plus longtemps dans sa loge, sachant que sa mère l'attendait en bas. Aucunes paroles ne pourraient rendre l'amertume de sa déception. Ceux-là seulement qui ont connu les épreuves d'une existence aussi privée de joie et d'espérance que la sienne, peuvent se figurer l'angoisse qu'elle éprouva en voyant s'évanouir son rêve le plus brillant et le plus chéri.

A travers tous ses chagrins, son jeune cœur avait été soutenu par sa foi en la constance de George, par une confiance profonde dans son dévouement, que les circonstances pouvaient mettre à l'épreuve, mais non pas détruire.

Mais maintenant ce trésor d'espérance, gardé avec tant d'amour, était anéanti.

Il l'avait revue après une longue séparation qui aurait dû la rendre mille fois plus chère à son cœur, pourtant il n'avait fait aucune tentative pour se rapprocher d'elle.

— Il me méprise dans ma mauvaise fortune, — pensa-t-elle amèrement; — il a été peut-être dans les environs de Westford Grange, et il a appris nos malheurs, nos pertes, et notre pauvreté; et maintenant, qu'il me voit gagner ma vie comme je le peux, il me dédaigne. Il lui convenait bien de parler si noblement des adorateurs de Mammon, quand il me croyait la fille d'un homme riche, lui qui n'est pas assez désintéressé pour pardonner le péché de pauvreté à la femme qu'il prétendait aimer.

CHAPITRE XX.

LE MARQUIS DE ROXLEYDALE.

A partir du jour de la première représentation de la nouvelle pièce au Cirque, la vie de Violette fut une longue conquête sur elle-même, un long acte d'héroïsme.

Obéissant à son noble cœur, la jeune fille résolut de cacher son chagrin à sa mère. Cette mère dévouée n'avait-elle pas assez souffert déjà? N'avait-elle pas à souffrir incessamment de la perte du meilleur et du plus tendre des maris?

Violette n'avait pas confié à sa mère le secret de son amour quand cet amour semblait heureux. Elle ne pouvait le révéler maintenant qu'il lui fallait flétrir celui qu'elle aimait comme un parjure. Elle avait été honteuse dès le principe de son engagement clandestin, elle en était doublement honteuse maintenant que la perfidie de son adorateur semblait être la punition du mystère qu'elle avait fait de son attachement pour lui.

— Si je sais qu'il a le cœur vil, je puis au moins cacher cette connaissance aux autres, — pensait-elle. — Si je ne puis le respecter moi-même, dans tous les cas je puis le protéger contre le mépris des étrangers.

Hélas! toutes ces souffrances, plus cruelles pour la pauvre Violette que les aiguillons de la pauvreté, auraient pu lui être épargnées. Tout son chagrin provenait d'une méprise bien naturelle. Elle avait reconnu George, et elle s'était imaginé qu'il était impossible qu'il ne la reconnût pas.

Elle avait vu son mouvement de surprise, ses regards fixés sur elle avec une grande attention, jusqu'au baisser du rideau, et elle en avait conclu que sa surprise et ses regards ne pouvaient provenir que de ce qu'il l'avait reconnue.

Mais il n'en était pas ainsi. L'artiste n'avait pas reconnu dans le beau visage de la Reine de Beauté, l'innocente physionomie de la simple fille dont il s'était épris et à laquelle il avait engagé sa foi dans la clairière de la forêt.

George s'était senti attiré par la ressemblance qu'il s'imaginait trouver entre la jeune fille du corps de ballet du Cirque et la fille du capitaine Westford. Mais il ne s'imagina pas un seul instant que Violette et la Reine de Beauté pussent être une seule et même personne.

Le jeune homme avait erré de côté et d'autre, du village à la ville, et de la ville au village, étudiant les vieux maîtres flamands et explorant les moindres coins où l'on pouvait espérer trouver une vieille peinture. Il n'était parti d'Ostende et arrivé à Londres que depuis quelques jours, lors de sa visite au théâtre du Cirque. Il n'avait aucune idée des changements survenus à Westford Grange. Comment pouvait-il croire que Violette, la fille idolâtrée d'un riche capitaine de vaisseau, une jeune fille bien élevée, quoique vivant dans la province, pouvait paraître devant lui sur la scène d'un théâtre de Londres.

Presque involontairement il avait consulté son programme; il n'y avait vu aucun nom ressemblant à celui de Westford. La Reine de Beauté était désignée par le nom fort commun de Watson.

Mais lors même qu'il aurait vu sur le programme le nom de Violette, George aurait été plus porté à douter du témoignage de ses yeux qu'à croire que c'était la simple jeune fille qu'il aimait, qui lui apparaissait au milieu de l'éclat et de la splendeur d'une scène de théâtre brillamment éclairée.

Non ! Il regarda jusqu'au dernier moment cette belle fille avec sa robe d'argent et son éblouissante couronne; mais ce n'était que parce qu'il aimait à reposer sa vue sur un visage qui ressemblait si parfaitement à celui qui lui était si cher.

Il n'avait pas de lorgnette, et ne pouvait rapprocher la distance qui le séparait de ce visage. Si Violette avait eu plus d'expérience en matière de théâtre, elle aurait su combien peu de personnes peuvent, dans une vaste salle, se passer de lorgnette et elle aurait su également quel changement apporte dans l'apparence extérieure d'un acteur ou d'une actrice un costume complétement différent de celui qu'on a coutume de lui voir.

Mais la pauvre Violette ne savait rien de tout cela. Elle

s'imaginait que son amoureux devait inévitablement la reconnaître aussi aisément qu'elle-même l'avait reconnu.

Près d'une semaine s'était écoulée. Chaque soir le beau visage de Violette s'offrait radieux aux spectateurs éblouis du
Cirque. Déjà elle avait reçu un enseignement spécial à la vie
de théâtre. Elle avait appris qu'il faut toujours sourire, quel
que soit le chagrin secret qui vous ronge le cœur. Le public
qui paye pour qu'on l'amuse ne tolère pas les figures maus-
sades et les airs tristes et rêveurs. Seules les reines de tra-
gédie peuvent se complaire dans la douleur, et leur douleur
n'est pas plus réelle que la gaieté de la jeune coryphée de
la danse qui doit sourire aux aristocratiques habitués des
stalles quand elle a le cœur brisé par le chagrin que lui cause
un père, une mère, ou peut-être une jeune sœur bien-aimée
qu'elle a laissée gisant sur son lit de mort. Que ceux qui se
sentent attirés par le faux éclat du théâtre, loin de leur paisible et heureux intérieur, arrêtent leur regard sur ce triste
côté du tableau avant de faire le premier pas dans une carrière où si peu réussissent.

Violette avait besoin de toute sa force d'âme dans ce théâtre.
Le directeur était très-bon pour elle. Les actrices d'un rang
supérieur, voyant en elle une personne qui n'était ni vulgaire,
ni de mœurs déréglées, lui adressaient souvent des mots ai-
mables et lui souriaient amicalement ; mais en dépit de tout
cela, Violette était cruellement persécutée dans l'accomplissement paisible de ses devoirs.

Ces persécutions étaient inspirées par le cruel démon de
l'envie. La beauté de Violette avait été très-remarquée, et les
journaux, en faisant la critique de la nouvelle pièce, s'en
étaient fort occupés. Bien qu'elle n'eût pas une seule ligne à
dire, sa position dans le tableau à grand spectacle de l'ouvrage était très-importante et attirait sur elle l'attention de
tous les spectateurs.

Son éblouissante beauté fit le reste. Cette beauté était si frappante dans sa fraîcheur juvénile et faisait un tel contraste avec la splendeur flétrie de celles qui l'entouraient, que toutes les belles sur le déclin du théâtre regardèrent son apparition au milieu d'elles comme une injure personnelle.

Esther s'était mise à la tête d'une petite bande qui s'était donné comme mission de se moquer de Violette, et la patience noble et fière de la jeune fille lui donnait seule la force de supporter les insolences de ces filles.

Mais elle les supporta et sans faiblir. C'était une si misérable cause de souci, à côté de la pensée que George était perfide et sans cœur.

Il y avait un peu plus d'une semaine qu'elle était au théâtre quand une des principales loges d'avant-scène fut occupée par trois gentlemen bien connus dans le monde de Londres.

L'un d'eux était un homme d'un âge moyen, dont la beauté rappelait le type espagnol.

Le second était un personnage insignifiant, avec une figure ronde et bouffie, des cheveux roux et des favoris longs et bien frisés qui étaient évidemment l'orgueil et la joie de son cœur.

Le troisième était un tout jeune homme portant une moustache châtain clair, une toilette de soirée irréprochable, et se donnant les airs languissants d'un homme qui supporte avec peine le lourd fardeau de l'existence.

Le premier de ces hommes était Godwin; le second était M. Sempronius Sykemore, un parasite renommé, qu'on était toujours sûr de trouver à la suite de quelque jeune homme riche et faible d'esprit; le troisième était le marquis de Roxleydale, jeune noble qui avait hérité d'un des plus vieux titres d'Angleterre, d'un revenu de soixante mille livres, et qui n'avait pas été gratifié d'une bien grande quantité de cervelle ni d'un bien noble cœur.

Dans ces derniers temps, il avait plu à Godwin de se mettre

dans de très-bons termes d'amitié avec le jeune marquis à tête creuse. Mais le banquier ne se donnait pas cette peine sans avoir en vue son propre intérêt. Il espérait accaparer le jeune marquis pour en faire l'époux de Julia, sa fille idolâtrée.

Dans ce but, il invita le marquis à venir à Wilmingdon toutes les fois que le jeune homme pourrait prendre sur lui de s'arracher aux délices de la vie de Londres, vie de l'ordre le plus honteux et le plus dégradant, vie passée dans les lieux de débauche où il était toujours accompagné par Sykemore qui le conduisait à travers les sept cercles de cet enfer terrestre, comme Virgile conduisait le Dante, et qui était dans des conditions parfaites pour jouer le rôle de Mentor, car il était suffisamment âgé pour être le père du jeune homme.

Lord Roxleydale avait une grande admiration pour la beauté de Julia; mais il n'avait pas le désir de s'embarrasser dans les chaînes du mariage, et il trouvait Wilmingdon un bien ennuyeux séjour en comparaison des lieux de plaisir où il avait coutume de passer ses soirées.

Godwin s'en aperçut, et pendant un certain temps il suspendit l'active exécution de ses projets, mais il guettait le moment favorable. Il affectait d'admirer son joyeux entrain, il se joignait même à ses vicieux amusements; mais dans tout ce qu'il faisait il y avait un but profond et bien arrêté, gros de périls pour l'héritier sans cervelle des Roxleydale.

Ce soir-là il avait donné un dîner somptueux à lord Roxleydale et à son complaisant, M. Sykemore, à un club du West End. Il était trop diplomate pour ne pas savoir que pour réussir avec le marquis il fallait d'abord s'assurer le concours de son guide, de son ami, du philosophe Sykemore, et il avait acheté ce gentleman moyennant un fort beau prix. Après le dîner et après qu'une grande quantité de vins eut été bue par le marquis et le digne Sempronius, on avait proposé d'aller voir la nouvelle pièce du Cirque qui avait acquis une popularité considérable.

Godwin était le seul qui se fût modéré sous le rapport de la boisson. Il avait trouvé une excuse à faire valoir pour ne pas prendre sa part des vins capiteux qu'il offrait à ses hôtes et il s'était borné à quelques verres d'un vieux Sherry bien sec et bien dépouillé. Sykemore s'en était aperçu, et il soupçonnait quelque mauvais dessein contre son ami et patron, le marquis.

Il résolut de surveiller de près le banquier, mais son intelligence était d'un ordre bien inférieur, comparée à celle de Rupert Godwin. Tout ce qu'il voulait, c'était de vivre aux dépens du jeune homme aussi longtemps que sa fortune résisterait aux habitudes de vice et d'extravagance que lord Roxleydale avait contractées, en suivant les funestes enseignements de ses faux amis.

Il était plus de dix heures lorsque ces trois messieurs entrèrent au théâtre. Il n'y avait pas longtemps qu'ils avaient pris place dans la loge lorsque le rideau se leva sur le tableau final dans lequel la Reine de Beauté apparaissait, assise dans un temple d'or.

Le marquis prit sa lorgnette et regarda sur la scène. Son attention fut immédiatement attirée par le beau visage de Violette, qui parmi tous ceux qui se pressaient sur le théâtre était le seul qui fût nouveau pour lui.

— Par tout ce qu'il y a de beau ! — s'écria-t-il, — c'est un ange !

— Qui est-ce qui est un ange, mon cher marquis? — demanda le banquier en riant.

— Cette jeune fille, dans le temple, là-bas !... C'est une femme nouvelle. Je n'avais pas encore vu ce visage. Comment ce damné Maltravers a-t-il pu la déterrer ?... Regardez-la, Godwin, — ajouta le jeune homme en lui passant sa lorgnette.

Godwin haussa les épaules d'un air moqueur et regarda sur le théâtre

Mais il tressaillit tout à coup et la lorgnette s'échappa presque de ses mains.

Encore le spectre ! encore la vision du passé ! encore ce visage qui lui rappelait Clara Posonby dans tout l'éclat de sa jeunesse, comme il l'avait aperçue pour la première fois dans la voiture, à côté de son frère.

— Allons ! — s'écria le marquis, — je vois que sa beauté vous frappe autant qu'elle m'a frappé moi-même.

— Oui, — répondit Godwin. — Elle est très-jolie.

En disant cela, ses sourcils se contractèrent au-dessus de ses yeux profonds et indéchiffrables, et les contours de sa bouche s'accusèrent avec la rigidité du fer. Un plan infernal se combinait dans sa tête.

Il avait juré de se venger de la femme qui lui avait fait la suprême injure de lui préférer un rival plus heureux et qui lui avait infligé une blessure toujours saignante et qui s'était envenimée dans son âme haineuse. Quel meilleur moyen pouvait-il employer pour l'attaque que de se servir contre elle des tentations et des périls dont sa fille était entourée ?

Ce jeune et faible marquis lui servirait d'instrument dans cet infernal complot

Oui, les moyens d'exécution de cette action infâme se dessinaient devant lui aussi clairs, aussi visibles que la scène qui se jouait sur le théâtre.

— Je verrai Clara demain, — pensa Godwin ; — je l'ai déjà fait tomber dans la fange. Elle m'a défié la dernière fois que je l'ai vue, mais alors elle avait encore la jouissance d'une luxueuse maison, elle se croyait à l'abri des épreuves de la dégradation et de la pauvreté. Je veux la revoir, maintenant qu'elle a goûté au calice des amertumes de la vie. Sans doute elle sera devenue trop sage pour me braver maintenant. Dans le cas contraire, et si l'indomptable courage de Clara Posonby gouverne encore l'esprit de Clara Westford, je trouverai le moyen de l'amener à mes pieds, et ce moyen c'est le danger de cette belle fille aux cheveux dorés, qui me la fournira.

Telles étaient les pensées qui occupaient le cerveau fertile de Godwin, pendant qu'il était assis, une lorgnette à la main, regardant sur la scène.

Bientôt ses yeux se détachèrent du visage de Violette et se promenèrent sur les groupes de femmes disposées dans des poses gracieuses par les soins du maître de ballet et du directeur.

Une seconde fois la main du banquier trembla, et il tressaillit violemment. Mais cette fois, ses yeux étaient fixés sur Esther Vanberg, la Juive.

— Quelle est cette fille? — s'écria-t-il d'un ton qui laissait voir son agitation et un degré d'émotion extraordinaire chez cet homme de fer. — Qui est-elle?

— Mon cher Godwin, — s'écria Sykemore, riant de la véhémence du banquier, — je pensais tout à l'heure que vous alliez tomber amoureux de la belle blonde, et maintenant vous paraissez tout à coup amouraché de cette brune beauté. Cette jeune dame est Mlle Vanberg, célèbre par sa beauté et son infernal caractère. On dit qu'elle a du sang des Juifs espagnols dans les veines, des vieux Juifs d'Espagne, les aristocrates d'une race déchue. C'est une femme extraordinaire, aussi fière que Lucifer, aussi changeante que le vent. On dit que le duc d'Arlingford baise la terre où ses pieds ont posé, et qu'il aurait fait d'elle une duchesse depuis longtemps déjà, sans son violent caractère qui amène toujours quelque querelle désespérée entre eux au moment où le mariage est sur le point d'avoir lieu. Beaucoup de femmes de la classe d'Esther seraient trop prudentes pour se quereller avec un duc et un millionnaire, mais l'orgueil et le caractère de Mlle Vanberg sont tout à fait inconcevables. En attendant, elle occupe une maison dans May Fair; elle conduit une paire de chevaux alezans de cinq cents guinées; elle se me avec autant d'extravagance que la princesse Bagration, et elle se donne des airs d'impératrice de Russie.

— Étrange ! — murmura le banquier. — Le sang des Juifs espagnols dans les veines !... et puis cette ressemblance si parfaite avec.....

Ces paroles étaient dites à voix basse et ne parvinrent pas à l'oreille du marquis et de son complaisant. Quant à lord Roxleydale, ce jeune dandy était complétement absorbé dans son admiration pour Violette. Il restait les yeux fixés sur elle, et son regard était aussi profond que si quelque vision surnaturelle l'eût fasciné. Faust a dû regarder ainsi la jeune et belle Marguerite, le fils de Priam et d'Hécube a dû contempler ainsi la fatale beauté destinée à amener la destruction de Troie, la première fois qu'elle s'est offerte à sa vue.

Il resta dans cette contemplation jusqu'au moment où le rideau tomba, et se laissant alors retomber sur le dossier de sa chaise, il poussa un profond soupir.

— Je suis pris, Semper, — dit-il. — (Il appelait toujours son complaisant Semper). Cette fille, cette adorable fille a imprimé son image au plus profond de mon cœur. En vérité, je ne savais pas encore que j'eusse un cœur. Il faut que je la voie, ce soir, immédiatement. Je me ferai présenter par Maltravers, je...

— Arrêtez, Roxleydale ! — s'écria le banquier en posant la main sur le bras du marquis au moment où le jeune homme allait se lever de son siége. — Pas ce soir. Je connais cette fille, je connais tout ce qui la concerne. Demain soir, je vous présenterai à elle.

— Vous, Godwin ?

— Oui. Je vous dis que je connais cette fille. Cherchez à lui être présenté par l'entremise de Maltravers et elle fera la prude et refusera de vous voir. Fiez vous à moi. J'ai une puissance secrète que vous ne pouvez deviner. Attendez jusqu'à demain, je ne vous demande pas d'attendre bien long-temps.

Le marquis soupira.

— Vous pouvez penser que ce n'est pas long, — répondit-il, — mais pour moi ce sera un siècle, une éternité. Je n'ai jamais vu une aussi belle créature que cette fille. En vérité, j'aimerais à mettre ma couronne de marquis à ses pieds et à la faire marquise de Roxleydale.

— Bah ! — s'écria le banquier dédaigneusement. — Il n'y a qu'un niais ou un fou qui mette une couronne de marquis aux pieds d'une fille du corps de ballet. On ne ramasse pas des marquises dans le ruisseau. Je pensais que vous étiez un homme du monde, mon cher Roxleydale.

Homme du monde ! Oui, il l'avait toujours été. Depuis sa plus tendre enfance, le marquis avait été entouré de flatteurs, de complaisants, et de misérables qui se piquaient d'être des hommes du monde ! Tous les généreux mouvements, toutes les nobles aspirations qui avaient pris naissance dans le cœur du jeune homme, avaient été étouffés par l'influence de semblables compagnons, tandis que, d'un autre côté, toutes ses inclinations vicieuses avaient été développées, tous ses défauts avaient été encouragés, car ce n'était que de ses vices que ses flatteurs espéraient tirer leur profit.

Le marquis avait une mère qui l'adorait et que, dans son enfance, il avait lui-même tendrement aimée. Mais ses compagnons avaient réussi à l'entraîner loin d'elle, à le soustraire à l'influence d'une mère dévouée, et la marquise douairière vivait seule et négligée dans un des châteaux appartenant à son fils.

La résidence qu'elle avait choisie était située dans un petit domaine du comté d'York. Là, séparée du monde, la marquise passait sa vie paisible, dont la plus grande partie était consacrée à des œuvres de charité et de bienfaisance.

Elle écrivait très-souvent à son fils. Elle le suppliait avec instance de mener une existence digne d'un chrétien, d'un gentilhomme, d'un Anglais dans une haute position. Mais ces lettres restaient toujours sans réponse. Dans l'impure atmosphère où vivait le jeune homme, ces lettres, pleines de tendresse, ne semblaient contenir que des reproches. Sa conscience coupable lui faisait trouver des allusions piquantes, même dans les mots les plus affectueux dont se servait sa mère.

Et puis, tous ses mauvais conseillers étaient toujours à ses côtés, toujours prêts à souffler de mauvaises suggestions dans son oreille déjà trop complaisante, toujours prêts à tourner en ridicule dans leur jargon moderne, ce qu'ils appelaient les radotages maternels de la vieille dame retirée dans le Nord.

Les trois hommes soupèrent ensemble en quittant le théâtre, et cette fois Godwin but considérablement.

Il buvait beaucoup et il laissait voir une gaieté farouche, qui avait quelque chose de satanique. Il buvait beaucoup, et dans un moment où la conversation était le plus échauffée, il éleva son verre au-dessus de sa tête et s'écria :

— Je bois ceci en l'honneur de Clara et à l'accomplissement de mes vieux serments !

Il vida le verre et le jeta contre la muraille en face de lui; le cristal se brisa en mille morceaux.

— Ainsi je briserai ton esprit orgueilleux, ma belle reine, ma fière Clara !

Le marquis et Sempronius étaient tous deux trop ivres pour remarquer les paroles du banquier, ou, s'ils les entendaient, ils ne pouvaient guère soupçonner le sens profond qui se cachait sous ces mots menaçants.

CHAPITRE XXI.

ELLE PLIE MAIS NE ROMPT PAS.

Le jour qui suivit la visite du marquis de Roxleydale et de ses deux amis au théâtre du Cirque, se trouvait être un samedi, et Violette avait à aller au théâtre pour recevoir ses appointements de la semaine. Cette opération prit beaucoup de temps, car les payements ne devaient avoir lieu qu'après la répétition d'une nouvelle pièce qui devait passer bientôt, et Violette fut obligée d'attendre que les principaux artistes eussent reçu leur argent. C'est ce qui fit que Clara Westford resta seule pendant toute la matinée, seule et très-triste, car lorsque ses deux enfants étaient éloignés d'elle, elle ne faisait aucun effort pour résister à sa tristesse. Elle donnait pleine liberté à sa mélancolie et à ses regrets, de douloureux et cruels souvenirs assaillaient en foule son esprit, et ses larmes qu'elle ne cherchait pas à contenir roulaient sur ses joues, et tombaient sur son ouvrage qui exigeait tant de temps et de travail, et qui une fois terminé lui était si pauvrement payé.

Elle était assise à une petite table, près de la croisée, quand un pas d'homme résonna sur l'escalier, et un instant après la porte s'ouvrit tout à coup.

Clara se leva précipitamment avec un violent battement de cœur. Ce devait être Lionel, son beau et brave fils, dont la présence était toujours une consolation pour elle.

Jugez de sa terreur quand, en tournant les yeux du côté de la porte, elle se trouva en face de son plus cruel ennemi, de l'homme qu'elle haïssait et qu'elle craignait le plus au monde.

Mais le fier esprit de la fille unique de Sir John Posonby ne se laissa pas encore abattre. La veuve se redressa de toute

sa hauteur, et frémissante et le visage indigné, elle s'avança
à la rencontre de son persécuteur.

— Vous ici, monsieur Godwin ? — dit-elle. — Je pensais
que dans ce lieu du moins j'étais à l'abri d'une pareille im-
portunité.

— L'amour, Clara, ne respecte rien quand il s'agit de se
rapprocher de l'objet aimé.

Mme Westford haussa les épaules, et se détourna du banquier avec un air de mépris et de dégoût.

— L'amour ! — s'écria-t-elle. — Ne profanez pas ce sentiment sacré en prononçant ce mot ! Pourquoi êtes-vous ici,
monsieur Godwin ? De quel droit osez-vous entrer dans cette
chambre ? Ce pauvre logis est à moi du moins, et je vous
ordonne d'en sortir immédiatement. Quand vous êtes venu
dans mon heureuse demeure du comté, vous y êtes arrivé
comme un messager de malheur et de désolation ; par vos
machinations, mes enfants et moi nous avons été chassés de
cet asile. Nous sommes venus nous réfugier ici. Ce misérable
logement est à nous, nous payons par notre travail le droit
d'y résider et ici du moins notre pauvreté doit nous mettre à
l'abri de votre odieuse présence.

— De belles paroles, Clara, de grands mots ! — s'écria le
banquier en ricanant. — Vous voulez me bannir de votre présence, vous voulez me chasser de chez vous, et cependant
j'y viens en ami.

— En ami !... — s'écria la veuve avec un rire moqueur.

— Oui, en ami, Clara, et aussi en amant. Permettez à l'a-
mour de parler le premier, laissez-moi vous dire que mon
cœur n'est pas changé. Malgré ces longues années de séparation, malgré votre haine que vous ne cherchez pas à dissimuler, malgré vos mépris et vos insultes, je vous aime encore.
Oui, Clara, je vous aime, même dans votre pauvreté, même
dans l'abaissement de votre orgueil.

— Mon orgueil n'est pas abaissé, — répondit Clara. —

C'est l'orgueil d'une femme qui a donné son amour à un noble et généreux époux, et pour qui sa mémoire est aussi sacrée, après sa mort, que son honneur pendant sa vie.

— Clara, — s'écria Godwin avec passion, — Clara, ayez pitié de moi! Rappelez-vous avec quelle adoration je vous aimais.

Ses mains étaient jointes d'un air suppliant, sa tête se courbait sur sa poitrine, une flamme brûlante brillait dans ses yeux. Il semblait que dans ce moment tous les ardents sentiments de la jeunesse s'étaient réveillés dans son sein, et que, pour un moment, ce fût réellement l'amour et non la haine qui fît battre son cœur.

— Clara!... — murmura-t-il tendrement, — à la vue de votre visage, le souvenir du passé me revient, j'oublie votre cruauté, j'oublie votre préférence pour un autre, j'oublie tout, excepté mon amour. Je ne puis supporter de vous voir ainsi, pauvre et dégradée, car la pauvreté en elle-même est une dégradation. Quittez ce lieu, Clara, votre ancienne demeure vous sera rendue, enrichie et embellie par tous les moyens que donne une richesse que pour vous je serai trop heureux de prodiguer. Retournez à Westford, Clara, reprenez-en la propriété, rentrez-y comme la reine de mon cœur, comme la maîtresse de ma fortune.

Clara jeta de nouveau un regard d'horreur sur le banquier.

— Retourner là-bas! — s'écria-t-elle. — Retourner dans cette maison comme votre esclave, comme votre maîtresse... retourner dans cette maison consacrée par la mémoire de mon mari et le souvenir de sa pure affection!..... Vous me connaissez bien peu, Godwin, pour oser me faire une semblable proposition.

Le visage du banquier s'assombrit d'une façon menaçante.

— Assez, Clara, — s'écria-t-il. — J'ai été stupide de vous laisser voir la faiblesse de mon cœur. Je venais à vous comme un ami, mais vous refusez mon amitié; soit. Je redeviens donc votre ennemi. Vous préférez lutter d'orgueil avec moi, vous préférez me braver; bien, madame, j'accepte votre défi. C'est un duel à mort. Je suis un homme qui sait haïr et vous vivrez assez pour vous en convaincre.

Pendant quelques instants Clara garda le silence. Elle resta debout devant le banquier, calme, impassible, réellement belle dans sa tranquille dignité, avec son humble costume de deuil et son simple bonnet de veuve. Ses couleurs délicates s'étaient effacées de ses joues, légèrement creusées par les fatigues et les privations, mais ses belles lignes et l'exquise expression de beauté de son visage subsistaient encore, et Clara était toujours belle.

Après un court moment de silence, pendant lequel la respiration du banquier s'échappait péniblement d'entre ses lèvres serrées, Clara Westford alla se rasseoir et prendre son ouvrage.

— Je dois vous rappeler que cette chambre m'appartient, monsieur Godwin, — dit-elle fort tranquillement, — et que votre présence m'est désagréable. Permettez-moi de vous souhaiter le bonjour.

— Pas encore, madame Westford; je ne suis pas venu ici entièrement sans motif. Vous avez refusé mon amitié, vous avez défié mon inimitié. Peut-être ne refuserez-vous pas d'accepter mes avis. Veillez sur votre fille.

Clara tressaillit et sa figure habituellement pâle se couvrit d'une pâleur mortelle. Elle essaya de parler, mais les paroles refusèrent de franchir ses lèvres.

— Veillez sur votre fille. Elle est bien jeune. Elle est sans expérience. Il n'y a que quelques mois qu'elle est arrivée à Londres et déjà d'étranges choses se sont produites. Elle a quitté une position dans des circonstances suspectes. Elle est maintenant dans une sphère qui offre un danger continuel pour une personne jeune et belle comme elle. Une fois encore, je vous le répète, prenez garde, Clara; et si la ruine ou le déshonneur tombent sur votre fille unique, rappelez-vous que je vous ai avertie. Peut-être maintenant daignerez-vous venir à moi; peut-être maintenant daignerez-vous accepter mon amitié.

Quelles paroles pouvaient être mieux choisies pour jeter la terreur dans le cœur d'une mère. Le désespoir fit blêmir les joues de Clara. Partout, de tous côtés, elle ne voyait que danger et malheur. Et elle était complétement seule au monde, sans secours, sans protection, en face d'un homme qui se déclarait ouvertement son ennemi mortel! Pourtant, même, à cette heure suprême de l'épreuve, sa force d'âme ne l'abandonna pas entièrement.

— Ma fille est apte à protéger sa bonne réputation dans toutes les positions, monsieur Godwin, — dit-elle fièrement, — quelque dégradée que cette position puisse paraître à vos yeux. Si je suis destinée à manger le pain de la dépendance, je préfère devoir ma subsistance au travail précaire de ma fille, que de devoir un denier à votre amitié.

— Vous prenez les choses avec une superbe hauteur, madame Westford, — répliqua le banquier, irrité en outre par le calme indomptable de sa victime. — Mais je sais attendre. Comme dit Tennyson, j'ai une foi sans bornes dans la puissance du temps. Vous me bravez aujourd'hui, mais, avant qu'il se soit écoulé un long temps, je vous trouverai plus raisonnable. En attendant, je vous conseille d'avoir l'œil sur Mlle Violette. Le Cirque n'est pas une bien haute école de moralité, et Hogarth nous a appris ce qui arrive aux simples filles qui viennent chercher fortune à Londres. Adieu.

CHAPITRE XXII.

LE PROTÉGÉ DE JULIA.

La vie que Lionel passait à Wilmingdon était nouvelle et agréable pour lui.

Il y jouissait de toutes les douceurs du luxe et du bien-être; il gagnait un argent qu'il savait devoir être d'un grand secours pour sa mère et sa sœur, dans leur modeste logis, et leur permettre peut-être de se transporter dans un quartier plus convenable, si elles voulaient consentir à ce changement. Il vivait dans une maison où, de tous côtés, ses yeux étaient frappés par des objets d'art précieux; et ceci, pour les gens doués de goûts artistiques, n'est pas un médiocre avantage. Au dehors, de beaux sites de forêts s'offraient à ses yeux, si fatigués de ne voir que les rues enfumées et les grandes et noires cheminées de Londres. Son travail était léger, ou du moins il lui paraissait tel après son fatigant labeur de copiste. Il était son maître, toujours libre, quand cela lui plaisait, d'aller faire une excursion dans la campagne ou dans les profondeurs du parc, et, s'il lui prenait fantaisie de monter à cheval, les écuries du banquier étaient toujours à sa disposition.

En outre de cela, privilége infiniment plus précieux, il était près de Julia, de cette femme dont les regards de compassion lui avaient semblé être ceux d'un ange, de la femme qui avait allumé dans son cœur la pure flamme du premier amour.

Il était près d'elle, il entendait sa belle voix de contralto quand elle chantait dans les salons situés au-dessous de sa chambre, en s'accompagnant soit au piano, soit en pinçant négligemment quelques accords de guitare, ce qui était encore d'un effet plus romanesque. Il la voyait, par hasard naturellement, non-seulement une fois, mais plusieurs fois chaque jour. Il la rencontrait dans le parc ou dans les jardins, et il passait une heure entière à causer avec elle, ou bien elle le faisait appeler pour discuter le parti à prendre au sujet de quelque peinture de son frère, et il la trouvait dans le petit salon où elle se tenait le matin, en compagnie de l'imposante veuve que le banquier payait généreusement pour servir de chaperon à sa fille et sauvegarder les convenances.

De manière ou d'autre, les jeunes gens se rencontraient toujours.

Lionel eût été parfaitement heureux sans les cruels reproches que lui faisait sa conscience. Quelque raisonnement qu'il pût faire, il ne pouvait fermer les yeux à l'évidence de ce fait, qu'il y avait quelque chose de coupable et qui n'était pas honnête dans ses relations avec la famille Godwin.

C'était un secret gardé; non, c'était une tromperie, et, toutes les fois qu'il y a tromperie, il y a bassesse. Lionel comprenait très-bien qu'il n'avait pas le droit de vivre librement dans la maison de l'homme que sa mère considérait comme un ennemi.

Il essayait de discuter avec lui-même en se disant que les femmes sont toujours déraisonnables dans leurs aversions. Il essayait de se persuader à lui-même que Godwin n'était pas l'ennemi de sa famille; que le banquier n'avait agi que comme tout autre homme d'affaires aurait agi dans des circonstances identiques.

Mais le sentiment d'honneur du jeune homme ne pouvait se laisser endormir. Il savait qu'il agissait d'une façon qui n'était pas honorable; il savait que sa position à Wilmingdon était fausse, et il ne pouvait trouver le bonheur, même dans la société enchanteresse de la femme qu'il aimait.

Un poids très-lourd oppressait sa poitrine; ce n'était que près de Julia qu'il parvenait à secouer ces soucis importuns.

Lionel était depuis plus d'une semaine à Wilmingdon, et il

n'avait pas rencontré le vieux jardinier dont la tête était à demi égarée.

Mais le souvenir des étranges paroles proférées par le vieillard lui revenait souvent à l'esprit. Quelquefois, involontairement, ces paroles le poursuivaient et tourmentaient sa pensée, alors qu'il aurait voulu l'occuper d'autre chose.

Une fois, par une des journées les plus brillantes et les plus embaumées du mois d'août, Lionel quitta son appartement après un long travail accompli sur les dessins qui lui avaient été confiés; il se promenait dans le jardin, où quelques instants avant, il avait vu la robe de mousseline de Julia briller au milieu des lauriers-roses.

Rien de plus beau que les verts gazons, les parterres de fleurs, les bancs de mousse, et les haies de lauriers qui entouraient Wilmingdon; rien de plus beau que ces jardins si admirablement entretenus, tels qu'ils s'offraient ce jour-là aux yeux de Lionel, aux rayons dorés d'un soleil du mois d'août.

Dans l'éloignement, le doux murmure des chutes d'eaux semblait être la voix plaintive de quelque esprit des bois. Il y avait eu un temps où les jardins de Wilmingdon étaient l'orgueil de Rupert Godwin. Plus d'une fête avait été donnée à la société fashionable sur ces grandes pelouses, plus d'une agréable intrigue amoureuse avait pris naissance dans ces allées sinueuses, dans lesquelles le sombre feuillage des arbres verts répandait une ombre qui résistait à tous les feux du jour. Plus d'une belle jeune fille de province avait frappé de ses flèches le cœur d'un adorateur, sous ces belles avenues de hêtres à l'aspect patriarcal. Des fêtes champêtres, des bals, des expositions de fleurs, avaient répandu le mouvement et la vie dans ces spacieux jardins. Ce n'était que depuis une année qu'un nuage sombre semblait être venu obscurcir l'existence de Rupert Godwin, le millionnaire, et les habitants du comté s'étonnaient du changement qui s'était opéré dans l'homme qui naguère aspirait à jouer un si grand rôle parmi eux.

On savait que le banquier était en querelle avec son fils, quoique la cause de ce dissentiment n'eût jamais transpiré.

L'intérieur de la maison de Godwin avait beaucoup occupé le public, et l'on disait d'étranges choses sur le désaccord du père et du fils. Des gens prétendaient que c'était l'inconduite de son fils qui était cause que Godwin avait déserté sa résidence de campagne; et les gentlemen du comté parlaient du jeune homme sans ménager les termes de leur réprobation.

Il avait tourné le dos à la maison paternelle pour toujours, et il était allé errer sur la terre étrangère comme un réprouvé et comme un paria.

La partie féminine de la société déplorait sincèrement les fautes du jeune égaré. Édouard Godwin était jeune et beau, et il y a beaucoup de dames qui plaindraient Caïn et regretteraient son coup de bâton malheureux, si elles tenaient de bonne source que le premier meurtrier était splendide d'aspect avec sa sombre physionomie.

Julia était dévouée à son frère et elle plaidait sa cause partout, mais elle n'en savait pas plus long que la gentry du comté sur la triste mésintelligence qui avait séparé le père et le fils.

Elle ne pouvait que dire aux personnes de sa société : « Le pauvre Édouard et papa ne peuvent pas vivre ensemble, ils ne s'entendent pas. » Elle ne pouvait que parler avec une tendre affliction de l'opiniâtreté de son frère dans ses opinions sur certains sujets et conclure en exprimant l'espoir que l'enfant prodigue reviendrait et serait pardonné.

Lionel avait guetté Julia de sa fenêtre et il savait dans quelle direction elle s'était avancée. Rien de plus naturel alors qu'il dût la rencontrer toujours par hasard.

Il venait d'entrer dans une longue avenue de lauriers, et

son cœur battit plus vite en apercevant la gracieuse jeune fille assise sous un antique berceau, qui se trouvait au bout de l'allée.

Elle lisait ; mais elle releva la tête et sourit en rougissant, lorsque Lionel s'approcha.

Il commença à lui parler du livre qu'elle lisait et ils passèrent ensuite à d'autres sujets de conversation. Elle avait passé toute la matinée dans la société de sa dame de compagnie, Mme Melville, dont la conversation distillait l'ennui, et elle s'était enfuie dans les jardins pour échapper à son incessant et insignifiant babil ; il n'y avait donc rien d'étrange à ce qu'elle trouvât la conversation de Lionel plus intéressante, surtout si l'on considère qu'il parlait d'autant mieux qu'il était inspiré par l'intérêt enthousiaste de celle qui l'écoutait.

Il était facile, pour une femme instruite, de s'apercevoir que Lionel avait reçu la plus brillante éducation que la richesse et la civilisation actuelle peuvent procurer.

Julia s'en apercevait ; elle voyait que Lionel était un gentleman par sa naissance, aussi bien que par son instruction, et elle ne pouvait que s'étonner de la position dans laquelle elle l'avait trouvé.

Tout ce qu'il y avait de généreux dans la nature de la jeune fille excitait sa sympathie pour les infortunes du jeune homme. Elle eût bien désiré connaître son histoire. Elle avait espéré gagner sa confiance ; mais elle avait trouvé que ce n'était pas chose facile. Le jeune homme s'exprimait avec toute liberté sur tous les sujets, excepté quand il s'agissait de lui-même et de son histoire. Sur ce point, il gardait le plus complet silence.

Ils restèrent assis tous deux à causer pendant près d'une heure ; une heure qui passa avec cette rapidité que le temps n'acquiert que lorsque c'est l'amour qui tient et retourne le sablier.

A la fin, Julia prit à sa ceinture une petite montre et regarda le cadran. Elle rougit en s'apercevant de l'heure qu'il était; car, dans sa conscience, elle se disait qu'il devait y avoir quelque raison particulière pour qu'elle eût ainsi oublié la fuite du temps. Que lui dirait son père s'il savait qu'elle avait passé une heure à causer avec un jeune et pauvre artiste, dont l'histoire lui était complétement inconnue, dont la seule recommandation auprès d'elle était son dénûment?

— Mais, quoi que papa puisse dire de lui, c'est un gentleman, — pensa Julia, — aussi fier, aussi bien élevé qu'aucun des riches et aristocratiques amis qu'il ait jamais amenés dans cette maison.

Elle ferma son livre et se leva du banc rustique sur lequel elle était assise à l'ombre des lauriers.

— Deux heures! — s'écria-t-elle ; — comme le temps passe vite. Je ne croyais pas être restée dehors si longtemps. Il faut que je vous dise adieu, monsieur Wilton.

Une légère rougeur colora le visage de Lionel en entendant ce faux nom sortir de ces belles lèvres. Il ne pouvait étouffer le sentiment de honte qui, chez un honnête homme, accompagne toujours la conscience d'une tromperie.

— Vous me permettrez bien de vous accompagner jusqu'à la maison? — dit-il.

— Oh! certainement, — répondit Julia, — si vous n'avez rien de mieux à faire.

Un compliment vint aux lèvres du jeune homme, mais il s'arrêta.

Comment oser trahir son admiration, son amour pour Julia? Lors même qu'elle n'eût pas été la fille de l'ennemi de sa mère, sa pauvreté était une barrière insurmontable qui le séparait d'elle d'une façon absolue.

Non, son amour était sans espérance. Cette jeune fille, élevée au milieu du luxe, héritière d'une immense fortune, aurait accueilli avec un rire de mépris les hommages d'un homme

qu'elle avait secouru dans un état voisin du plus entier dénûment.

— Non, que ma fierté me protége, — pensa le jeune homme.
— Rappelons-nous comment nous nous sommes rencontrés,
et taisons-nous, quand bien même mon cœur devrait se briser dans la lutte. Je puis tout souffrir, excepté ses mépris.

Les deux jeunes gens marchèrent quelque temps en silence.
Puis Lionel reprit la conversation, mais il y avait quelque
chose de contraint dans ses manières.

— Vous serez peut-être bien aise que je vous rende compte
de mon travail du matin, mademoiselle Godwin, — dit-il. — J'ai
arrangé le dessin qui représente un effet de neige et le coucher
du soleil dans les Alpes. Ces deux dessins sont tous deux très-
beaux. Votre frère a un véritable génie, une franchise et une
vigueur merveilleuses dans le crayon et une splendide richesse
de coloris. Je ne connais qu'un artiste amateur qui soit de sa
force.

— En vérité! Et quel est-il?

— Un jeune homme que j'ai rencontré en province; peut-
être ne devrais-je pas le qualifier d'amateur, car je crois
qu'il avait l'intention de faire de la peinture sa profession. Le
style de votre frère me rappelle beaucoup sa manière, quoiqu'il fût peut-être un peu plus avancé dans son art.

— Et son nom?

— Son nom était Stanmore...., George Stanmore.

— Et vous l'avez rencontré dans le comté de Southampton?

— Oui.

— Il y a longtemps?

— Non, pas très-longtemps. Il y a à peu près une année que
je l'ai vu.

Julia garda le silence. Un nuage semblait se répandre sur
son beau visage. Elle était alors arrivée près de la maison, au
bas du grand perron. Lionel salua et la quitta.

Il avait beaucoup travaillé ce jour-là, et il s'était levé de grand matin, afin d'avancer son ouvrage. C'était un travail qu'il accomplissait avec amour, car c'était pour *lui* plaire qu'il y donnait tous ses soins. Etait-il dans cette maison autre chose qu'un ouvrier salarié, et pouvait-il conserver le moindre sentiment de son indépendance, autrement que par un travail assidu?

Il n'était pas en humeur de retourner dans son appartement solitaire. L'image de Julia remplissait son esprit, il revint vers les bosquets de lauriers où il venait de passer des heures si agréables. Pendant longtemps il se promena dans l'allée ombragée, en pensant à la belle jeune fille dont il était assez fou pour être tombé amoureux. Puis, sans savoir de quel côté il portait ses pas, il s'éloigna de l'allée de lauriers, et après avoir traversé un jardin à l'ancienne mode, il se trouva tout à coup sous les murs de l'aile du Nord de Wilmingdon. Cette vieille construction semblait projeter une ombre froide et sinistre sur le jardin, une ombre qui semblait plus sombre encore par cette belle journée d'été.

CHAPITRE XXIII.

SUR LE SEUIL.

Lionel regarda les bâtiments qui se présentaient devant lui avec un frissonnement involontaire, et pourtant il n'y avait rien d'étrange ni de terrible dans leur aspect. Ce n'était que des constructions vieilles, grises, et dégradées. Une longue rangée de fenêtres s'étendait d'un bout à l'autre de cette aile de bâtiment. La mousse poussait entre les pierres, excepté dans les endroits où le lierre montait en masses épaisses jusqu'au toit.

— Quel terrible aspect a ce bâtiment! — murmura Lionel après avoir jeté un coup d'œil sur ces sombres croisées fermées de volets et sur ces murs couverts de mousse et de lierre; —

c'est réellement sinistre et déplaisant. Je m'étonne que le banquier n'ait pas encore jeté ce bâtiment-là par terre pour cons-
truire quelque chose de plus convenable sur cet emplacement.
Il a, je suppose, les goûts d'un antiquaire et il respecte cette
relique du temps des Plantagenets. Dans ce cas pourtant, il
devrait dépenser quelque argent pour restaurer cette vieille
construction.

Il était au moment de s'éloigner et de quitter l'aile du Nord
pour se diriger vers quelque partie plus gaie de la propriété,
lorsqu'il tressaillit au bruit d'une voix, la voix faible et che-
vrotante d'un vieillard.

— A travers la fente du volet... — dit la voix, — j'ai vu...
j'ai vu, à travers la fente du volet...

Lionel se retourna du côté d'où partait la voix et il vit le
vieux jardinier en état de demi-imbécillité qu'il avait entendu
le jour de son arrivée à Wilmingdon. Le vieillard était baissé
tout contre l'une des fenêtres du rez-de-chaussée et semblait
regarder à travers une fente qui s'était faite dans un épais
volet de chêne.

Il y avait quelque chose de si étrange dans cette action, que
cela ne pouvait guère manquer d'inspirer un sentiment de
curiosité, même à l'esprit le moins soupçonneux.

Lionel attendit pour savoir si le vieillard en dirait davantage.

Le vieux serviteur semblait terriblement agité. Il se tenait
appuyé sur le rebord de pierre de la fenêtre, le visage tout
près de la vitre derrière laquelle le volet de chêne semblait aussi
sombre et aussi impénétrable que le mur d'une prison.

Pendant quelque temps, il resta dans la même attitude, immobile comme un mort. Puis un changement s'opéra en lui,
il commença à trembler violemment, comme un homme qui
suit une scène effrayante.

— Ne faites pas cela, maître... ne le faites pas !... — s'écriait-
il d'une voix à demi-étouffée. — Ne faites pas cela, maître !..

I.   14

Pour l'amour du ciel, ne le faites pas!... Oh! le couteau!...
l'effroyable couteau!... C'est un meurtre cruel, terrible,
traître! un meurtre sanguinaire!... Ne frappez pas, maître!...
non, ne frappez pas!...

Le vieillard se recula de la fenêtre comme épuisé par son
émotion, et fit un mouvement comme pour s'enfuir de ce lieu.
Au moment où il se retournait, il rencontra le regard de Lionel
qui se tenait pâle et respirant à peine devant lui.

D'un élan sauvage, le vieux jardinier s'élança vers lui.

— Oh! — cria-t-il, — c'est vous, n'est-ce pas?... Vous m'avez
encore écouté... vous m'avez encore espionné... Je vous connais... Vous guettez... vous voulez surprendre le terrible secret,
le secret mortel... Mais vous ne pourrez pas... je suis vieux,
je suis faible, je suis fou quelquefois... mais je ne vivrai
pas bien longtemps, et, quoi qu'il arrive, je garderai cet effroyable secret jusqu'à ce que je meure, par considération
pour le maître que j'ai servi pendant si longtemps. Ai-je dit
beaucoup de choses? dites-moi, jeune homme, ai-je dit beaucoup de choses?... Parlez! ou je vous étrangle!...

Les mains ridées du vieux jardinier serraient la cravate de
Lionel. Le jeune homme se débarrassa avec douceur de cette
faible étreinte.

— Qu'ai-je dit? — répéta le jardinier. — Quoi que cela puisse
être, cela ne veut rien dire... Ma pauvre vieille tête s'égare
quelquefois, et je me figure que je vois des choses... Quelles
choses!... des couteaux, des poignards, et un meurtre... un
meurtre cruel, accompli par trahison... un homme debout
sur le haut d'un escalier obscur, et un autre homme debout,
le frappant par derrière et le précipitant dans le noir caveau
qui se trouve en bas... Ce n'est qu'un rêve, voyez-vous, un
horrible rêve... mais ce rêve, je le fais si souvent... si souvent!

Nulle parole ne pourrait rendre l'expression d'horreur empreinte sur le visage du vieillard pendant qu'il disait cela. Il

s'attachait par une étreinte convulsive au bras de Lionel, tremblant des pieds à la tête, et ses yeux sortant presque de leurs cavités.

Un frisson mortel parcourut tout le corps du jeune homme, une horreur insurmontable s'empara de lui.

Quelque chose lui disait que, dans les paroles insensées du vieux jardinier il y avait autre chose que le délire d'une intelligence troublée. Quelque chose lui disait que sous ces horribles paroles, se cachait quelque sombre et horrible secret, un secret qui concernait Godwin.

Lionel lutta contre cette hideuse conviction, contre l'horrible crainte qui remplissait son cœur. Godwin était le père de Julia. Penser mal de lui était une torture pour Lionel.

Et pourtant le jeune homme ne pouvait s'empêcher de sentir qu'il était sur la voie de quelque effrayant mystère.

La Providence l'avait peut-être envoyé dans ce lieu pour découvrir et venger quelque sombre crime, quelque forfait caché, quelque secret d'infamie dont les indices se cachaient dans le cerveau d'un vieillard en démence. Quoi qu'il puisse en arriver, Lionel comprit que c'était un devoir pour lui de découvrir ce mystère. Il était possible que le secret ne concernât pas le possesseur actuel de cette demeure. Le cerveau troublé du vieillard pouvait être tourmenté par le souvenir de quelque forfait commis par un de ses anciens maîtres, dans ces temps où les hommes faisaient meilleur marché de leur vie ou de celle des autres que maintenant; dans ces temps où les duels étaient aussi communs que les parties de plaisir le sont de nos jours, et où les gentilshommes avaient souvent une fin horrible et sanglante. Il se pouvait encore que la scène tragique qui tourmentait le vieux jardinier n'eût pas d'autre origine qu'une de ces vieilles légendes qui se racontent devant le feu à 'époque des fêtes de Noël, dans la salle des domestiques, et qui avait fait une forte impression sur l'esprit affaibli d'un vieillard.

Quoi qu'il en soit, Lionel sentait qu'il était de son devoir de
pénétrer la nature réelle de ce mystère; mais, pour réussir,
la prudence et un peu de dissimulation étaient nécessaires. Il
ne pouvait avoir l'espérance d'y arriver qu'en calmant les
craintes du vieillard et en gagnant ainsi sa confiance.

— Allons, — dit-il avec douceur en glissant son bras sous
celui du vieux jardinier avec un geste de protection, — allons,
mon ami, calmez-vous, je vous en prie. Vous êtes vieux, et
ces rêves et ces imaginations vous fatiguent. Parlons d'autre
chose. Quittons cet endroit sinistre.

— Oui, oui, — répondit le jardinier avec empressement, —
allons-nous-en.... Je n'ai rien à faire ici... je n'ai pas besoin de
venir ici. Mais il y a quelque chose qui m'attire de ce côté, je
pense que c'est quelque mauvais démon qui m'entraîne dans
cet endroit... Je ne le vois pas, mais je sens son attouchement... je sens ses doigts brûlants qui me tirent, et puis je
viens malgré moi, et je regarde à travers la fente du volet; et
je revois tout... tout... comme je l'ai vu cette nuit-là.

Le vieillard se retourna et montra la fenêtre du doigt.
En suivant son doigt, les yeux de Lionel se fixèrent sur la
fenêtre, et il remarqua sa position dans la rangée de fenêtres
fermées au volet.

C'était la septième fenêtre en partant de l'angle du mur à
l'ouest.

Le jeune homme nota cette circonstance, et il emmena
lentement le vieillard.

Le jardinier était très-vieux, très-faible; à chaque instant
il pouvait mourir, et son sombre secret périrait peut-être avec
lui.

— Vous êtes un vieux serviteur de cette maison? — dit
Lionel.

— Oui, un bon vieux serviteur, et un fidèle serviteur. J'ai
servi ici homme et enfant, pendant la plus grande partie
d'un siècle. Est-il probable que je me tourne jamais contre

ceux qui m'ont nourri et vêtu?... contre un des membres de
la famille de mes maîtres... contre un descendant de mon
vieux maître?... Celui-ci est sombre, froid, fier, et il y a quelque chose dans ses yeux qui me fait frissonner quand il me
regarde. Mais le sang des Godwin coule dans ses veines, et
Caleb Wildred ne se tournera jamais contre lui. Ce n'est pas
possible, voyez-vous, après les avoir servis depuis l'enfance,
pendant près de cent ans, non, ce n'est pas possible.

Pendant quelque temps Lionel marcha côte à côte avec le
vieux jardinier. Caleb parlait beaucoup, mais ses paroles
tournaient toujours dans le même cercle et aboutissaient toujours au même point.

Il y avait un secret, un secret qu'il ne voulait pas trahir, il
préférait mourir.

Lionel se coucha cette nuit-là l'esprit terriblement tourmenté. Toute la nuit il se retourna sur son oreiller sans pouvoir dormir, ou, s'il cédait au sommeil, il était poursuivi par
des rêves hideux, dans lesquels il voyait Julia se traînant à
ses pieds, pâle, échevelée, et le suppliant d'avoir pitié de son
père et de ne pas révéler son crime : ce crime inconnu qui
n'était encore qu'à l'état d'ombre hideuse, d'effroyable soupçon, dans l'esprit du jeune homme !

CHAPITRE XXIV.

MADEMOISELLE VANBERG EST FINE.

Godwin quitta Clara le cœur dévoré de rage et de vengeance. « L'enfer n'a pas de fureur comparable à celle d'une
femme dédaignée, » dit le poëte. Mais le cœur d'un homme
méchant, qui a été méprisé par la femme qu'il aime, est
l'habitation de ce démon dont le nom est légion. Il n'y
avait pas de vengeance trop basse, trop cruelle pour le ban-

quier. Il résolut d'amasser les plus cruelles de toutes les souffrances sur la femme qui l'avait bravé.

Il se rit à la pensée de la faiblesse de la veuve. Frappée par la pauvreté, sans amis, que pouvait-elle faire pour lutter contre lui, qui avait la richesse et la puissance de son côté?

Godwin avait été sans religion depuis son enfance, sa philosophie était celle du Jardin et non celle du Porche. Dans sa croyance, l'homme n'avait qu'un devoir, c'était son dévouement à lui-même : il avait vécu pour lui, pour ses joies égoïstes, et maintenant que les passions de la jeunesse s'étaient assouvies dans les plaisirs, une plus sombre et plus orageuse passion s'était emparée de son esprit. Cette passion était la vengeance. Son orgueil offensé, son amour-propre outragé exigeaient l'humiliation de Clara.

En quittant la maison de Clara, il se rendit directement au club du West End, où il avait promis de venir trouver le jeune marquis.

Il s'était engagé à présenter lord Roxleydale à Violette, mais il n'avait pris cet engagement que pour gagner du temps et pouvoir mûrir son plan. Si Clara avait cédé à la tentation de partager sa richesse ou à la crainte de son pouvoir, il aurait alors protégé Violette contre le marquis.

Mais Clara l'avait bravé, et il était maintenant décidé à consommer la perte de sa fille.

Il trouva lord Roxleydale qui l'attendait dans le fumoir du club. La vaste et splendide salle était presque déserte à cette heure, et le jeune marquis n'avait pas d'autre distraction que de regarder par l'une des fenêtres en fumant un gigantesque régalia, avec l'air d'un homme qui s'est juré de se consumer lui-même et de se livrer en pâture à une phthisie galopante, dans un temps donné.

Une fois, par hasard, il avait réussi à échapper à la société de son inévitable flatteur, mais il n'y était parvenu qu'au prix d'une bank-note de cinquante livres qu'il avait prêtée au besoigneux Sempronius qui était toujours tourmenté par une sorte de démon vengeur sous forme d'un petit billet à payer, qu'il fallait retirer de la circulation à l'aide de l'argent que Syke-more empruntait à ses riches amis. « Si j'étais à votre place, Sykemore, » lui disait l'une de ses victimes, « je colle-rais une bande de calicot derrière ce petit billet, car vous l'a-vez retiré si souvent de la circulation qu'il ne peut pas plus longtemps se tenir tout d'une pièce. »

— Eh bien! Godwin, — s'écria-t-il, en se retournant vive-ment pour aller au-devant du banquier, — avez-vous arrangé cette affaire? L'avez-vous vue, et avez-vous pris vos disposi-tions pour me présenter à elle?

— Malheureusement non, mon cher ami, — répondit froide-ment, Godwin, — je ne vous ai pas oublié, mais j'ai reconnu que j'avais commis une petite erreur. J'ai pris ce matin des informations au théâtre et j'ai découvert que Mlle Watson, la jeune fille qui joue la Reine de Beauté n'est pas la personne que je croyais.

— Alors vous ne pouvez pas me présenter à elle?

— Malheureusement non, mon cher ami, mais je suis un homme du monde, et je pense que je puis vous donner quel-ques utiles conseils sur le meilleur moyen d'arriver à lui être présenté.

Lord Roxleydale haussa les épaules avec un mouvement d'impatience.

— Sempronius pouvait en faire tout autant, — dit-il.

— Sempronius est un homme vulgaire, — répondit le ban-quier, — auquel il n'y a pas à se fier pour des affaires qui de-mandent du tact et de la délicatesse. Il peut nous être utile, à l'occasion, mais pour le moment, nous nous en tirerons beau-coup mieux sans lui. Vous connaissez cette fille, cette belle personne qui a l'air d'une Juive, Mlle Vanberg, je crois, n'est-ce pas ainsi que vous l'appelez?

— Oui, je la connais.

— C'est la personne qui peut nous être utile. Elle pourra nous dire tout ce qui concerne Mlle Watson. Si vous alliez lui faire une visite, et si vous m'emmeniez avec vous?

— Cela me fait l'effet d'un chemin bien détourné pour arriver au but, — dit le marquis d'un air de mépris, — mais j'y consens. Mon tilbury attend. Je puis vous conduire chez Mlle Vanberg si cela vous fait plaisir.

— Je suis prêt, — répondit le banquier. — J'ai besoin de voir cette Mlle Vanberg.

Il dit cela d'un air insouciant, mais sur son visage il y avait une expression dissimulée qui, pour un physionomiste, aurait trahi une fiévreuse anxiété.

Mais le marquis n'était rien moins qu'habile à lire sur le visage et dans la pensée des hommes. Il était une dupe facile pour les flatteurs, qui étaient assez vils pour se faire les courtisans de son rang et de sa fortune.

Les deux hommes se dirigèrent directement vers la demeure de Mlle Vanberg, délicieuse maison dans Bolton Row. Il était alors entre quatre et cinq heures, et cette jeune dame était chez elle.

Un domestique précéda les deux amis dans l'escalier orné de statues de nymphes et de satyres en bronze florentin dont les murs d'un gris pâle étaient rehaussés par des moulures et des médaillons d'or mat. Tout dans cette élégante maison annonçait la fortune. Le duc d'Harlingford avait à payer de fortes sommes pour satisfaire les caprices de la belle Juive qui lui faisait l'honneur de dépenser son argent.

Le soleil brillait à travers un groupe de fleurs exotiques qui ombrageait la fenêtre ouverte du salon de Mlle Vanberg. Près de cette fenêtre, à demi couchée sur un riche sofa de satin couleur d'ambre, se trouvait la belle Juive.

Esther Vanberg était simplement habillée d'une robe de mousseline blanche montante, arrêtée autour de sa taille délicate par une large ceinture cramoisie nouée négligemment;

un ruban cramoisi retenait les abondantes tresses de ses cheveux noirs aux reflets rougeâtres.

Sa figure mince, mais d'une royale beauté, était à demi enfouie dans les coussins de satin couleur d'ambre du sofa, dont la nuance brillante contrastait merveilleusement avec ses cheveux et ses yeux noirs étincelants.

Ainsi posée, Esther eût offert un beau sujet d'étude pour un peintre.

Mais, à la pleine lumière du soleil, les ravages que sa vie déréglée et son caractère emporté avaient produits dans sa constitution n'étaient que trop visibles.

Godwin vit l'éclat fiévreux qui brillait dans ses yeux, les taches hectiques qui se dessinaient sur ses joues, et il vit que la belle Juive était condamnée à une mort prématurée.

Elle se souleva à demi lorsque les deux visiteurs entrèrent.

— Je vous en prie, ne vous dérangez pas, mademoiselle Vanberg, — dit le marquis. — Je ne suis venu que pour vous demander quelques minutes de causerie, avec mon ami, M. Godwin, que je vous présente, M. Godwin, le grand banquier. Vous devez avoir entendu parler de la maison Godwin, n'est-ce pas? Vous n'avez pas l'air d'être bien cette après-midi, vous êtes fatiguée de longues répétitions et tout le reste. C'est une existence bien fatigante que cette vie de théâtre, n'est-ce pas?

— Très-fatigante, — répondit la Juive en haussant les épaules d'un air méprisant, — surtout quand on voit sa légitime ambition renversée par les stupidités sans raison de ses directeurs. Je voudrais être actrice, et non dans le ballet, mais M. Maltravers ne me permet pas d'ouvrir la bouche, et pourtant, il a ramassé dans la rue une certaine fille qu'il a placée dans la position la plus en vue, dans la grande scène de notre nouvelle pièce.

— Vous voulez parler de Mlle Watson? — s'écria le marquis. — Eh bien! je ne m'étonne pas que Maltravers ait été fasciné par elle : c'est la plus jolie créature que j'aie jamais vue.

Esther Vanberg regarda le jeune marquis avec un dédain farouche qui donna à sa physionomie une expression presque satanique. Godwin lui lança un coup d'œil d'avertissement, et, malgré son peu de perspicacité, lord Roxleydale comprit qu'il avait été imprudent en laissant voir son admiration.

— Si vous appelez cette insipide poupée avec ses cheveux blond filasse une beauté, vous devez être aussi stupide que Maltravers lui-même, — dit la Juive avec mépris.

Godwin profita de cette occasion pour prendre part à la conversation.

— Eh bien! pour ma part, je pense que c'est une jolie fille d'un genre bien insipide, comme vous dites, mademoiselle Vanberg, et ce n'est en aucune façon le genre de beauté que j'aime. J'aime quelque chose d'éclatant, comme la beauté d'une reine de l'Orient, comme celle de Cléopâtre.

Tout en parlant, il regardait la Juive, et elle ne pouvait cacher le plaisir que lui faisaient éprouver ses compliments.

— Néanmoins, — continua le banquier, — tout insipide que soit cette jeune femme, un de nos amis, un certain Sykemore, un assez vulgaire personnage, par parenthèse, s'est épris d'un amour désespéré pour elle. Il désire ardemment lui être présenté, et il est prêt à l'enlever et à faire d'elle Mme Sykemore, dans le plus bref délai, si elle consent à l'accepter pour époux.

— Il est riche, je suppose? — demanda Esther.

— Lui... oh! non. Il n'a pas un denier, en dehors de ce qu'il parvient à emprunter à quelques obligeants amis.

— Il est jeune..., beau..., peut-être?

— Ni l'un ni l'autre. Il a quarante-cinq ans au moins, il

porte perruque et il est fortement soupçonné d'avoir de fausses dents..

La figure d'Esther s'éclaira du plus gracieux sourire.

— Et il veut épouser Mlle Watson, la favorite du directeur... la Reine de Beauté?

— Oui.

— Et si elle refuse de l'épouser?

— Eh bien! ma chère mademoiselle Vanberg, — répondit le
banquier, — c'est justement ce que nous avons pensé, le marquis et moi, et nous voulons trouver un petit plan, qui nous
donnera à nous une amusante comédie et qui procurera une
jolie femme à Sempronius. Maintenant, malheureusement,
Sykemore est si vulgaire et si laid, si épais et si sot, que si
nous demandons à Mlle Watson de l'épouser, pour sûr elle
dira non. Aussi, dans ce cas, nous voulons préparer un
enlèvement. Nous chercherons à trouver quelque ruse à
l'aide de laquelle nous ferons monter Mlle Watson dans une
chaise de poste, et notre ami Sykemore pourra emmener la
jeune dame dans quelque château solitaire du comté d'Essex
et appartenant à notre ami lord Roxleydale; une fois là, la
Reine de Beauté qui est, à ce qu'on m'a dit, une petite personne prude et à scrupules, comprendra que sa réputation
est compromise. Sempronius se sera muni d'une licence et
d'un ministre, le nœud sera serré et Mlle Watson quittera le
théâtre du Cirque pour faire place à une autre, infiniment plus
faite pour charmer le public que son insipide personne.

Le marquis de Roxleydale resta la bouche ouverte à écou-
ter tout cela. Il comprenait qu'il se préparait quelque complot, mais il savait que l'intelligence du banquier était infiniment supérieure à la sienne, et il se remettait complétement
entre les mains de son ami et conseil, l'homme du monde.

Pour Esther il y avait une terrible tentation dans la proposition du banquier.

Elle haïssait Violette, elle la haïssait pour la supériorité de sa beauté, la faveur que lui avait montrée M. Maltravers, et pour l'admiration que le public lui avait prodiguée.

On avait fait courir le bruit dans le théâtre que Violette avait obtenu la permission de jouer un petit rôle dans une nouvelle pièce qui devait passer prochainement, afin que les spectateurs pussent jouir encore de la vue de sa jeune et fraîche beauté.

C'était une terrible mortification pour la fière Juive, qui avait un si violent désir d'être actrice et à laquelle on n'avait jamais permis de dire un mot sur le théâtre du Cirque.

Pour toutes ces raisons, Esther haïssait Violette. Elle la haïssait aussi à cause de la tranquille dignité de la jeune fille, de cette tenue calme et placide qui résistait mieux aux insultes que les plus grands emportements.

Voilà pourquoi Esther était tentée de prendre part à un complot qui devait la débarrasser de Violette et dont le succès serait une humiliation pour la douce et belle fille qui se trouverait unie à un indigne époux.

La tentation était bien forte et la Juive n'avait pas l'habitude de résister aux tentations.

— Que voulez-vous que je fasse pour vous aider dans votre plan? — demanda-t-elle après avoir réfléchi profondément.

— Nous ne vous demandons que de nous présenter à Mlle Watson, de manière à la mettre hors de ses gardes. Le marquis peut obtenir son entrée au foyer pour lui et quelques-uns de ses amis.

— Mlle Watson est une créature insolente et mal élevée, —s'écria la Juive avec impatience; — et elle et moi nous ne sommes pas dans des termes à nous adresser la parole. Cependant, si vous voulez attendre jusqu'à lundi soir, j'essayerai d'arranger les affaires dans l'intervalle. Il faut que je sois dans des termes d'amitié convenables avec cette fille avant que je vous présente à elle.

— Sans aucun doute, — répondit le banquier. — Lundi soir ce sera très-bien.

Le marquis de Roxleydale semblait terriblement désappointé. Son faible esprit était tout plein de l'image de Violette et il ne pouvait supporter la pensée d'un retard. Il était avide de la voir, de donner carrière à son admiration, à son culte. Livré à lui-même, son amour aurait pu devenir une digne et généreuse affection; dans les circonstances présentes, cet amour devait promptement dégénérer en la vile passion d'un débauché, car il subissait l'influence d'un homme du monde.

— J'aurais désiré la voir, c'est-à-dire j'aurais désiré que Sempronius pût la voir ce soir, — dit-il. — D'ici à lundi, il y a tant de temps à attendre.

Esther haussa les épaules de l'air méprisant qui lui était particulier.

— Il n'est pas possible d'arranger les choses avant lundi, — dit-elle, — et dans l'état où elles sont, il faudra que je me donne beaucoup de mal.

— Vous en serez récompensée, ma chère mademoiselle Vanberg, — dit le marquis vivement, — si le plus beau bracelet enrichi de diamants qu'on pourra trouver chez le joaillier de Sa Majesté peut vous contenter.

Esther sourit; la vengeance était douce, mais les pierres précieuses étaient aussi très-chères au cœur de la Juive. Godwin l'observait avec attention et une singulière ombre de mélancolie se répandit sur son visage.

Il y avait quelque chose de vraiment horrible dans la vue de cette fille qui avait l'empreinte de la mort sur le visage et dont la pensée s'absorbait complétement dans des projets de vengeance et dans l'âpreté au gain.

— Qui est-elle et d'où sort-elle ? — se demandait le banquier. — Il y a une étrange coïncidence dans sa ressemblance avec celle qui est morte. Et puis ce bruit qui la fait descen-

dre des anciens Juifs d'Espagne. C'est étrange!... bien
étrange !...

Godwin s'arracha avec effort à la rêverie dans laquelle il
était tombé et se leva pour prendre congé de la Juive.

Un rendez-vous fut pris dans le foyer du théâtre pour le
lundi suivant. Lord Roxleydale était ami comme le gant et la
main avec le directeur du théâtre, et son influence était suffisamment puissante pour obtenir l'entrée de ses amis dans les
coulisses.

Puis les deux amis quittèrent la petite et élégante habitation
de Mlle Vanberg et revinrent directement au club, où le banquier devait dîner en tête-à-tête avec le marquis. Depuis ces
derniers temps Godwin occupait un pied-à-terre dans St.
James, préférant vivre n'importe où que d'habiter Wilmingdon, quoique Julia se plaignît de sa désertion.

—Maintenant, Godwin, — s'écria le marquis quand les deux
hommes furent assis en face l'un de l'autre devant leur petite
table richement servie dans la salle du club, — dites-moi pourquoi vous avez fourré Sempronius dans cette affaire ?

— Comme un instrument, mon cher marquis, et un instrument très-utile, — répondit le banquier. — N'avez-vous pas
pu deviner la jalousie de Mlle Vanberg? Elle envie la beauté
supérieure de l'autre jeune fille. Si elle avait su que vous ad-
miriez la beauté de Mlle Watson, elle aurait fait tout au monde
pour contrarier nos projets, car elle aurait eu peur d'aider sa
rivale à devenir marquise. Mais au contraire elle prend de
tout cœur part à un projet qui a pour but d'unir la fille qu'elle
hait avec un homme sans le sou et commun.

— Je comprends ; vous êtes un habile homme, sur ma parole, Godwin. Et quant au reste de votre plan?

— Il est très-simple. Vous avez un domaine dans le comté
d'Essex, appelé le Fossé?

— En effet.

— Quel genre d'habitation est-ce?

— Je ne crois pas qu'il y ait d'habitation plus solitaire et plus effroyable dans tout le monde civilisé.

— Avez-vous là beaucoup de serviteurs?

— Non, seulement deux pauvres vieilles créatures qui achèvent leur vie au milieu des toiles d'araignée et de l'humidité de ce charmant séjour : un vieux cocher et sa femme qui ont servi mon père et auxquels il a fait une pension. Ils sont tous deux aussi sourds que des pots et aussi aveugles que des taupes.

— Rien de mieux, à moins qu'ils ne soient muets par-dessus le marché, — répondit Godwin avec un méchant sourire. — Ce sont les gens qu'il nous fallait entre tous, c'est le meilleur de tous les endroits, mon cher marquis. J'ai mon petit plan tout préparé, et avant minuit lundi, Vio..... Mlle Watson, la Reine de Beauté, sera dans une chaise de poste attelée de quatre chevaux et en route pour le Fossé.

— Avec Sempronius Sykemore ?

— Non, mon cher Roxleydale, avec vous.

CHAPITRE XXV.

LE FAUCON ET LA COLOMBE.

La soirée du samedi qui suivit l'entrevue chez Mlle Vanberg fut presque heureuse pour Violette; car ce soir-là, M. Maltravers lui annonça qu'il était on ne peut plus satisfait de la manière gracieuse dont elle remplissait son personnage dans la pantomime, et qu'il était décidé à lui confier un petit rôle parlant dans une nouvelle pièce dont on devait faire la lecture au foyer dans la matinée du lundi suivant.

Cela seul n'aurait pas beaucoup ému Violette, car elle était trop malheureuse de l'abandon supposé de George, pour ambitionner un succès au théâtre, mais M. Maltravers lui annonça en même temps qu'il avait l'intention de porter ses appointements à une guinée et demie par semaine, et cette somme semblait une fortune inespérée pour la jeune fille qui s'était soumise à un si dur travail pour gagner le misérable salaire d'une demi-guinée que lui payait Mme Trevor.

Elle songeait au surcroît de bien-être qu'elle pouvait procurer à sa mère; elle se rappelait que maintenant Lionel gagnait de l'argent, et elle se disait que sa mère ne serait plus obligée d'être esclave de son travail d'aiguille qui lui était si pauvrement payé.

Elle pensa que maintenant ils pourraient quitter leur obscur logis dans la petite rue près du théâtre Victoria, qu'ils pourraient trouver un logement plus convenable dans un quartier plus éloigné, vers Camberwell ou Kennington, dans un endroit où il y aurait des arbres, des jardins, et des fleurs.

Telles étaient les innocentes pensées qui occupaient l'esprit de Violette, lorsque M. Maltravers la quitta après lui avoir annoncé sa bonne fortune.

Ce n'était pas le sentiment d'un vain triomphe, d'un orgueil satisfait qui venait gonfler sa poitrine. Elle ne songeait qu'à sa mère bien-aimée, et au bien-être que cette augmentation de salaire apporterait dans la maison.

Elle ne se doutait guère des sentiments de rage et d'envie que les bonnes paroles du directeur avaient éveillés dans le sein de sa cruelle ennemie, Esther Vanberg.

Le hasard avait voulu qu'elle se trouvât tout près au moment où M. Maltravers avait parlé à Violette. Il n'y avait rien de secret dans sa communication, et il avait parlé tout à fait ouvertement. La Juive, par conséquent, n'en avait pas perdu une syllabe; elle avait entendu ses éloges, ses compliments, et ses promesses d'augmentation.

Si Esther avait eu de l'irrésolution, si elle avait hésité à entrer dans les lâches complots de Godwin contre une pauvre fille sans défense, cette circonstance aurait suffi pour la décider.

— Que m'importent les ennuis et les malheurs qui peuvent s'abattre sur elle, pourvu que je l'éloigne de mon chemin ! — se dit la Juive avec amertume, car il lui semblait que Violette lui avait causé le plus grand préjudice, en usurpant la place qu'elle désirait occuper.

Dans d'autres circonstances, au milieu d'une atmosphère plus pure, la nature d'Esther aurait pu n'être pas ignoble. Elle était impulsive, passionnée, vindicative, et jamais elle n'avait appris à combattre ces mauvais penchants et à tenir en bride son impétueuse nature. Elle était la créature du moment, prodigalement généreuse pour ses amis, mais farouche et vindicative quand elle était aux prises avec ses ennemis. Elle était gracieuse, belle, et dangereuse comme les hôtes des jungles. Il y avait en elle quelque chose de la nature de la bohémienne, elle avait toute sa vivacité de perception, son instinct de ruse ainsi que son amour pour le clinquant, les pierreries, les couleurs voyantes, et les costumes excentriques. Si elle n'avait pas fait preuve de capacité spéciale sur les planches du Cirque, dans la vie elle n'en était pas moins une fort habile comédienne.

En ce moment même, où elle était presque suffoquée par la rage envieuse qui lui dévorait le cœur, elle avait encore la force de supprimer tout signe extérieur de son émotion. Elle pouvait paraître complétement indifférente à la conversation qu'elle venait d'entendre.

Elle resta pendant quelques moments dans la coulisse, paraissant suivre la pièce qui se jouait sur la scène, puis, s'approchant de Violette avec cette démarche onduleuse et traînante qui lui était particulière, elle posa doucement sa main d'une façon presque caressante sur l'épaule de la jeune fille.

Violette se retourna à ce léger attouchement qui venait de la tirer de sa rêverie et se trouva en face d'Esther, mais, à sa grande surprise, la Juive lui souriait. Au lieu de ces airs

1.   15

insolents et provocateurs qui assombrissaient son visage chaque fois qu'elle adressait la parole à sa rivale, la physionomie
d'Esther avait en ce moment l'expression la plus charmante.

Elle avait la faculté de donner à son visage toutes les
expressions qu'il lui convenait de prendre. Il y avait quelques personnes qui s'imaginaient connaître Esther, mais en
réalité il en existait bien peu qui eussent sondé les profondeurs
de sa nature.

— Voyons, mademoiselle Watson, — dit-elle d'une voix douce
et presque suppliante, — soyons amies. Je conviens franchement que j'ai été bien sotte et bien déraisonnable de me
laisser aller comme je l'ai fait au ressentiment d'un ridicule
désappointement. Je voulais remplir le rôle que vous jouez
dans la féerie, et lorsque M. Maltravers a refusé d'accéder à
ma demande et vous a choisie pour représenter le personnage
le plus important du tableau, je me suis sentie irritée contre
vous et contre lui ; mais ce soir je suis de meilleure humeur,
je suppose, et je me sens presque honteuse de m'être montrée
si maussade. Pourrez-vous me pardonner ?

Et en disant cela elle tendit sa petite main, étincelante de
diamants.

— Je suis sûre que vous n'êtes pas une personne vindicative, mademoiselle Watson, — dit-elle en souriant. — Dites
que vous me pardonnez ?

— Très-volontiers, — répondit Violette en tournant ses
yeux bleus pleins de confiance vers le sombre visage de sa
perfide ennemie. — Je ne crois pas avoir beaucoup de choses
à vous pardonner ; je sais que vous n'avez pas parlé de moi
d'une manière obligeante, mais nous étions étrangères l'une à
l'autre, et je n'avais aucun droit à votre amitié.

— Désormais elle vous est acquise, — reprit la Juive, — et
ceux qui me connaissent le mieux savent ce que vaut l'amitié
ou la haine d'Esther Vanberg. Mais il est temps de songer à
nous habiller. Montez-vous ?

Les deux femmes montèrent ensemble l'escalier. Les loges où s'habillent les femmes de théâtre ne sont pas des endroits désagréables, bien que l'atmosphère y soit bien un peu corrompue par la discorde et la méchanceté, par le souffle empoisonné de l'envie et de la haine. Une demi-douzaine de rieuses jeunes filles s'habillant avec leurs costumes pittoresques et dont la conversation est semblable à leurs habits, forment une société vraiment attrayante.

Esther était la reine de la loge qui lui était allouée en commun avec une demi-douzaine d'autres jeunes femmes du même rang. Sa beauté, son caractère diabolique, la prodigalité avec laquelle elle semait l'argent, tout contribuait à lui assurer la prééminence sur les faibles et ignorantes filles avec lesquelles elle se trouvait ainsi en contact journalier.

C'était la Juive qui donnait le ton à toutes les autres, et maintenant qu'il convenait à Esther de se montrer polie envers Violette, ses compagnes suivaient son exemple et n'avaient que des paroles agréables pour la Reine de Beauté.

Mais ce changement ne fit pas grand effet sur Violette. Elle était si différente des jeunes filles avec lesquelles le hasard la mettait en relations, qu'il était presque impossible qu'il existât de la sympathie entre elles. Sa distinction naturelle s'affirmait par l'indifférence pleine de dignité avec laquelle elle supportait l'insolence, et par le calme avec lequel elle accueillait les témoignages d'une amitié affectée. Son cœur était bien loin de cette loge bruyante, et les bavardages et les éclats de rire de ses compagnes n'arrivaient pas à ses oreilles.

Le dimanche qui suivit cette soirée fut une agréable journée pour Violette. Elle la passa tout entière avec sa mère; le matin elle l'accompagna à l'église la plus proche, et pendant l'après-midi et toute la soirée elle parla avec cette amie, cette

confidente chérie, des beaux jours maintenant passés, des
heures fortunées qui avaient été ensevelies avec le mort
qu'elles pleuraient.

Elle raconta à sa mère la bonne fortune que lui avait an-
noncée M. Maltravers le soir précédent. Pendant cette même
soirée, il arriva une lettre de Lionel contenant une bank-note
de cinq livres. La mère et la fille se trouvaient riches maintenant.

— Et Lionel est-il heureux de son nouvel emploi, maman ? — demanda Violette.

— Je l'imagine d'après les termes de sa lettre, ma chérie,
quoiqu'il ne fasse aucune allusion à la personne qui l'emploie
ni à la vie qu'il mène. Mais il parle avec ravissement du
bonheur qu'il éprouve à se trouver en plein air, au milieu de
sites champêtres, après un long séjour à Londres ; et il me
supplie de prendre un logement dans les faubourgs, où je
pourrai jouir du bon air, de la verdure des arbres, et des
fleurs des jardins.

— Cher Lionel, comme il est plein d'attention, — murmura
Violette.

— C'est vrai, ma chérie. Mais j'ai maintenant une question
à t'adresser, et je te supplie d'y répondre en toute sincérité,
car pour moi c'est une question vitale. Voilà quelque temps
déjà que tu es au théâtre, assez longtemps pour avoir pu te
former une opinion sur ton nouveau genre de vie. Dis-moi,
ma chérie, trouves-tu que le foyer d'un théâtre soit un endroit aussi dangereux qu'on me l'a quelquefois affirmé ? Ta
jeunesse, ta beauté peuvent t'exposer à bien des tentations.
Mets ta confiance en moi, Violette, accorde-la-moi tout entière comme à une bonne mère ; fais-moi part de l'expérience
que tu as faite des coulisses d'un théâtre.

— Oh ! elle est bien simple, en vérité, chère mère. Je me
suis trouvée presque aussi à mon aise au Cirque qu'ici dans
ce modeste logis, et je t'assure que l'idée qu'on se fait des

foyers de théâtre est tout à fait fausse. Les gens qui sont derrière le rideau du Cirque sont aussi occupés de leur travail, que s'ils étaient dans une manufacture. Naturellement j'éprouvais une certaine frayeur de paraître devant le public, mais personne derrière le rideau ne m'a tourmentée, excepté cependant...

— Excepté qui, ma chère enfant ?

— Une des femmes employées dans la pièce, une Mlle Vanberg. Ses manières envers moi, dans les premiers temps, étaient plutôt désagréables. Mais hier soir elle s'est excusée de sa rudesse, et probablement nous serons à l'avenir dans les meilleurs termes. M. Maltravers est excessivement bon pour moi, et pour tout le reste je fais mon service en toute tranquillité, je fais ce que j'ai à faire et personne n'a rien à me dire.

Il était impossible de douter des paroles de Violette : elle était la franchise et l'innocence même.

La mère poussa un soupir de soulagement.

— Ma chérie, — dit-elle en pressant sa fille dans ses bras, — j'avais tant entendu parler des dangers que court une jeune fille dans un théâtre, que je tremblais pour toi. Mais maintenant je n'aurai plus peur. Je n'aurais pas dû me laisser aller à la crainte ; j'aurais dû me rappeler de l'histoire de Una et du lion.

Un sentiment de triomphe faisait tressaillir le cœur de Clara en prononçant ces paroles. En dépit de la défiance qu'il lui inspirait, les menaces du banquier n'avaient pas été sans effet sur son esprit. Elle avait tremblé à la pensée des dangers qui pouvaient assaillir sa fille idolâtrée, seule, sans expérience, dans un monde tout nouveau pour elle, belle, sans défense, innocente comme un enfant, et privée entièrement de protection.

Mais les craintes de la mère avaient été apaisées par les candides déclarations de Violette. Clara se sentait maintenant

disposée à rire de ce qu'elle regardait comme les vaines menaces de son persécuteur.

Un calme tranquille, qui était presque du bonheur, régnait
dans le cœur de la mère et de la fille pendant cette sainte
journée du dimanche. Même pour un moment, Violette ne
pouvait pas oublier le chagrin secret et profond, qui avait sa
source dans la croyance où elle était de la trahison de George;
même pour un moment, la tendre et loyale jeune fille ne pouvait oublier que le rêve le plus cher de sa vie était brisé; mais
il y avait dans son caractère quelque chose qui se révoltait
contre les sentiments purement égoïstes, et un chagrin personnel ne pouvait absorber son esprit et la rendre indifférente
aux chagrins de ceux qu'elle aimait.

Ce jour-là, elle avait vu un sourire, un brillant et paisible
sourire éclairer le visage de sa mère, pour la première fois
depuis ce jour à jamais mémorable, où la nouvelle de la mort
du marin était tombée comme la foudre sur leur tranquille
demeure. Ce jour-là, pour la première fois depuis cette heure
affreuse de désolation et de désespoir, Clara semblait presque
heureuse, et, dans ce fait en lui-même, il y avait du bonheur
pour sa fille aimante et dévouée.

De bonne heure, le lendemain matin, Violette alla au Cirque pour entendre la lecture de la pièce dans laquelle elle
devait faire son début comme actrice. Esther Vanberg était
au théâtre, parée pour la mort, comme se le dirent entre elles
ses ennemies intimes, après avoir complimenté avec effusion
la jeune femme sur la perfection de sa toilette. Mlle Vanberg
n'avait rien à faire au foyer ce matin, mais elle était impatiente de savoir si le rôle destiné à Violette dans la nouvelle
pièce, ne consistait qu'en quelques lignes insignifiantes, ou
s'il contenait l'esquisse vivante d'un caractère qui pouvait
mériter des applaudissements à la débutante.

Mlle Vanberg paraissait être dans des dispositions tout particulièrement gracieuses ce matin-là et elle accueillit Violette

avec les mêmes témoignages de chaleureuse amitié que dans la soirée du samedi.

Violette, sans défiance comme un enfant, accepta cette amitié de mauvais aloi pour argent comptant. Elle n'avait aucune raison pour croire à l'hypocrisie. Quel motif la Juive pouvait-elle avoir de la tromper ?

Comme conséquence des manœuvres artificieuses et savantes d'Esther, les deux jeunes filles étaient dans d'excellents termes pendant la soirée du lundi, et tout était préparé pour mettre à exécution l'odieux complot combiné par le banquier.

Quant au marquis, il n'était qu'un instrument passif dans les mains de son tentateur. Godwin avait tout réglé et lord Roxleydale (on le lui avait dit) n'avait qu'à agir suivant les instructions de son ami. Son ami ! Hélas ! pour la jeunesse insouciante et sans expérience engagée dans la mauvaise voie, ce sont ces amis-là qui entraînent les pauvres dupes sans défense dans les profondeurs d'un abîme de vice et de folie. Et quand la ruine est consommée, quand le pauvre fou a perdu jusqu'au dernier sou de sa fortune, et jusqu'au dernier sentiment de loyauté et d'honneur qui ait jamais fait battre son cœur, alors ces prétendus amis n'ont plus pour leur victime que des rires de mépris, et ils s'éloignent d'elle pour aller chercher d'autres dupes.

Violette avait fini de s'habiller pour remplir son rôle dans la féerie ; elle était charmante dans sa robe de tissu d'argent semé d'étoiles, enveloppée de draperies d'une teinte rosée et semi-transparente, la tête ceinte d'une couronne d'étoiles et de fleurs. Ses longs cheveux dorés ruisselaient sur ses épaules d'albâtre et descendaient en flots épais bien au-dessous de sa taille.

Sous un prétexte quelconque, Esther avait attiré sa nouvelle amie dans le foyer, et les deux jeunes filles étaient assises à côté l'une de l'autre, sur un divan peu élevé, au-dessous d'un candélabre qui les mettait en pleine lumière.

Le foyer se trouvait être désert en ce moment, tous les acteurs étaient soit sur la scène, soit dans leurs loges. Les deux jeunes filles étaient seules et elles auraient pu servir de modèle à un peintre pour représenter un ange déchu près d'un pur esprit de lumière. Les cheveux d'Esther, noirs comme l'aile d'un corbeau, étaient rejetés en arrière de son large front et retenus par un diadème de diamants, l'un des derniers présents faits par le duc d'Harlingford, dans un moment où il avait l'intention de faire d'elle une duchesse.

Ils s'étaient querellés depuis, et Esther, avec un orgueil qui convenait mieux à une reine despotique de l'Orient qu'à une figurante de théâtre, avait défendu au jeune duc de l'approcher et avait donné ordre à ses serviteurs de lui refuser l'entrée de sa maison.

Malheureusement pour l'avenir du duc, de semblables incartades ne faisaient qu'irriter la passion du jeune écervelé, et il n'en était que plus disposé à ne tenir aucun compte des vœux de ses meilleurs amis, en s'unissant à une femme qui ne se recommandait que par sa sombre et presque satanique beauté.

L'heure à laquelle le marquis et ses deux amis devaient se présenter au foyer avait été convenue avec Esther; et pendant que, tout en causant gaiement, elle jetait un coup d'œil par-dessus l'épaule de la jeune fille sans défiance, elle aperçut les trois hommes qui franchissaient le seuil de la porte.

Lord Roxleydale était réellement épris à sa manière, et il était presque aussi ému qu'une jeune fille qui fait sa première apparition dans une salle de bal.

Il n'en était pas de même du banquier. Il était parfaitement maître de lui et tout prêt à jouer son rôle dans la basse intrigue qu'il avait combinée.

Il eut soin de s'adresser d'abord à Esther, sans presque

sembler s'apercevoir de la présence de Violette, malgré la surprise que lui faisait éprouver l'éblouissante beauté de la jeune fille, qu'il n'avait vue que dans ses simples habits de deuil à la soirée de Mme Trevor.

Cependant, les présentations eurent lieu et Mlle Vanberg servit d'introductrice à Sykemore auprès de sa meilleure amie, Mlle Watson.

Violette, accoutumée aux usages du monde, ne fut en aucune façon troublée ou confuse de cette présentation, pas plus que par celle du marquis qui suivit immédiatement.

Roxleydale, qui se tenait debout derrière son ami le banquier, ne trouvait rien à dire tant il était profondément ensorcelé par la beauté de Violette. En outre de cela, on lui avait recommandé de ne rien dire et de laisser la parole à ses amis, dont l'expérience était plus grande que la sienne.

Il gardait donc le silence et ne pouvait que regarder Violette dans une muette admiration, pendant que Sykemore se confondait en compliments extravagants envers les deux jeunes filles. Esther était complètement aveuglée par l'histoire que Godwin lui avait contée, et que les façons de Sykemore semblaient confirmer. Détournant son visage de celui de Violette, elle regardait le banquier avec un sourire plein de méchanceté.

Violette n'avait aucun souvenir d'avoir jamais vu Godwin, car il avait complétement échappé à son attention au milieu de la foule qui se pressait dans les salons de Mme Trevor.

Et pourtant il y avait quelque chose dans son visage, dans l'éclat plein de feu de ses yeux noirs, quelque chose qui lui semblait étrangement familier.

Sans doute c'était ce même regard qui l'avait si étonnée dans Esther Vanberg, et dont l'expression offrait une ressemblance avec celui de George, son perfide et inconstant adorateur.

Elle ne pouvait s'empêcher de s'étonner de cette ressem-

blance, même pendant la conversation qui s'était établie
entre Esther et les deux étrangers. Elle était préoccupée et
ne faisait que des réponses distraites aux questions qui lui
étaient personnellement adressées.

Mais en ce moment l'avertisseur annonça la dernière scène
de la féerie, et les deux jeunes filles se levèrent pour quitter
le foyer.

Violette salua les deux amis avec un air de dignité tranquille. Depuis le commencement jusqu'à la fin, elle s'était
conduite comme elle l'aurait fait avec des gens qu'elle eût
trouvés dans le salon d'un ami, et elle n'avait nulle idée
qu'ils pussent avoir moins bonne opinion d'elle, parce qu'ils
la voyaient obligée de demander au théâtre un moyen de gagner sa vie.

— Eh bien! mon cher Roxleydale, — s'écria le banquier,
lorsque les trois amis se trouvèrent seuls dans le foyer, —
que pensez-vous, maintenant, de votre déesse aux cheveux
d'or? Êtes-vous toujours ensorcelé?

— Plus ensorcelé que jamais! — répondit le marquis; —
c'est un ange, une divinité!

— Et vous êtes disposé à passer à travers le feu et l'eau
pour la conquérir?

— A travers un océan, à travers une prairie en feu! —
s'écria le jeune homme qui osait se livrer à son enthousiasme
poétique, maintenant que l'objet de son adoration n'était
plus dans la possibilité de l'entendre.

— Il est à peu près inutile de vous rappeler que l'entre-
prise de cette nuit n'est pas sans quelque danger, — dit le
banquier en regardant sérieusement le jeune homme.

— Du danger! — s'écria Roxleydale. — La race dont je
descends savait déjà se rire des dangers avant la conquête
de l'Angleterre par les Normands.

— Oui, vous êtes de très-noble race, — répondit froidement
le banquier, — mais, de nos jours, il y a de certaines sanc-

tions légales qui sont attachées à ces matières. Quoi qu'il arrive, marquis, vous supporterez personnellement les conséquences de cette affaire. Vous ne trahirez pas la part que j'y ai prise ?

— Je suis gentilhomme et j'ai nom Roxleydale, — répliqua le jeune homme avec une certaine dignité ; — et je n'entretiens de relations qu'avec ceux qui ont foi en mon honneur.

— Assez, marquis, — reprit Godwin, — j'ai pleine confiance en vous. Aussitôt que Vio...., aussitôt que la jeune fille qu'on appelle ici Mᴵˡᵉ Watson, sera remontée dans sa loge, elle recevra un message lui annonçant que sa mère a été prise d'une maladie subite et qu'un médecin du voisinage lui envoie sa voiture. Elle sera conduite en toute hâte vers l'équipage qui sera tout prêt dans une rue tranquille entre le Strand et Covent Garden. Je n'ai pas besoin de vous dire que cet équipage sera le véhicule préparé pour transporter votre déesse dans votre résidence solitaire du comté d'Essex.

Le marquis ne paraissait pas absolument charmé de ce plan.

— N'y a-t-il pas quelque chose de cruel, — dit-il, — à se jouer ainsi de son affection pour sa mère ?

— Mon cher marquis, faut-il que je vous rappelle qu'en amour comme en guerre, tous les stratagèmes sont permis ?

Le jeune marquis était trop faible pour résister à cet homme sans cœur.

Les trois hommes retournèrent dans la loge que lord Roxleydale avait louée pour toute la saison.

Godwin ne resta pas longtemps dans la loge. Il quitta le théâtre à la chute du rideau après la féerie en emmenant le marquis avec lui.

Tout avait été arrangé avec une précision que rien ne pouvait mettre en défaut. Le banquier et le marquis gagnèrent à pied la rue tranquille où l'équipage attendait, e se promenèrent de long en large sur le pavé en fumant leurs cigares et en attendant le moment de la mise à exécution de leur coupab'e complot.

Les hommes comme Godwin savent choisir des serviteurs qui répondent à ce qu'ils en attendent et généralement ils réussissent à trouver des instruments complaisants pour exécuter leurs ordres. Le serviteur de confiance du banquier était, comme moralité, à la hauteur de son maître, et Godwin n'avait à redouter ni résistance, ni répugnance quand il s'agissait de quelque sombre et coupable machination.

Violette avait à peine fini de s'habiller lorsqu'on vint l'appeler à la porte de la loge, où elle trouva l'un des garçons du théâtre, qui l'attendait une lettre à la main.

Cette lettre consistait en quelques mots tracés au crayon :

> Mademoiselle Westford est priée de suivre le porteur de cette lettre
> » et de monter dans la voiture du docteur Maldon. Le docteur Maldon
> » est en ce moment auprès de madame Westford, qui est tombée sé-
> » rieusement malade. Sa fille fera bien de ne pas perdre de temps et
> » de suivre immédiatement le porteur de ce message. »

Violette faillit s'évanouir sous le choc terrible qu'elle reçut à la lecture de ces quelques lignes. Sa mère malade, sérieusement malade, un médecin lui donnant ses soins, une voiture envoyée pour la chercher, et la recommandation de ne pas perdre de temps. Le cas devait être en vérité bien grave.

Tout émue, la jeune fille saisit son chapeau, s'enveloppa de son châle, et revint à la hâte dans le corridor où l'attendait le garçon de théâtre.

— Conduisez-moi vers lui, — s'écria-t-elle avec émotion; — vers l'homme qui a apporté cette lettre. Où est-il?

— En bas dans la salle d'attente, mademoiselle. Il m'a recommandé de vous dire de vous presser.

— Oui, oui, — répondit Violette d'une voix étouffée. — Il n'y a pas une minute à perdre, pas un moment.

Elle se précipita en laissant en arrière le messager surpris, et franchit les escaliers, sans presque avoir conscience des endroits où ses pieds se posaient. Elle oubliait tout, excepté que sa mère était malade, et une angoisse presque insupportable torturait son cœur, en proie à une terreur invincible et cruelle.

L'idée d'un mensonge ou d'une imposture ne lui vint pas un seul instant à l'esprit. Comment cette innocente et noble fille pouvait-elle imaginer qu'il pouvait exister des êtres assez vils pour tromper leur victime en se servant de l'amour sacré d'une fille pour sa mère?

James Spence, le valet du banquier, était celui qui avait été chargé d'apporter le faux billet du docteur. Il était bien l'homme qu'il fallait pour jouer son rôle dans une pareille intrigue. Silencieux, la démarche sourde et la voix douce, faux dans chacune de ses paroles, dans chacun de ses regards, il avait toutes les qualités nécessaires pour remplir la mission que son maître lui avait confiée, et il servait bien le banquier, car il savait qu'il ne trouverait pas, près d'un autre maître, une place aussi profitable. Il n'y a pas de maîtres qui payent plus généreusement que les méchants. Pour eux la fidélité est sans prix. Il doit y avoir eu de beaux temps pour les gens en service dans la maison de Lucrèce Borgia duchesse de Ferrare.

Le valet du banquier prit un air de compassion profonde à l'approche de Violette. Il avait l'air d'un homme respectable, il était grave, d'un âge mûr, et bien tenu dans son simple costume; tout son extérieur répondait à ce qu'on pouvait attendre d'un domestique de médecin.

— Oh ! je vous en prie, ne perdons pas de temps, — s'écria Violette. — Vous êtes la personne qui a apporté cette lettre, n'est-ce pas ?

— Oui, mademoiselle.

— Alors, je suis prête à vous suivre à l'instant même.

Pas un mot de plus ne fut prononcé avant qu'ils eussent quitté le théâtre, et alors James Spence s'adressa à elle de l'air le plus respectueux.

— Si vous voulez bien me le permettre, je vous offrirai de prendre mon bras, mademoiselle; de cette manière nous arriverons plus tôt à la voiture, — dit-il, — car nous pouvons avoir besoin de traverser la foule.

— Oui, certainement, je prendrai votre bras, — répondit la jeune fille. — Oh! je vous en prie, pressons-nous.

Le valet ne se fit pas prier pour obéir à sa demande, il l'entraîna d'un pas rapide à travers les rues populeuses et ils arrivèrent à l'endroit écarté où attendait la voiture, avant que la pauvre fille inquiète et tremblante eût eu le temps de reprendre ses sens ou de se remettre du coup terrible qu'elle venait de recevoir.

Si elle avait été plus calme, peut-être se fût-elle étonnée du genre de l'équipage qui l'attendait et qui avait peu de ressemblance avec les voitures habituellement employées par les médecins. Si elle avait été plus calme, elle aurait aperçu un homme couvert d'un large pardessus, qui était assis fumant un cigare, sur le siége de la voiture.

Mais dans l'état où elle était, Violette ne remarqua rien. La portière de la voiture fut ouverte devant elle, elle s'y précipita, et tomba à demi évanouie sur le coussin.

— Je vous en prie, dites au cocher d'aller vite, — cria-t-elle d'une voix suppliante à Spence au moment où il fermait la portière.

— Oh! oui, mademoiselle, nous irons suffisamment vite, — répondit le valet, avec une grimace sinistre, en se reculant sur le pavé, pendant que la voiture s'élançait dans la direction du Strand.

L'homme enveloppé dans un pardessus et assis sur le siége

était le marquis de Roxleydale. Un autre homme, arrêté sur le trottoir, attendait le départ de la voiture.

— Je crois, Clara, — murmura-t-il entre ses dents, — que me voilà bien vengé de votre insolence. Vous avez cru devoir me braver, c'était à moi de vous faire voir quelle créature sans défense vous êtes.

Sans défense ! oui, Rupert Godwin ; mais les êtres sans défense sont sous la protection spéciale de la Providence. Et cette Providence est assez forte pour triompher même d'un homme habile comme toi !

FIN DU PREMIER VOLUME.

TABLE

—

COULOMMIERS. — TYP. PAUL BRODARD

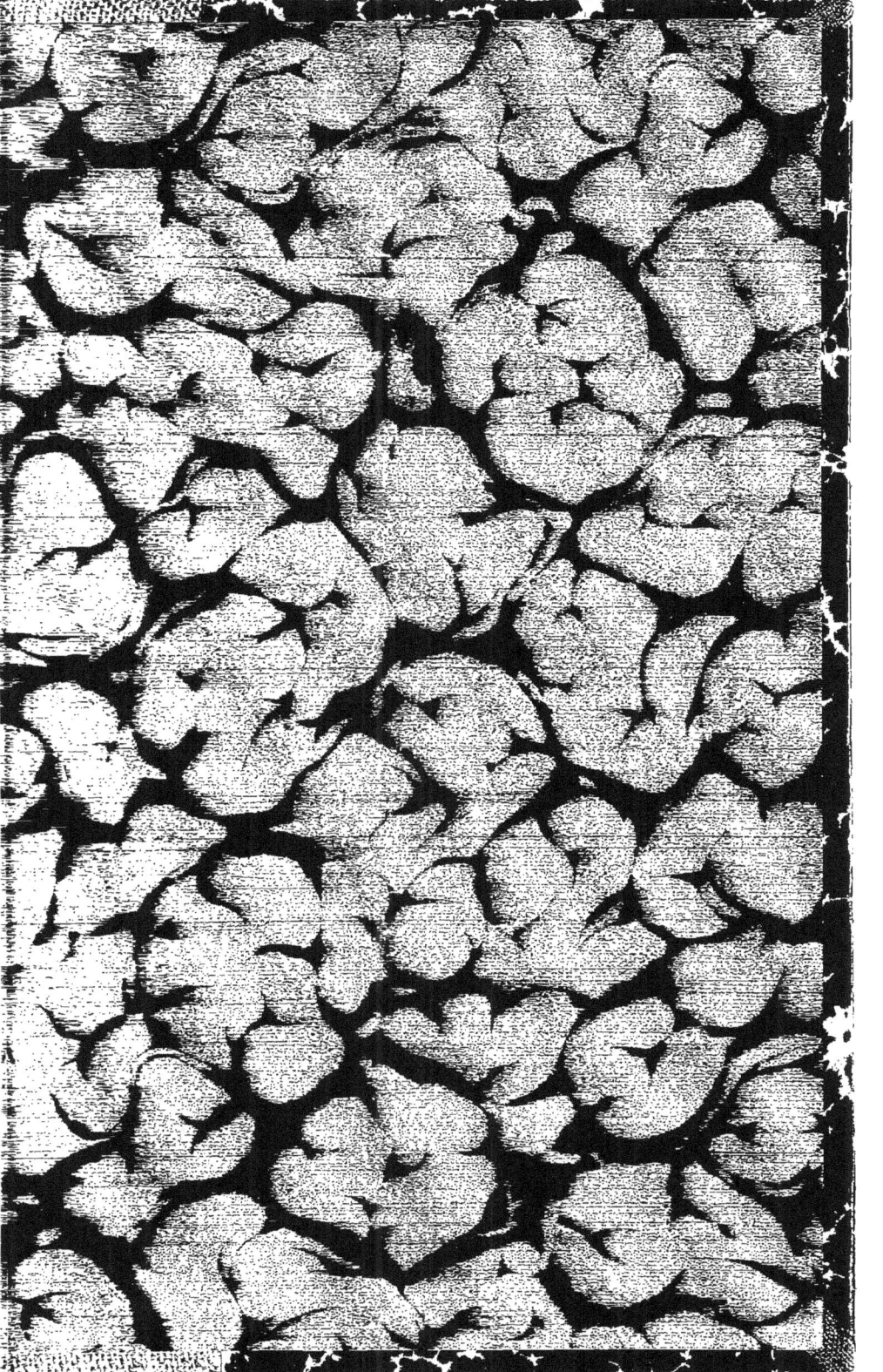

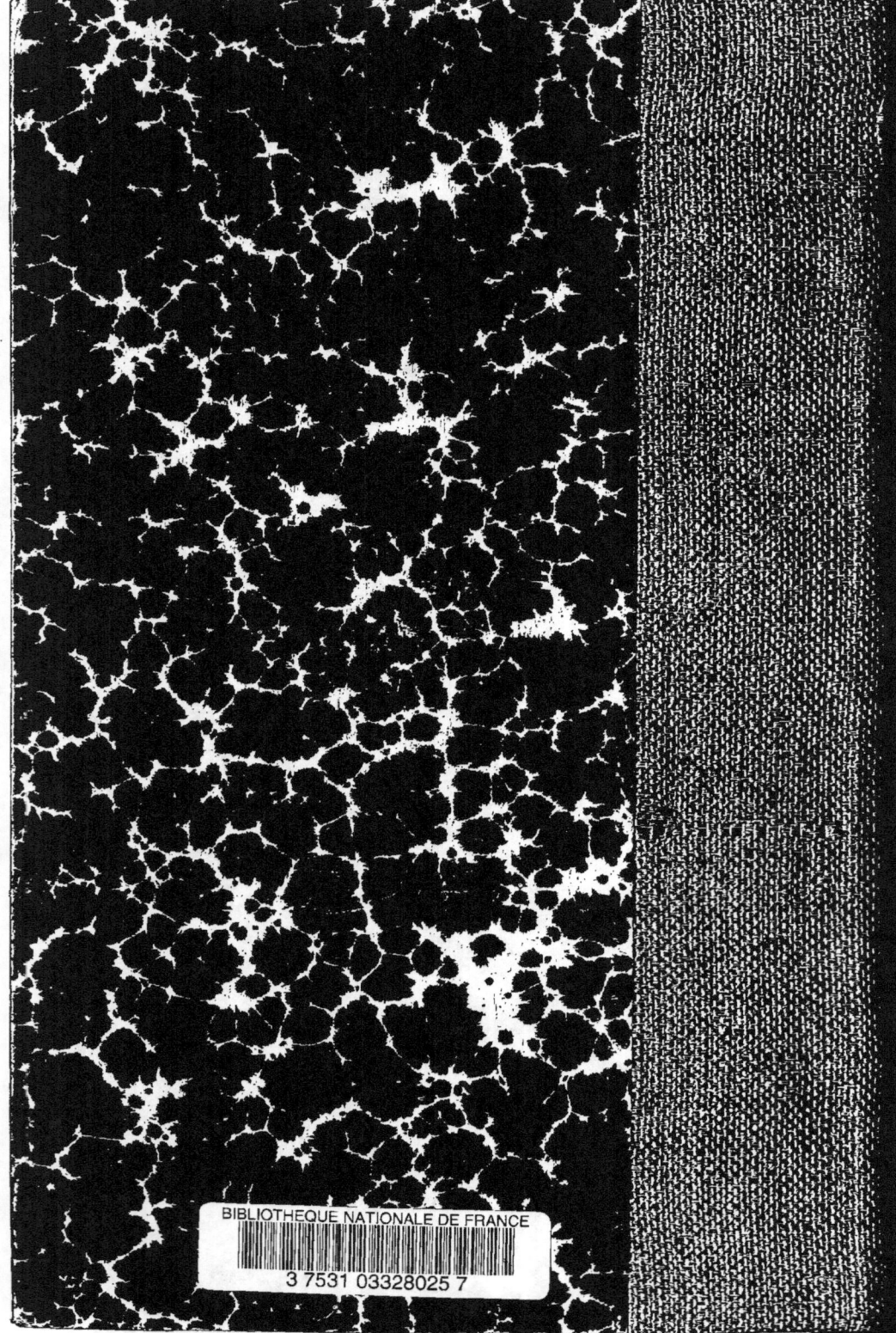